Editora Charme

# SALVA
## *Comigo*

### With me in Seattle 5

**KRISTEN P.**
BESTSELLER DO NY TIMES

Copyright © 2013 by Kristen Proby
Tradução © Editora Charme, 2018
Edição publicada mediante acordo com Taryn Fagerness Agency e Sandra Bruna Agencia Literaria, SL.

Todos os direitos reservados.
Nenhuma parte deste livro pode ser reproduzida, digitalizada ou distribuída de qualquer forma, seja impressa ou eletrônica, sem permissão. Este livro é uma obra de ficção e qualquer semelhança com qualquer pessoa, viva ou morta, qualquer lugar, evento ou ocorrência é mera coincidência. Os personagens e enredos são criados a partir da imaginação da autora ou são usados ficticiamente. O assunto não é apropriado para menores de idade.

1ª Impressão 2018

Produção Editorial - Editora Charme
Foto - Depositphotos
Criação e Produção Gráfica - Verônica Góes
Tradução - Alline Salles
Revisão - Sophia Paz

---

CIP-BRASIL, CATALOGAÇÃO NA PUBLICAÇÃO
SINDICATO NACIONAL DE EDITORES DE LIVROS, RJ

Proby, Kristen
Salva Comigo /Kristen Proby
Título Original - Safe with Me
Série With me in Seattle - Livro 5
Editora Charme, 2018.

ISBN: 978-85-68056-66-0
1. Romance Estrangeiro

CDD 813
CDU 821.111(73)3

---

www.editoracharme.com.br

# KRISTEN PROBY
### BESTSELLER DO NY TIMES E USA TODAY

Tradução - Alline Salles

# Prólogo

— Por que temos que ir para a casa do papai? — Maddie pergunta do banco de trás do meu SUV. Seus braços pequenos estão cruzados à frente do corpo, segurando firme sua boneca, com o rosto franzido em uma careta.

— Porque é Dia de Ação de Graças — respondo pacientemente. — Seu pai quer ver vocês no feriado.

— Eu não quero ir — Josie entra na conversa, imitando a pose da irmã gêmea, e eu respiro fundo, esfregando as mãos no rosto enquanto espero o semáforo ficar verde.

— É só até sábado — eu as lembro, enquanto dou meu melhor para ignorar a pontada no estômago. Também não quero que elas vão. O pai só as vê em feriados ou no aniversário delas, se aparece. Claro que não querem ficar com ele.

Elas não o conhecem.

Enquanto estaciono na pequena casa de Jeff em um subúrbio de Chicago, três homens saem correndo pela porta da frente da casa dele e pulam para dentro de um SUV estacionado na entrada circular. Antes de partirem, um dos homens olha para trás e nos vê.

Desligo o carro e franzo o cenho conforme observo o veículo arrancar em uma movimentação rápida e descer a rua. Aciono minhas bandeiras vermelhas, que voam por todo lugar em minha cabeça.

Olho para trás para as meninas.

— Fiquem aqui um segundo enquanto vou ver se seu pai está pronto para vocês, ok?

Ambas franzem as sobrancelhas para mim, seus olhos castanho-escuros parecendo desamparados e tristes, e franzo as sobrancelhas de volta para elas.

— Parem de ficar tristes. Seu pai ama vocês. Vão se divertir.

Salva Comigo    5

Elas apenas dão de ombros enquanto saio do carro e vou até a porta da frente. Olho por cima do ombro, curiosa sobre quem estava naquele SUV. Podiam ser colegas de trabalho de Jeff, e, se fosse o caso, eu não iria deixar as garotas com ele.

Jeff é um policial disfarçado, e as pessoas com quem ele *trabalha* são repugnantes, para dizer o mínimo.

Bato na porta, mas não há resposta, e a casa está quieta. Bato de novo e respiro fundo. Se ele falhar com as meninas, *de novo*, vou acabar com ele.

Quando ainda não há resposta, eu tento a maçaneta e franzo o cenho quando a porta se abre com facilidade. Esse não é o modus operandi normal de Jeff. Ele sempre tranca a porta, mesmo quando está em casa.

— Jeff? — chamo conforme entro, mas não há resposta, e o cheiro de alguma coisa quente e metálica preenche minhas narinas.

Entro na sala de estar e paro, congelada. Jeff está deitado no chão, com os olhos arregalados, a boca escancarada, e um rastro de sangue saindo de um único ferimento de bala em sua testa.

Oh, meu Deus.

Meu primeiro pensamento é correr até ele, certificar-me de que está bem, mas não fui esposa de um policial por cinco anos por nada, e estou com minhas filhas no carro.

Corro de volta para o carro, ligo o motor, engato a marcha e saio, seguindo para a direção oposta que o SUV foi.

*Jeff está morto!*

— Mamãe, pensei que fôssemos para a casa do papai. — Maddie se vira em seu assento, tentando ver pela janela de trás.

— Sente-se, Mads — ordeno mais bruscamente do que deveria, também olhando para trás.

Preciso ligar para a polícia.

— Cadê o papai? — Josie pergunta.

Ambas estão me observando com cautela, e sei que minhas mãos trêmulas e minha voz cortante as estão assustando, então faço o meu melhor para parecer e soar calma.

Tenho certeza de que não está funcionando.

— Apareceu alguma coisa no trabalho dele — minto e olho para trás pela centésima vez.

— Ok — Maddie responde e abraça bem sua boneca.

Merda, o que vou fazer?

Paro em um posto de gasolina, pego o celular e saio do carro para que as meninas não consigam ouvir minha conversa.

O parceiro de Jeff atende no segundo toque.

— Por que está ligando neste número?

— Jeff está morto — respondo imediatamente. — Acabei de encontrá-lo na casa dele. Vou ligar para o 190, mas queria te avisar primeiro.

— Filho da puta — ele murmura. — Você testemunhou algo?

— Eu os vi saírem da casa, mas, não, não os vi atirarem nele. Nem pensei em pegar o número da placa do carro. É um SUV preto.

— Isso não ajuda, Bryn. — A voz dele é triste e frustrada. Sully trabalha com Jeff há mais de dez anos.

— Eu sei, desculpe. Não toquei em nada.

— Vou assumir. Precisaremos de um depoimento oficial. Você conhece o esquema.

Assinto e, então, percebo que ele não consegue me ver. Estou tremendo e está difícil de respirar.

— Acho que vou sair da cidade, Sul.

Ele suspira e limpa a garganta.

— Aonde vai?

— Para casa. Seattle. Minha família é de lá. O cunhado do meu primo é policial em Seattle. Matt Montgomery. Posso dar meu depoimento para ele?

— Vou precisar do seu depoimento antes que parta. Sabe que não posso deixar você ir sem ele. — Parece que ele está tirando o telefone da orelha. — Bryn, espera um pouco.

Ando de um lado para outro perto do carro enquanto aguardo Sully voltar. Jesus, isso está acontecendo mesmo? Tenho tempo de ir para casa e pegar algumas coisas das meninas? Tenho pensado em me mudar para Seattle há anos, mas nunca sonhei que seria sob essas circunstâncias.

De repente, Sully volta para a linha.

— Acho uma boa ideia você ir, Bryn. Não posso te dizer quem era, mas você foi vista na casa de Jeff pelas pessoas erradas. Pegue as meninas e saia da cidade. Se for discreta, ficará tudo bem, mas quero que vá.

*Porra. Jeff, no que você me meteu?*

— E o meu depoimento? — Minha voz soa mais forte do que me sinto.

— Vou te encontrar em algum lugar com um dos outros policiais para colher seu depoimento. Mas não quero que volte para casa. Vou cuidar das suas coisas nos próximos dias.

Passo a mão pelo cabelo, olho para dentro do carro e vejo as meninas me observando.

— Ok, tenho que pegar algumas coisas para mim e para as meninas. — Localizo a loja de departamentos mais próxima e escuto Sully suspirar no telefone.

— Tome cuidado. E me mande o número do Montgomery por mensagem.

— Ok.

A linha fica muda conforme volto para o carro e sorrio tranquilizadoramente para as garotas, que estão me observando com olhos arregalados e assustados.

Crianças são muito mais espertas do que os adultos pensam.

Pego o celular e mando uma mensagem para o marido de Stacy, Isaac. Os Montgomery vão saber o que fazer.

Com dedos trêmulos, digito: *Por favor, me ligue quando estiver sozinho.*

Remexo na minha bolsa de novo para ter certeza de que estou com minha carteira e todos os meus itens necessários, quando lembro que definitivamente não posso voltar para casa para pegar nossas coisas.

Meu telefone toca, o nome de Isaac aparece no visor, e atendo rapidamente.

— Isaac.

— Bryn? O que houve?

— Não posso entrar em detalhes porque as meninas estão no carro comigo, mas preciso ir para Seattle imediatamente.

— Bryn, fale devagar. Está ferida?

— Não, estamos todas bem, mas não acho que estamos seguras.

— O que quer dizer? — A voz dele assume uma postura firme, e isso me acalma.

— Acabei de ver uma coisa que não deveria. Vou explicar quando chegarmos aí. Só queria te avisar que estou indo para casa. — Olho para trás e vejo as garotas me observando com olhos arregalados e severos.

— Você vem dirigindo? — ele perguntou sem acreditar. — Estamos quase em dezembro, Bryn. As rodovias estão horríveis.

— Eu sei. Vou devagar. Precisarei parar à noite por causa das garotas. Posso levar uma semana para chegar aí.

— Não gosto disso — ele responde sombriamente.

— Eu também não. — Conforme o choque me atinge, lágrimas descem sem parar por minhas bochechas.

— Estaremos aqui, Bryn. Me ligue todos os dias para me falar onde está. Falarei com Matt.

— Vou precisar conversar com Matt assim que eu chegar, Isaac. E um detetive de Chicago deve ligar para ele a qualquer momento.

— Está encrencada? — A voz de Isaac é calma e fria, e sei que ele está pensando no pior.

— Não como está pensando, mas é ruim.

— Dirija com cuidado. Me mantenha informado.

— Ok — concordo, desligo e paro no estacionamento do Walmart. — Vamos, meninas, precisamos comprar algumas coisas.

— Vamos ver a vovó e o vovô em Seattle? — Josie pergunta.

Elas são espertas demais.

— Sim, docinho, então precisamos comprar algumas coisas para levar.

— Eba, vamos ver a vovó e o vovô! — Maddie dança ao meu lado enquanto entramos na loja para comprar itens essenciais, como escova de dentes e calcinhas.

As meninas têm roupa para alguns dias, mas tudo que eu tenho é minha bolsa.

Talvez uma tinta de cabelo para mim.

Também quebro meu celular e o jogo no lixo, adicionando um novo à minha lista de compras.

Acho que vamos voltar para Seattle mais cedo do que eu imaginava.

# Capítulo Um

*Bang! Bang! Bang!*

Ainda não era para o meu alarme estar despertando.

*Bang! Bang! Bang!*

Acordo com o barulho de alguém tentando derrubar minha porta, e meu coração vira de ponta-cabeça.

Pulo da cama, sem me incomodar em vestir alguma coisa por cima do meu top pequeno e da calcinha e procuro loucamente alguma arma.

— Mamãe? — Maddie pergunta sonolenta da porta do seu quarto.

— Volte para a cama, Mads. — Aceno para ela voltar para o quarto e lhe dou meu melhor sorriso, o que parece mais uma careta.

— Tem alguém na porta — Josie me informa e puxa sua boneca em seus bracinhos.

— Eu sei. Vou atender. Fiquem no quarto. — Minha voz é rígida quando fecho a porta delas e desço correndo as escadas para a sala de estar.

Todas as cortinas ainda estão fechadas, então não consigo ver do lado de fora.

*Bang! Bang! Bang!*

Pego a chave de fenda que estava usando ontem para colocar um par de prateleiras e abro só um pouco a porta.

— Quem é? — pergunto, desconfiada.

— Bryn, somos apenas Caleb e eu — Matt Montgomery responde, com seu sorriso bonito no rosto.

Dou um passo para trás e abro mais a porta, suspirando de alívio.

— Vocês me assustaram pra caramba!

— O que está fazendo com a chave de fenda? — Matt pergunta, coloca as mãos na cintura exatamente como seu irmão mais novo, Caleb, e olha feio para mim.

— É minha arma — falo para os dois e ergo teimosamente o queixo.

— Certo. — Caleb avança e tira a chave de fenda da minha mão. — É muito eficaz.

— Eu poderia ter enfiado em vocês se fossem bandidos. — Dou um passo para trás e tiro o cabelo do rosto. — Por que estão aqui às seis da manhã?

— Talvez devesse colocar umas roupas — Matt sugere, e dou um gritinho quando percebo que estou praticamente nua.

— Merda!

— Mamãe, você não pode falar isso — Josie fala dos degraus de baixo da escada. — Maddie! Matt e Caleb estão aqui!

— Vá se vestir, querida. Vamos fazer café da manhã para as meninas. — Matt sorri para minhas filhas e as abraça, mas Caleb ainda está quieto, me observando com seus olhos azuis calmos.

— Por que estão aqui? — pergunto de novo aos dois.

— Vamos conversar sobre isso também — Caleb me assegura e, finalmente, me oferece um meio sorriso, exibindo as covinhas conforme permite que seus olhos passeiem por meu corpo seminu.

Esse homem me faz tremer por dentro. Desde que vim para casa há mais de um ano e encontrei essa família grande e adorável, Caleb tem me provocado um caso permanente de calcinha molhada. O fato de ele ter me carregado bêbada para casa depois da festa de despedida de Jules no ano passado selou o acordo.

Até em meu estado inebriado, meu corpo ficou todo úmido enquanto estava em seus braços.

— Volto logo — murmuro e subo as escadas correndo, dando a volta nas meninas e tentando não pensar no fato de que ambos os Montgomery gostosos pra cacete acabaram de ter uma visão privilegiada da minha bunda praticamente nua. Isso é mais do que qualquer homem viu de mim em quase cinco anos.

Patético.

Consigo ouvir as garotas falando alto com os rapazes enquanto me apresso para colocar um moletom com capuz e calça de ioga, prender meu cabelo em um coque bagunçado e descer as escadas.

— Estamos comendo cereal de chocolate no café da manhã — Maddie me informa.

— Ok, mas comam com banana.

— Ah, cara! — Josie reclama.

— Vocês conhecem as regras. Podem comer cereal com açúcar se comerem uma fruta também. — Beijo ambas na cabeça conforme passo por elas para encher a cafeteira com água.

Matt pega bananas e as descasca para as crianças.

— Vocês não me contaram essa regra — ele as repreende com um olhar divertido.

— Não sabíamos dela — Maddie mente, tentando conter uma risada.

— Sabe, posso levar vocês para a prisão por mentirem para um policial — Matt as informa com um sorrisinho.

— Nã-não! — Josie exclama e ri.

— Posso. — Ele assente.

— Nós vamos comer a banana — Maddie cede e dá uma mordida grande na dela.

— Melhor assim. — Matt passa a mão pelo rabinho de cavalo dela do outro lado do balcão. — Sem prisão para vocês hoje.

Ele é muito bom com crianças.

Todos os Montgomery são.

Caleb está apoiado no balcão da cozinha, me observando com cuidado, os braços cruzados à frente do peito. Seu cabelo cresceu um pouco do seu corte militar supercurto de sempre, e seu queixo está coberto por uma barba por fazer meio ruiva.

Aqueles olhos azuis, marca registrada dos Montgomery, me seguem conforme me movimento pela cozinha, arrumando o café e me certificando de que as meninas tenham tudo que precisam.

Como sempre que o vejo, a eletricidade passa por minha espinha e sai para meus membros, e eu só quero me prender nele e devorá-lo.

Mas, em vez disso, apenas sorrio e encosto em seus bíceps ao passar por ele.

— Café? — pergunto a ele. Seus músculos se flexionam ao meu toque, e meu estômago tensiona. Jesus, seus braços são do tamanho da minha coxa.

— Por favor. — Ele assente.

— Eu também — Matt pede e rouba um pedaço da banana de Maddie, fazendo-a rir.

— Então, e aí, gente? — Entrego suas canecas com café fresquinho.

— Meninas, terminem seu café da manhã. Vamos levar sua mãe para a sala para conversar, ok? — Caleb sorri para elas e beija suas bochechas. — É só gritar se precisarem da gente.

— Ok! — Josie concorda e suga um pouco do cereal, derramando leite com chocolate por todo o balcão.

Maddie assente e dá outra mordida na banana.

Sigo os meninos para a sala de estar, aproveitando a visão da parte de trás deles.

— Sente-se. — Matt aponta para uma das cadeiras, mas apenas cruzo os braços e fico em pé.

Sente-se uma ova.

— Só me fale sobre o que é tudo isso.

— Brynna, por favor, sente-se — Caleb murmura e se senta no sofá próximo à cadeira que querem que eu ocupe.

Olho para um e outro e, percebendo que essa é uma batalha perdida, sento na beirada da cadeira.

— Ok, estou sentada. Por que vocês dois estão na minha casa às seis da manhã, me assustando pra caramba?

— Recebi uma ligação ontem no trabalho — Matt começa e respira fundo.

— Nessa área? — pergunto.

— Sim. Era um detetive particular, e ele me fez um monte de perguntas sobre a família. — Ele olha para mim, com os olhos sérios. — Toda a família.

— Ou seja, fez perguntas sobre mim — murmuro e sinto que começo a suar um pouco. — E, se eles me ligarem à sua família, vou ter que ir...

— Não vai ter que ir a lugar nenhum — Caleb interrompe e pega minha mão, apertando firme.

— O investigador não perguntou especificamente sobre você, mas ergueu algumas bandeiras para mim. Não gostei. — Matt balança a cabeça e se levanta para andar de um lado para outro na sala de estar.

— Faz mais de um ano, Matt. Por que agora? — Tento manter a voz baixa para que as meninas não consigam me escutar.

— Não sei. — Ele vira de costas para nós. — Pode não ter nada a ver com o que aconteceu em Chicago.

— Não acho que alguém consiga me encontrar aqui — digo a eles. — Essa casa não é minha. Trabalho para Isaac por baixo dos panos. Nem troquei a carteira de motorista de Washington para Illinois. Não há motivo para bandeiras serem erguidas.

— Concordo, e vamos continuar a ter cuidado, mas achamos que é melhor você e as meninas irem morar comigo ou com Caleb.

— Absolutamente não. — Tiro minha mão da de Caleb e ando de um lado para outro na sala.

— Por quê? — Caleb pergunta com a voz calma e baixa.

— Porque não. As meninas têm escola. Eu tenho um emprego. Temos uma rotina. Não vou interromper isso. Elas já passaram por muita coisa. — Continuo com a voz baixa, mas meu corpo inteiro está tenso, e quero gritar. — Finalmente estamos em um lugar que não nos sobressaltamos toda vez que escutamos um barulho estranho.

— E é por isso que você atendeu à porta com uma porra de chave de fenda como arma? — Caleb pergunta com uma sobrancelha erguida.

— Normalmente, não recebo visitas assim tão cedo.

— Precisamos saber que está segura — Matt insiste e coloca as mãos na cintura, me encarando.

— Não vamos nos mudar desta casa. — Cruzo os braços e encaro Matt.

— Certo, eu me mudo para cá. — Caleb se levanta e segura meus ombros com suas mãos grandes, e sua expressão é feroz. — Se vai ser teimosa, tudo bem, você e as meninas ficam aqui, mas eu vou me mudar para cá.

— Como pode? — pergunto, incrédula. — Se for chamado para uma missão no último instante, como isso vai ajudar?

Matt limpa a garganta, e Caleb aperta os olhos fechados por um instante e, então, me encara com seu olhar azul mais uma vez.

— Não mais. Minha última missão foi a derradeira.

— O quê? — Meus olhos estão arregalados, analisando seu lindo rosto. — Por quê?

— Foi meu tempo. — Ele balança a cabeça e olha para baixo antes de desviar de mim e olhar para Matt. — Eu vou ficar com ela.

— Por mim, tudo bem.

— O que devo dizer para as meninas? — pergunto, ainda tentando entender tudo isso. Caleb saiu da Marinha?

— Não está escutando, Brynna? — Caleb começa. — Você pode estar em perigo. Não estou disposto a arriscar. Até sabermos com certeza o que está acontecendo, ficarei aqui. A partir de hoje.

— Hoje não é um dia bom para mim...

— A partir de hoje. — A voz de Caleb é muito controlada e baixa conforme aproxima o rosto do meu. — É isso que fazemos nesta família, Brynna. Protegemos os nossos.

— Eu não sou...

— É, sim — Matt responde antes de eu conseguir terminar a frase. — Pare de ser teimosa e aproveite.

Olho para os dois homens formidáveis me encarando, e sei que perdi essa batalha. Sinto os ombros caírem e meu lábio inferior tremer antes de firmar meu maxilar e piscar rapidamente.

— O que foi? Não quer que eu corte seu barato? — Caleb pergunta sarcasticamente, mas seu rosto é suave e seus olhos são gentis enquanto ele me observa com cuidado.

— Não, só quero que nossas vidas voltem ao normal, e parece que isso nunca vai acontecer.

Antes de eu perceber o que está acontecendo, Caleb me puxa em um abraço forte. Suas mãos sobem e descem por minhas costas, e ele murmura na minha orelha.

— Você vai ficar bem. Eu prometo.

— Você vai dormir no sofá, fuzileiro — resmungo em sua camiseta cinza-clara, recebendo uma risada dele.

— Fechado.

— Então, o que aprenderam hoje? — pergunto às meninas enquanto arrumo a mesa e volto para o fogão a fim de verificar o molho do espaguete.

— Eu aprendi que o Nelson come suas caquinhas — Josie responde com uma careta. — Meninos são nojentos.

— Quem é Nelson? — Rio, e esvazio um pacote de espaguete em uma panela com água fervente.

— Ele é da classe dela — Maddie responde ao passar manteiga no pão de alho.

A porta da frente se abre e fecha e, segundos depois, Caleb entra na cozinha com uma careta.

— Por que a porta da frente estava destrancada?

— Caleb. — Suspiro e balanço a cabeça, voltando à massa fervente. — Estamos bem.

— Tranque a porra da porta, Brynna.

— Caleb! Não pode xingar. — Josie franze o cenho para ele.

— Por que está com uma mala? Vai passar a noite aqui? — Maddie pergunta, olhando para a mala verde de tecido que Caleb tem na mão.

— Vou ficar com vocês por um tempo — ele responde, e aperto os olhos fechados.

Droga, ainda não tinha conversado com as meninas!

— Por quê? — Josie questiona.

— Porque a casa de Caleb está em reforma — me apresso em responder antes de Caleb e recebo um olhar surpreso dele. — Então ele vai ficar por um tempo.

— Ok. — Maddie dá de ombros e sorri amplamente para o homem alto na minha cozinha. — Pode dormir no meu quarto?

— Não, acho que vou ficar no sofá.

— Vai ler histórias para eu dormir? — ela pergunta.

— Posso fazer isso — ele confirma e sorri para ela.

— Legal!

— Mamãe normalmente lê para nós — Josie interrompe com uma careta em seu rostinho lindo.

Josie sempre foi a mais reservada das meninas, então, não confia rapidamente, mesmo nos Montgomery, que têm feito parte da vida dela por mais de um ano agora.

Ela também é a mais rabugenta das duas.

— Se preferirem que ela faça isso, por mim está tudo bem. — Caleb dá de ombros e coloca sua mala no corredor.

— Eu quero Caleb! — Maddie grita.

— Eu quero a mamãe! — Josie grita de volta.

— Chega! — interrompo-as. — Isso não é nada, meninas. Parem de discutir e vão lavar as mãos. O jantar está pronto.

Ambas fazem beicinho, enquanto saem da cozinha e vão ao lavabo do corredor para lavar as mãos.

— Se ficarem com essa cara por muito tempo, vou puxar esse beiço! — grito para elas e sorrio quando as ouço dar risada.

Caleb sorri ao se aproximar de mim, tira a tampa da panela do molho para poder sentir o cheiro do tomate e do tomilho e, então, coloca de volta.

— Parece que cheguei na hora certa.

— Se gosta de espaguete, chegou, sim. — Derramo a massa em um escorredor de macarrão e tiro o pão de alho do forno. — Já arrumei o seu lugar na mesa.

— Obrigado.

Assinto e me viro, mas ele segura meu braço e me puxa de volta para olhar para ele.

— Você está bem?

— Estou.

— Minha casa está em reforma, é? — Suas covinhas piscam para mim quando ele sorri.

— Eu não sabia mais o que dizer. Não quero assustá-las.

— Minhas mãos estão limpas! — Maddie anuncia ao voltar dançando para o cômodo.

— Vamos conversar depois — Caleb sussurra e me ajuda a arrumar o restante do jantar na mesa. — O cheiro está ótimo.

— É meu preferido — Maddie lhe conta, orgulhosa. — Pude escolher esta noite porque acertei todas as palavras na minha prova de ditado.

— Bom trabalho — Caleb elogia e segura a cadeira para elas.

— Por que está fazendo isso? — Josie pergunta com o nariz enrugado.

— Porque é isso que um cavalheiro faz. Ele puxa a cadeira para uma dama se sentar.

— Não sou uma dama. — Maddie ri. — Sou uma menininha.

— Vocês são pequenas damas, então. — Caleb pisca para elas e espera pacientemente ao lado da cadeira, me aguardando colocar a tigela grande de espaguete na mesa e sentar.

— Obrigada, senhor — digo primorosamente e me sento.

Quando foi a última vez que um homem se sentou à mesa de jantar conosco? Além dos feriados com a família, nunca.

*Nunca.*

Caleb ajuda as meninas a se servirem e, então, espera que eu me sirva antes de se servir. Enquanto ele e as meninas comem com vontade, me recosto e observo os três, rindo e conversando, e meu coração se aquece.

É assim que é o *normal?*

— Certo, mamãe? — Josie olha para mim com expectativa.

— Desculpe, o quê?

— Hoje tem sorvete de sobremesa.

— Ah, claro. — Assinto e dou um gole no meu vinho tinto.

Ao longo da refeição, vejo Caleb interagir com facilidade com minhas filhas. Ele ri das piadas delas, e até Josie derrete-se com ele, brigando com Maddie para falar sobre seu dia.

Deus, ele é muito bonito. Como todos os Montgomery, ele é alto e forte. Seu cabelo é loiro-escuro, mas seus olhos são azul-claros e, quando ele me encara, juro que consegue ver dentro de mim.

Está usando uma camiseta cinza e jeans azuis desbotados.

Não consigo deixar de pensar como ele deve ser nu. Há mais de um ano, eu quero senti-lo em cima de mim, me segurando.

Dentro de mim.

E houve momentos em que eu soube que ele se sentiu do mesmo jeito, mas nunca passou do limite da amizade.

Poxa vida.

— Quem vai limpar tudo? — Caleb pergunta quando todos terminaram de jantar.

Eu mal tinha tocado no meu prato, mas quem consegue comer com Caleb "Fuzileiro gostoso" Montgomery sentado ao lado?

Eu, não.

— Todo mundo ajuda — Josie diz a ele. — Você pode varrer o chão.

— Esse é o seu trabalho — eu a lembro. — É o que ela menos gosta de fazer — digo a Caleb com um sorriso.

— Droga — ela sussurra e leva seu prato à pia.

— Todos nós temos dever de PC — Caleb informa as garotas.

— O que é dever de *pecê?* — Maddie pergunta.

— PC. — Caleb coloca as migalhas em uma tigela de plástico. —

Significa Patrulha da Cozinha.

— Precisamos arrumar antes de tomar sorvete. — Josie faz careta.

— Parece justo para mim. — Dou risada e começo a encher a lava-louça enquanto Caleb e as meninas arrumam a mesa e limpam os balcões.

Em pouco tempo, a cozinha está limpa e eu sirvo sorvete para todo mundo, com calda de chocolate e granulado para as meninas.

— Podemos sentar lá fora no pátio? — Maddie pergunta.

— Não, Mads, estamos no inverno — eu a lembro.

— Eu quero verão. Quando será o verão?

— Faltam alguns meses ainda — Caleb responde e dá um beijo em sua cabeça conforme todos nos sentamos à mesa de jantar para comer nossa sobremesa.

— Não está chovendo — Josie comenta.

— Não, mas a mobília do pátio está guardada, e está frio lá fora.

— Droga de inverno. — Josie faz beicinho e come uma colherada de sorvete.

— Elas estão na cama? — Caleb pergunta quando desço as escadas para a sala.

— Estão. — Suspiro e me jogo no sofá ao lado dele. — Eu as amo, mas, Deus do céu, elas são cansativas.

— São lindas — Caleb murmura ao me entregar uma cerveja.

— Vamos beber? — Ergo as sobrancelhas.

— Vamos dividir esta.

— Certo. — Tomo um gole da garrafa marrom e, então, devolvo a ele. — Sabe, você não precisa ficar, Caleb. As meninas e eu estamos seguras.

— Brynna, você entende por que estou aqui?

— Porque alguém fez um monte de perguntas que nem eram sobre mim. Caleb, nós nem sabemos se alguém está me procurando.

— Olha. — Caleb se aproxima e coloca um braço em volta dos meus ombros. — Eu sei que a polícia está de olho em Chicago, e não temos certeza de que alguém está te procurando, mas, Brynna, se houver a menor possibilidade de você estar em perigo, eu preciso estar aqui. — Ele beija minha têmpora, inalando profundamente. — Se o instinto de Matt diz que alguma coisa está errada, então algo está errado.

— Não gosto disso.

— Não tem que gostar. — Ele pega meu queixo com os dedos e faz meu olhar encontrar o dele. — Continue falando para as meninas que preciso de um lugar para passar um tempo. Vou ficar fora do seu caminho o máximo que conseguir. Apenas mantenha as malditas portas trancadas e os olhos abertos.

— Não quero que nossa rotina seja interrompida.

— Jesus, você é teimosa.

— Você já sabe que sou — eu o lembro com um sorriso.

— Você trabalha para Isaac três dias por semana, certo?

— Certo.

— Ok, deve estar segura quando estiver lá, com Isaac, e todos os outros caras sempre entrando e saindo. Vou diminuir minha semana de trabalho para três dias para estar aqui quando você estiver.

— Você já vai trabalhar? — pergunto, surpresa.

— Sim, vou treinar mercenários civis fora de Seattle. — Ele se mexe, como se estivesse desconfortável ao falar sobre seu novo emprego, mas quero saber mais.

— Que tipo de treinamento?

— Armas, principalmente. Armas são minha especialidade.

— Que tipo de armas? — Me aproximo dele, apoiando-me em seu tronco, gostando do som da sua voz.

— Pode falar qualquer uma que eu sei.

— Humm.

— Na verdade, acho que vou te levar para aprender a atirar amanhã.

— Eu? — pergunto e me sento ereta. — Por quê?

— Porque você precisa aprender a se proteger. Vai precisar de licença para armas escondidas também.

— Eu já...

— Pare. — Ele coloca os dedos na minha boca, recebendo um olhar impetuoso de mim. — Me deixe te ensinar isso, Bryn.

O braço dele está à minha volta, me puxando para perto, e sua outra mão está sobre minha boca, e tudo que consigo pensar é no fato de os lábios dele estarem a centímetros do meu.

*Centímetros.*

Baixo o olhar para eles e respiro fundo.

— Não — ele sussurra e gentilmente tira os dedos.

— O quê? — sussurro de volta, ainda olhando seus lábios, e meu estômago se contorce quando ele os lambe.

— Não me olhe assim.

Meus olhos se erguem para os dele.

— Assim como?

— Como se quisesse que eu te beijasse.

— Eu quero que me beije.

Pronto, eu disse.

Ele suspira, passa o polegar em meu lábio inferior e, então, gentilmente envolve os braços em mim e me abraça forte.

— Não posso fazer isso. Vá dormir, Brynna.

— Mas...

Ele se levanta de repente, tira a garrafa de cerveja da minha mão e se afasta.

— Vá dormir.

# Capítulo Dois

## Caleb

Que porra estou fazendo aqui?

O olhar no rosto lindo de Brynna quando eu lhe disse que não poderia beijá-la não para de repassar na minha cabeça. São duas da manhã, e ainda estou longe de dormir. Isso se dormir.

Não estou dormindo muito esses dias.

A mulher dormindo no andar de cima está na minha cabeça desde a maior parte do ano passado. Ela e suas duas filhas maravilhosas me pegaram com seus dedinhos. Brynna talvez seja a mulher mais linda que já vi, com seu cabelo escuro comprido e olhos castanho-escuros, e aqueles lábios que foram feitos para beijar. Suas pernas são compridas, e sua bunda é redonda e ficaria perfeita nas minhas mãos.

*Incrível.*

As filhas dela são tão lindas quanto ela, com cabelo comprido escuro e os olhos castanhos da mãe.

Levanto do sofá e ando pela casa, pela terceira vez na noite, fazendo uma ronda para me certificar de que tudo está como deveria. As portas da frente e dos fundos estão bem trancadas, assim como todas as janelas. A casa está quieta, com exceção do barulho ou gemido ocasional normal de casas.

Um único abajur está aceso na sala de estar, perto do sofá. Um cobertor vermelho e um lençol branco estão dobrados perfeitamente em uma ponta, onde Brynna os deixou mais cedo.

Satisfeito pela casa estar segura naquela noite, tiro a camiseta por cima da cabeça e guardo-a na mala, abro o primeiro botão do meu jeans e tiro a pistola 9mm do cós nas minhas costas e a coloco na mesa ao lado do sofá.

Assim que pego uma camiseta limpa e shorts de basquete, alguém solta um gritinho no piso superior.

Pegando a pistola, vou rápido até as escadas, subo-as com agilidade, coloco as costas contra a parede, e vou para o quarto das meninas, presumindo que o barulho veio de Maddie ou Josie, mas, quando passo pelo quarto de Brynna, ela dá outro grito mais alto e mais urgente de angústia.

Vou matar quem a estiver machucando.

A porta dela está entreaberta. Eu a abro com cuidado. Meus olhos rapidamente se ajustam ao escuro, e faço uma rápida varredura no quarto, tentando não focar na mulher linda se mexendo e revirando na cama.

Exceto por Brynna, o quarto está vazio.

— Não toque nela! — ela grita e vira de bruços.

Guardo minha pistola na gaveta do seu criado-mudo e subo na cama, me inclinando sobre ela. Tiro o cabelo úmido e emplastrado da sua testa e bochecha conforme ela se vira de costas mais uma vez, e meu coração se aperta ao ver a total angústia em seu rosto lindo.

— Bryn — eu a chamo baixinho, sem querer assustá-la.

— Não vou deixar você levá-las. — Ela balança a cabeça, e lágrimas escorrem do canto dos seus olhos e desaparecem em seu cabelo.

— Querida, você está sonhando. — Continuo a acariciar gentilmente seu rosto. — Brynna, acorde.

Seus olhos se arregalam, e seu olhar encontra o meu.

— Ah, meu Deus.

Ela tenta se afastar, mas a puxo para meus braços e a aproximo de mim, colocando sua cabeça com cheiro doce sob meu queixo, e a balanço enquanto ela chora baixinho.

— Você está bem — sussurro e passo as mãos por suas costas. Consigo sentir seu calor através do tecido fino da sua blusinha branca, e quero tirá-la do seu corpo gostoso e sentir sua pele macia. Seu coração está martelando contra o meu peito.

— Eu odeio pesadelos — ela sussurra, e sua respiração faz cócegas na minha pele.

— Você e eu — concordo. Tanto que nem durmo mais. — Quer

conversar sobre ele?

— Eu não o tinha há um tempo — ela murmura e funga.

As lágrimas pararam, graças a Deus, porque ver Brynna chorar é como ter meu coração arrancado. Não consigo suportar.

— Sobre o que é? — Passo os dedos em seu cabelo comprido e escuro. As mechas são macias e lisas e caem por suas costas. Amo quando ela o usa solto, ou o deixa liso ou faz aqueles cachos, não importa.

— Minhas filhas — sussurra e enterra o rosto em meu peito mais uma vez e segura em minhas laterais com as duas mãos como se só de pensar no que a estava atormentando há alguns instantes fosse demais para suportar. — Eles estavam tentando machucar minhas filhas.

— Baby — sussurro e inclino a cabeça dela para trás até ela estar me olhando. — Ninguém vai machucar as meninas. *Nunca*.

Seus olhos grandes castanhos se enchem de lágrimas de novo, e é minha desgraça.

— Não chore, Bryn. — Passo os polegares por suas bochechas, enxugando as lágrimas. — Vocês estão seguras.

— Estou tão cansada de sentir medo, Caleb.

— Ei — sussurro e passo os nós dos dedos por suas bochechas macias. — Não precisa ficar com medo, baby. Eu estou aqui.

Seus olhos baixam para meus lábios, da mesma forma que fizeram mais cedo em seu sofá, e minhas entranhas se contorcem assim como meu pau revive.

*Saia daí, Montgomery.*

— Caleb? — ela pergunta baixinho.

— Sim.

— Por que você não me beija?

Não posso responder. A verdade é uma merda, e não vou mentir para ela. Nunca. Em vez disso, passo o polegar por seu lábio inferior, adorando a sensação, e desejo com todo o meu coração que as coisas fossem diferentes.

Quando meu polegar chega ao centro do seu lábio inferior triste, a ponta da sua língua encosta na minha pele, e eu perco o controle.

Seguro seu rosto com a mão e passo os lábios nos dela e, então, a beijo enquanto ela geme de felicidade, envolvendo aqueles braços fortes em mim e me puxando para mais perto.

Sua boca é pura alegria. Minha outra mão desliza para cima por seu corpo, na lateral externa do seu seio, e sobe para segurar a outra face, e eu a seguro conforme me aproveito da sua boca.

Eu queria prová-la há meses, e aqui está ela, finalmente em meus braços. Seu cheiro suave e exótico me envolve, me intoxica.

Ela respira profundamente conforme me afasto devagar, beijando seu nariz e suas bochechas e, finalmente, me afastando totalmente, observando-a com cuidado.

Seus olhos ainda estão fechados quando ela coloca aquelas mãos maravilhosas em meu peito, onde as descansa, engole em seco e abre os olhos incrivelmente escuros.

— Eu achei que você não fosse me beijar — ela sussurra.

— Não consegui evitar. — Estar aqui com ela, na escuridão silenciosa no meio da noite, parece totalmente certo.

— Ok — ela murmura e sorri.

— Você deveria dormir um pouco.

— Não vá. — Ela segura meus braços com força, e seus olhos estão arregalados de medo. — Por favor. Ainda não.

— Deite-se.

— Caleb...

— Vou ficar, querida. Apenas deite.

Ela desliza na cama e se deita, virando de lado para dar mais espaço para mim.

Meus pés provavelmente vão ficar para fora.

Deito de lado e a puxo contra mim, beijo sua cabeça e respiro fundo.

— Desculpe por te acordar — ela murmura e esfrega o nariz em meu esterno.

Sorrio em seu cabelo. Ela é muito carinhosa.

*Boa* pra caralho.

— Não acordou.

— Você ainda não tinha dormido? — ela pergunta e boceja.

— Ainda não.

— Durma, Caleb.

Ela abraça minha cintura e se pressiona em mim da cabeça aos pés, enrolando as pernas nas minhas. Ela se encaixa perfeitamente em mim.

Seu corpo é esguio. Com os saltos que insiste em usar com as meninas, ela fica apenas centímetros mais baixa do que meu 1,90m.

— Caleb? — ela pergunta sonolenta.

— Sim, Bryn.

— Durma. É uma ordem.

Dou risada e enterro o nariz em seu cabelo, cheirando a essência dela.

— Sim, senhora.

E, para minha surpresa, caio no sono mais pesado que já tive em anos.

# Capítulo Três

*Brynna*

Acordo devagar, e me alongo como uma gato gordo e preguiçoso. Mantenho os olhos propositalmente fechados e sorrio um pouco, lembrando de Caleb vindo para minha cama a fim de me confortar depois do meu pesadelo horroroso. Eu sei que ele foi embora agora, porque a cama à minha volta está fria, mas o fato de ele ter me segurado, me confortado, no meio da noite, foi simplesmente... maravilhoso.

O homem é incrível sem camisa. Em todo o tempo que passei com ele, nunca o tinha visto sem camisa e, mesmo no escuro, é uma visão e tanto.

Jesus, ele tem músculos em todo lugar.

Esfrego as mãos no rosto e, então, abro os olhos e franzo o cenho.

Está claro lá fora. Muito claro para ainda ser antes do meu alarme tocar. Viro a cabeça para olhar o relógio e arfo quando vejo a hora.

Estou atrasada!

— Droga, droga, droga — murmuro e arranco as cobertas de cima de mim. Corro para o banheiro, com a calça de ioga nas mãos, para fazer xixi rapidamente, escovar os dentes e amarrar meu cabelo em um coque bagunçado.

— Meninas! — grito e ando rápido pelo quarto e pelo corredor até o delas. — Dormimos demais!

Abro a porta, mas suas camas estão vazias.

— Meninas? — grito de novo e desço correndo as escadas. Antes de fazer a curva para a cozinha, ouço Caleb e as meninas rindo, então paro rápido e escuto.

— Quantos anos você tem? — Josie pergunta.

— Muitos mais do que você — Caleb responde.

Posso ouvir e sentir o cheiro do bacon fritando, e meu estômago ronca.

— É mais velho do que a mamãe? — Maddie pergunta com sua boca cheia de alguma coisa.

— Sim. — Ele dá risada. — Sou alguns anos mais velho do que ela.

— Mamãe tem trinta anos — Josie o informa. — Ela é bem, *bem* velha.

— É mais velho do que o Empire State Building? — Maddie pergunta com admiração em sua vozinha, e cubro a boca para não rir alto.

— Ãh, pareço mais velho do que o Empire State Building?

— Talvez — Maddie responde.

— Você tem cachorro? — Josie pergunta e mastiga alguma coisa. Ela deve tê-lo convencido a lhe dar outra tigela de cereais.

— Não — Caleb responde.

— Tem gato? — Maddie pergunta.

— Não.

— Você tem um *cocodilo*? — Josie pergunta alto.

— Você quer dizer crocodilo? — Caleb ri.

— Foi o que eu disse.

— Não, não tenho animais de estimação. Principalmente répteis.

Resolvendo salvá-lo, entro na cozinha e meu coração simplesmente para. As meninas estão vestidas, seus cabelos escuros e compridos, penteados, e elas estão comendo felizes um café da manhã cheio de panquecas, ovos e bacon. E, claro, Josie tem seus preciosos cereais.

Ele cuidou das minhas filhas e me deixou dormir mais.

As meninas ainda não me viram, porque estão de costas para mim, mas Caleb olha para cima e sorri. Seus olhos são calorosos e viajam de cima a baixo em mim, parando nas minhas pernas.

— Dormiu bem? — ele pergunta quando sinto minhas bochechas se aquecerem.

— Bem demais — confirmo e me junto a ele na cozinha. — Dormi muito. Você desligou meu alarme?

— Sim. Pensei que pudesse dormir um pouco mais. As meninas e eu estamos com tudo sob controle aqui embaixo.

— Obrigada. — Fico na ponta dos pés e o beijo na bochecha, então dou a volta no balcão e abraço as meninas.

— Bom dia, mamãe. — Josie joga os braços em volta da minha cintura e me abraça forte.

— Bom dia, meu bebê. Você dormiu bem?

— Dormi!

— Caleb fez ovos nojentos — Maddie me informa e me abraça forte.

— Fez? — pergunto com uma risada e olho para Caleb. — Que tipo de ovos eram?

— Nojentos. — Maddie dá de ombros e vira de costas para sua comida.

— Pochê — Caleb diz com um sorriso. — Nem um pouco cozido.

— Ah. — Assinto. — Somos mais do tipo ovos mexidos por aqui.

— Percebi. — Ele coloca os pratos sujos das garotas na lava-louça e pega uma caneca de café para mim. — Café?

— Sim, por favor.

— Posso fazer ovos para você.

— Estou bem. — Balanço a cabeça e me sirvo de café.

— Caleb, você... — Maddie começa, mas eu a interrompo.

— Chega de perguntas pela manhã. Subam, escovem os dentes e se aprontem. O ônibus chegará em dez minutos.

— Mãe, não se esqueça de que hoje tem aula de dança — Maddie me lembra.

— Eu sei. Stacy vai pegar vocês na escola e levá-las.

— É uma vez por semana? — Caleb pergunta baixinho.

— É, Stacy sempre as pega e as leva. Sophie está na mesma aula de dança.

Ele assente e coloca ovos, bacon e panquecas em um prato e come. Seus quadris vestidos de jeans estão apoiados no balcão, e seus pés descalços, cruzados. Observo fascinada quando seus músculos dos braços se flexionam conforme ele ergue e abaixa o garfo da boca e sinto minha calcinha umedecer e meus mamilos enrijecerem.

Droga, ele nem me tocou, e eu estou pronta para me despir e pular nele.

— Mãe, estamos prontas! — Josie grita e entra correndo na cozinha.

— Ok, que bom. Vou levá-las até o ônibus.

— Eu vou levar todas vocês até o ônibus — Caleb diz e deixa seu prato com metade da comida de lado.

— Coma seu café da manhã, Caleb. Estamos bem.

— Eu vou levar todas vocês até o ônibus — ele repete, piscando para mim, e se move com graciosidade pela sala para pegar uma jaqueta verde e os sapatos.

Assim que estamos agasalhados, as meninas colocam suas mochilas nos ombros e andamos pela rua até chegar à estrada. Josie pega minha mão, e Maddie segura a de Caleb. O rosto lindo dele parece surpreso por um instante e, então, ele sorri para ela conforme andamos.

Em minutos, o ônibus estaciona, e as meninas sobem, junto com algumas outras crianças vizinhas.

Caleb e eu ficamos ali esperando o ônibus sair para voltar para casa. Quando começamos a descer a rua, enfio as mãos nos bolsos, lutando contra o ar frio, e o olho. Ele está em alerta, seus olhos escaneando a casa, as árvores, os arbustos.

— O que está procurando? — Sigo seu olhar.

— Qualquer coisa que esteja fora do lugar.

Tudo parece normal para mim.

— Vocês não estão sendo cuidadosos demais? — pergunto e recebo um olhar azul congelante.

— Não.

— Ok. — Dou de ombros e o levo de volta para casa. — Bom, você sobreviveu à primeira Inquisição Espanhola.

Caleb ri e tira sua jaqueta, pendura no cabide ao lado da porta, pega a minha e faz o mesmo.

— Elas são muito fofas, Bryn.

— Obrigada. — Assinto. — Mas fazem muitas perguntas.

— Fazem, sim. — Caleb balança a cabeça e ri. — Quase penso que preferiria ser interrogado pelo inimigo. Pelo menos, tudo que tenho que fazer é dar meu nome, minha classificação e meu número.

— Não diga isso — murmuro e o abraço na cintura, surpreendendo-o.

— Ei, o que é isso?

— É que não é engraçado — sussurro e, então, me afasto, envergonhada. — Me preocupei muito com você.

— Por quê? — ele pergunta com as sobrancelhas erguidas.

Reviro os olhos para ele e respiro fundo.

— Ah, não sei, Caleb. Talvez porque você estivesse constantemente em Deus sabe onde, fazendo Deus sabe o quê, e eu sabia que era perigoso, e fiquei supernervosa até você voltar para casa em segurança.

Ele hesita por um instante, e eu percebo que acabei de chocá-lo.

Será que ele realmente não entende o quanto me importo com ele?

— Não se preocupe com isso. — Balanço a cabeça e me afasto, indo rápido para a cozinha. — Estou feliz que esteja seguro. Só não faça essas piadas.

— Sim, senhora — ele sussurra atrás de mim, me fazendo sorrir enquanto coloco o resto da louça suja na máquina, uma barra de sabão no compartimento redondo e a ligo.

— O que você tem hoje? — ele pergunta de repente.

— Tenho tarefas para fazer de manhã, depois não tenho mais nada até as crianças chegarem em casa por volta das seis. Vou começar a fazer o jantar lá pelas cinco.

— Ok, bom, vamos nos aprontar para sair, então. Depois das suas tarefas, temos que ir a um lugar.

— Aonde?

Seu rosto ainda está sombrio quando ele me observa. Alguma coisa mudou naqueles olhos, em sua postura. Ele parece... confuso.

— Você vai ver — ele murmura e se vira para sair da cozinha.

— Não sei fazer isso — murmuro e observo quando Caleb empurra um pente em sua arma com um alto *snick*.

— Você precisa aprender — ele me lembra pela milésima vez desde que saímos do correio e me disse que iríamos atirar.

— Por quê? Não gosto da ideia de ter uma arma na casa com as meninas.

— As meninas não vão atirar. — Ele me passa um par de óculos limpos de atirar e protetores para ouvidos.

— Caleb, acidentes acontecem.

— Número um — ele começa, sua voz firme, maxilar travado e olhos frios. Está no modo militar.

É assustador pra cacete.

— Qualquer arma em sua casa ficará com você ou trancada. As meninas nunca terão a oportunidade de causar um *acidente*. — Ele ergue uma sobrancelha para mim, esperando que eu responda.

Serei punida se disser *sim, senhor*.

— Ok — respondo e ergo o queixo.

Seus lábios se curvam antes de continuar.

— Número dois, você precisa aprender para que possa se proteger. As pessoas que podem ou não estar te procurando são perigosas, e *vão* ter armas. Sua chave de fenda não pode competir com isso.

— Ei — começo, mas ele me corta.

— E número três... — Ele se inclina para sussurrar em meu ouvido. — Não seja covarde.

Pronto. De uma hora para outra, estou irritada pra caralho.

*Covarde?* Não sou nada covarde.

Estreito os olhos e ergo o rosto para ele.

— Pode mandar, fuzileiro.

— Boa garota — ele murmura e sorri para mim, orgulhoso. — Você já segurou uma arma?

— Não.

— Ok. — Ele a segura para mim, para inspecionar. — Aqui é a trava de segurança. Está solta porque estamos prestes a atirar. — Ele sorri para mim, e posso dizer que ama isso. — Esse pente tem dez balas. Tenho mais quatro pentes comigo.

— Entendi. — Assinto, olhando para a arma preta nas mãos dele, completamente perdida.

— Quer que eu atire primeiro?

— Quero, por favor.

Ele coloca seus óculos e olha para o alvo. Olho em volta e sinto cheiro de pólvora e suor masculino. Está vazio neste momento, no meio da semana. Estamos na cabine mais distante e sozinhos.

E Caleb está totalmente em seu ambiente.

— Fique um pouco para trás. Não quero que as cápsulas te atinjam quando saírem da pistola.

— Entendi. — Vou para o meu lugar e, quando ele está satisfeito por eu estar segura, vira-se para o alvo, ergue a arma com as duas mãos, braços estendidos, músculos completamente travados, e atira pela primeira vez.

E eu fico imediatamente molhada e arfando.

Pelo amor de tudo que é mais sagrado, esse homem é puro e autêntico sexo em pessoa.

Ele aperta o gatilho devagar para alguns tiros e, então, esvazia o cartucho rapidamente, sem tirar os olhos do alvo.

Quando olha de novo para mim, sorri presunçoso e puxa o alvo.

— Você está bem?

— Sim. — Limpo a garganta e sinto meus olhos se arregalarem quando o alvo se aproxima. Há um amontoado de buraquinhos no peito e outro no topo da cabeça. — Belos tiros.

Ele dá de ombros, substitui o alvo por um novo e o manda para longe.

— Sua vez.

— Talvez você devesse ir de novo. — Tento manter a voz leve. De repente, fico muito nervosa.

— Covarde — ele sussurra e ri quando o encaro. Tira o pente vazio e me entrega um novo e a arma. — Carregue sua arma.

Eu carrego, de forma desastrada.

— Relaxe, baby, você vai pegar o jeito. Só precisa praticar.

Meu coração balança quando ele fala *baby*.

— Agora, olhe para o alvo. Sinta a arma em suas mãos, Bryn. É pesada. Quando atira, vai dar um pouco de coice.

— Oh, nossa — murmuro.

— Você vai ficar bem.

Olho para o alvo e encaro a arma na minha mão. Como cheguei aqui? Como minha vida se transformou nisso?

— Erga a arma.

Sigo sua ordem e encaro o alvo a quase vinte metros de mim.

Aperto o gatilho, e o primeiro tiro retrai mais forte do que eu esperava, me fazendo pular e cambalear um pouco.

— Calma — Caleb murmura atrás de mim.

— Estou bem. — Talvez, se ficar falando isso, vou começar a acreditar em mim mesma.

Ele vai para trás de mim e arrasta meus pés para se afastarem.

— Abra sua base para se equilibrar.

Atiro de novo, e meu sangue engrossa quando a adrenalina bombeia forte e rápido em minhas veias.

Não é necessário ser um fuzileiro para descobrir como mirar, e aperto o gatilho muitas vezes, meu corpo tenso com a agressividade que eu nem sabia que guardava.

Atirar é uma ótima terapia.

Quando o pente está vazio, Caleb me mostra, sem falar nada, como trocá-lo, e eu continuo a atirar no alvo, pente após pente, até todos os quatro terem acabado.

Coloco a arma pesada na prateleira, tiro os óculos e o protetor de ouvido e dou um passo para trás. Preciso travar os joelhos, porque minhas pernas parecem uma geleia e fico com medo de cair. Meus braços estão doendo, eu estou arfando e, juro por Deus, poderia correr uma maratona.

De repente, Caleb aparece atrás de mim e pressiona o botão para trazer o alvo de volta para nós.

— Respire fundo — ele sussurra no meu ouvido, e eu respondo instintivamente respirando fundo e de forma demorada. Ele pressiona o peito nas minhas costas, as coxas contra a parte de trás das minhas pernas e respira fundo também. — Seu cheiro é bom pra caralho.

Seu pênis enrijece nas minhas costas, através do jeans. Ele passa as mãos para cima nos meus braços e desce para as laterais do meu quadril, onde as descansa conforme roça o nariz na lateral do meu pescoço.

Com o barulho e a sensação da arma ainda na minha cabeça, meu coração batendo como um louco, eu o quero.

Agora.

— Não tem noção do quanto é bom ter você pressionada em mim assim — ele sussurra com a voz rouca e tensa.

— Acho que tenho uma ideia — respondo, surpresa ao ouvir o desejo primitivo na minha voz. Fechando os olhos, apoio a cabeça em seu ombro e aprecio a sensação das suas mãos massageando meus quadris e seu rosto em meu pescoço. Meus mamilos estão enrijecidos e duros contra meu sutiã, e os calafrios sobem e descem por meu corpo.

Eu o quero como nunca quis algo ou alguém antes.

— Caleb. — Seu nome é um sussurro, uma prece.

— Seu cheiro é muito bom.

— Me toque — exijo baixinho.

Suas mãos paralisam. Ele beija meu pescoço suavemente, respira fundo e se afasta.

Me viro surpresa e com muita raiva.

— Que tipo de jogo está fazendo?

— Não estou fazendo jogo. — Ele cruza os braços à frente do peito.

— Caleb. — Apenas o encaro por um bom tempo. Trinta segundos antes suas mãos estavam em mim e ele estava sussurrando coisas gentis no meu ouvido.

Agora voltou ao modo sargento.

E homens dizem que mulheres são confusas.

Enfim, ele se vira e puxa o alvo.

— Não acredito! — ele sussurra.

— Deixe-me ver.

Há alguns buracos de bala em volta da parte branca do alvo, mas no centro do peito e na cabeça há dois buracos grandes onde minhas balas perfuraram o papel.

— Você tem o dom.

Dou de ombros como se não fosse grande coisa, mas, por dentro, estou fazendo uma dança megafeliz.

— Não tão covarde, eu acho.

Caleb ri, muito e alto, e me pega para um abraço demorado.

— Definitivamente não é covarde — ele concorda quando se afasta de mim.

— Caleb? — Meu coração está batendo forte, e ainda estou irritada com ele.

Ele está sorrindo olhando para o meu alvo, mas, quando seus olhos encontram os meus, ele fica sério.

— Sim?

— Não me toque assim de novo a não ser que planeje terminar o que começou.

Seus olhos endurecem, e seu maxilar fica tenso. Antes de eu poder virar e ir embora, ele pega meu punho e me puxa, prendendo meus braços entre nossos corpos.

— Vamos deixar isso claro, Brynna. Eu quero tanto você que até dói. Eu quero você há meses. Mas é parte da minha família, e é para eu te proteger. Baixar a guarda e te foder na cama não é o jeito de manter todas vocês seguras.

Arfo quando absorvo suas palavras, e quero implorar para ele me levar para casa e fazer exatamente isso: me foder na cama. Porém, antes de conseguir falar, ele baixa a testa, encosta na minha e aperta os olhos fechados, como se sentisse dor.

— Não vou estragar nossa amizade ou tornar as coisas estranhas para você com minha família só porque não consigo manter as mãos longe. Você significa muito para eu fazer isso.

Apoio-me nele, querendo confortá-lo, mas ele suspira, ergue a cabeça e dá um beijo na minha testa por alguns longos segundos, depois se afasta, vira de costas para mim e coloca a arma e os pentes de volta na caixa.

— Desculpe. Não vou te tocar de novo.

Antes de eu poder discutir ou pedir para conversar comigo sobre isso, ele sai andando.

— Vamos.

# Capítulo Quatro

## Caleb

— Meu nome começa com "c", e termina com "o". Sou peludo e redondo e macio por dentro. O que eu sou? — Jules se dobra de tanto rir no sofá diante de mim antes de beber outro gole do seu suco.

— Preciso de outra cerveja — murmuro, pego minha garrafa vazia e vou para a cozinha de Luke e Nat, a qual se abre em uma grande sala onde estamos jogando esse jogo idiota.

Claro que as meninas que escolheram.

— Um chocolate? — Brynna pergunta com sua voz baixa e sexy e coloca seu cabelo escuro atrás da orelha. Seus olhos estão um pouco marejados devido às bebidas, e ela sorriu a noite toda. Vir aqui esta noite era exatamente do que ela precisava, ficar com amigos e se divertir. — Ah, não termina em "e", né?

Mas ficar muito perto dela está me matando pra cacete.

Estava fazendo um trabalho estelar ao manter as mãos longe dela desde a outra tarde no tiro. Mas tudo que quero é puxá-la para mim, sob mim e me perder nela por tipo um mês.

É ridículo.

Estive com um monte de mulheres ao longo dos anos, mas nenhuma delas tinha me amarrado, principalmente não antes de eu tê-las realmente fodido.

— Que tipo de chocolate você anda comendo? — Leo pergunta a Brynna, apontando para ela e gargalhando.

— Eca... Bem, não importa. — Bryn balança a cabeça e dá um gole em sua bebida enquanto eu retorno à sala com minha cerveja, sentando-me entre ela e Matt. O grupo inteiro está aqui na casa de Luke e Nat esta noite: Jules e Nate, Will e Meg, Sam e Leo, e Matt. Até Isaac e Stacy estão aqui

Salva Comigo 43

hoje. O irmão de Luke, Mark, também apareceu.

As meninas são muito engraçadas, e rezo, com todo o meu coração e alma para que não comecem a falar de orgasmos.

Se tiver que ficar aqui sentado e ouvir Bryn falar sobre gozar, vou perder a cabeça.

— Isso é engraçado pra caralho. — Jules ri.

— Eu sei o que é — Will murmura, sorri para Meg e passa a mão em seu quadril. — Apesar de não ser peludo.

*Porra.* Fico pensando se a da Bryn é.

— Ecaaa... Pare com isso — Sam o repreende com uma careta.

— O que foi? — Will pergunta inocentemente.

— Pelo amor de tudo que é sagrado, Nat, pare de confraternizar com o inimigo! — Jules exclama.

Como sempre, Luke e Nat estão dando uns amassos.

O homem não consegue parar de beijar aquela mulher. E agora eles estão esperando o segundo filho.

Eu não poderia estar mais feliz. Ela merece toda a felicidade do mundo. Luke é maravilhoso para ela.

— Sou casada com ele, Jules. Ele está longe de ser o inimigo.

— Hoje à noite, ele é. Garotas contra caras. Traga sua bunda sexy aqui para o meu lado. — Jules se arrasta para o lado, dando espaço para Nat.

— Você vai me beijar? — Nat pergunta.

— Depois de mais uma bebida, sim.

— Definitivamente vá até ela — Nate rapidamente se intromete.

Faço uma careta para ele.

Talvez McKenna tenha que morrer, afinal de contas. Jules vai superar. Um dia. Provavelmente.

— Porra, elas são nossas irmãs, cara — Matt o lembra, franzindo o cenho.

— Elas não são minhas irmãs — Nate responde.

Faço um barulho com a garganta, pronto para enforcá-lo com minhas próprias mãos.

— É um coco, suas mentes poluídas! — Jules grita e passa a carta para Samantha. — Você é a próxima.

Eu tiro a próxima pergunta, consciente da coxa de Brynna pressionada na minha, do cheiro do seu cabelo, de como sua risada faz minha barriga se contrair.

Se eu continuar assim, vou pedir para Matt ficar com ela. Não serei útil se tudo em que consigo pensar for em transar com ela.

— Vocês só pensam em sexo — Samantha anuncia.

— Nem todos nós. — Brynna faz beicinho e uma careta para mim.

Matt vira rápido a cabeça e estreita os olhos para mim.

*Porra.*

— Não comece — eu a alerto com a voz baixa e firme.

Ela cruza os braços à frente da sua blusa preta, puxando-a mais sobre seus seios, e meu pau fica duro.

Ela está vestindo uma saia cinza que vai até o joelho e botas até o meio da perna que dizem "me foda".

— O que é, Sam? — Nat pergunta.

— É chiclete.

— Ah! Aqui vai mais um! — Will puxa sua carta da caixa do jogo Dirty Minds e ri. — Você enfia o eixo dentro de mim, você me amarra e eu fico molhada.

Vou matar todos eles.

— Gosto dessa coisa de amarrar, sabem — Sam nos lembra, referindo-se à sua descrição em voz alta e explícita das suas preferências sexuais depois da despedida de solteira de Jules.

Achei que não fosse sobreviver até em casa.

Matt engasga com a cerveja enquanto os outros riem dela. Leo a encara, indignado.

— Sério?

— Claro. — Sam dá de ombros.

— É uma barraca, galera! — Will passa a caixa.

— Não fico molhada por causa de um eixo há muito tempo — Brynna anuncia.

Correção: Vou matar apenas ela.

— Quantas bebidas você já tomou? — Sam lhe pergunta.

— Muitas — respondo por ela. — Nos deem licença, precisamos conversar. — Seguro seu braço e a levo para fora da sala, entrando no corredor que leva da cozinha de Luke até seu escritório e fecho a porta.

— Que porra está tentando fazer? — pergunto, bravo, prendendo-a na porta. Minhas mãos estão espalmadas na madeira dos dois lados da sua cabeça e, com os saltos da sua bota sensual pra caralho, ela está quase da minha altura.

E, caralho, isso simplesmente também me excita.

— Não sei do que está falando — ela responde, encontrando meu olhar.

— Mentira. — Não consigo evitar. Que Deus me ajude, não consigo evitar tocar nela. Eu me inclino e roço o nariz no seu, apreciando a forma como seus olhos se fecham. — O que quer de mim? — sussurro quando minhas mãos se enfiam em seu cabelo macio.

— Eu não quero nada de você — ela responde e abre os olhos, travando-me com seu olhar achocolatado. — É simplesmente isso, Caleb. Eu quero *você*.

Passo os lábios em sua garganta. Droga, ela cheira bem pra caralho. Seguro seus ombros com um rosnado e nos viro, empurro-a para uma chaise de couro no canto e a guio para se sentar nela, apoiando-me nos meus joelhos diante dela.

— O que está fazendo? — ela pergunta com os olhos arregalados.

— Faz quanto tempo, linda?

— Faz quanto tempo o quê? — Ela balança a cabeça e franze o cenho, como se estivesse tentando clarear sua mente confusa.

— Faz quanto tempo que alguém não te faz gozar?

Ela enrijece, suas mãos agarram meus ombros, os joelhos se separam para que eu possa me ajoelhar entre eles, e me observa com cuidado.

— Por quê? — ela finalmente sussurra.

— Pensei que quisesse isso — respondo e me ergo de joelhos para que nosso rosto fique na mesma altura. Seguro seus quadris e a puxo para mais perto na beirada da chaise. — Posso sentir o cheiro do quanto você está excitada.

A boca dela abre e fecha duas vezes, e seu olhar baixa para os meus lábios. Ela lambe seus próprios lábios lindos e carnudos, e toda a racionalidade sai voando pela janela.

Pressiono a boca na dela, e ela abraça meu pescoço, e fico perdido nela.

Preciso dela.

Preciso saber seu gosto quando ela goza.

Beijo seu pescoço até a clavícula, cheiro seus seios e ergo sua saia até seus quadris.

— Caleb.

Ela enfia os dedos no meu cabelo curto e puxa.

— Deite.

— Não. Eu quero olhar.

Porra, ela vai acabar me matando.

— Como quiser, linda. — Ela está vestindo uma calcinha pequena de lacinho que não é páreo para mim. Eu a rasgo rapidamente e a jogo por cima do meu ombro, abrindo-a mais, olhando-a admirado.

Ela é muito linda.

— Você depila — murmuro, surpreso, e me inclino para beijar sua pele macia do púbis.

Mal posso esperar para prová-la.

— Hummm — ela murmura.

— Porra, você está *muito* excitada. — Aperto um dedo em seu clitóris e depois nos *lábios*, e eles ficam imediatamente molhados.

— Você me excita, fuzileiro — ela responde com um sorriso, sua voz ofegante conforme arfa.

Ela segura meu punho e coloca o dedo molhado da sua própria essência na boca e chupa.

Forte.

E, porra, eu me perco.

Gemo e enterro o rosto em sua boceta, lambendo e chupando seus *lábios* pequenos e tensos, empurrando a língua para dentro dela e girando, lambendo cada gota que consigo do seu sumo doce.

— Você tem a boceta mais doce que já vi — sussurro e subo para chupar seu clitóris, empurrando a ponta da língua contra ele com rapidez, e enfio dois dedos na sua boceta apertada.

Meu pau endurece contra meus jeans, implorando para se enterrar nela, mas preciso ser rápido; os outros vão sentir nossa falta.

E não há nada mais lindo, para mim, do que ver Brynna se desfazer neste momento. Ela apoia aquelas pernas maravilhosas nos meus ombros, e consigo sentir os músculos tensos nas minhas orelhas conforme a força do seu orgasmo se forma.

Ela morde o lábio para não gritar, e o espasmo dos seus músculos aperta meus dedos de forma depravada, e ela empurra sua pélvis contra mim conforme o orgasmo a consome.

Quando se acalma, tiro os dedos de dentro dela e os lambo, observando-a com cautela conforme ela ofega e tira o cabelo do seu rosto ruborizado.

Ela sorri de um jeito sonhador, segura meu rosto e me puxa para um beijo profundo, colocando a língua na minha boca, o gosto dela em mim não a incomodando nem um pouco.

— Precisamos voltar — sussurro e me afasto.

— Mas você...

— Eu estou bem, linda. — Sorrio para ela e beijo sua testa.

— Depois.

— Não. Não haverá depois. — Me levanto e recuo, dando-lhe espaço para se levantar e arrumar as roupas.

— Eu te disse antes — ela me lembra, seus olhos brilhantes de raiva.

Eu me aproximo e seguro seu queixo entre meu indicador e o polegar.

— Eu terminei. Você gozou. Fim da história.

— Você é irritante pra cacete! — ela grita. Não sabia que Brynna era capaz de gritar.

— Você também, linda. Vamos.

— Talvez eu te mate enquanto dorme — ameaça com uma careta enquanto passa por mim na porta do escritório em direção às risadas da sala.

— Que bom que eu não durmo — murmuro.

— Eu estava esperando mais do que uma rapidinha. — Ela sorri por cima do ombro, e não consigo mais aguentar.

Eu a giro e a pressiono na parede, prendendo suas mãos acima da cabeça. Devoro sua boca, beijando e lambendo, mordendo e chupando, faminto. Ela geme baixinho e gira o quadril contra mim, implorando por mais.

— Adoro sentir o meu gosto em você — ela sussurra.

É suficiente para quase me fazer gozar nas calças como um adolescente com tesão.

Ela é sexy pra cacete.

Eu me afasto e solto suas mãos, e ela as abaixa, trêmulas, até a boca, me observando.

Engulo em seco e passo a mão na boca, e ainda consigo sentir o cheiro dela em mim.

Porra, vai ser uma longa noite.

— Vamos.

— Quero ver também! — Stacy está pulando em seu assento, batendo as mãos.

— O que você quer ver? — Bryn pergunta quando nos sentamos.

Sinto o olhar de Matt em mim, mas me denunciaria se o olhasse agora.

Ou se me explicasse.

*Porra.*

— Eu queria ter um piercing. — Meg dá de ombros ao subir no colo de Will.

— Orelha, nariz, umbigo, sobrancelha. — Leo está apontando cada área enquanto fala para ela. — Esses são os piercings aceitáveis.

— Talvez eu faça um piercing no clitóris — Brynna sussurra apenas para mim.

Faço meu melhor para ignorá-la. Ela adora se divertir comigo.

Literalmente.

— Mas não era o que eu queria — Meg responde com um sorriso.

— Jesus. — Leo passa a mão no rosto e ri. — Eu nunca, *nunca* precisaria saber de coisas assim sobre você.

— Ei — Will interrompe. — Não reclame até experimentar.

— Então, de volta ao orgasmo — Stacy começa e, antes que eu consiga evitar, me levanto, balançando os braços para trás e para a frente.

— Não! Não, não, não! Sem conversa sobre orgasmos hoje à noite.

— Eu poderia falar sobre orgasmos — Mark oferece.

— Não! Estou falando sério. — Olho para a sala e para todas as mulheres. Mais conversa sobre sexo ou orgasmos esta noite seriam o meu fim.

— Ok, pessoal... vamos discutir sobre orgasmos durante a noite das garotas. — Sam sorri docemente para mim, e eu poderia beijá-la.

— Como estão as coisas em casa? — Matt pergunta quando eu me sento.

— Tudo bem. — Dou de ombros e bebo um gole da minha bebida agora quente.

— Ele é bom com as meninas — Brynna responde baixinho e me oferece um sorriso caloroso e, pela primeira vez em horas, *dias*, meu estômago se acalma.

Sorrio para ela e apoio a mão em seu joelho.

— É fácil ser bom com elas.

— Não vamos falar em crianças — Stacy nos repreende. — Nós combinamos. Estamos fingindo que somos jovens, sem responsabilidades.

Isaac beija sua bochecha e coloca um braço em volta da esposa.

— Eu sou jovem, sem responsabilidades — Mark nos lembra. — Recomendo.

— Certo, porque você odeia crianças. — Sam abana a mão para seu irmão mais novo. — Você não consegue ficar longe da Livie.

— Eu a amo. E então ela vai para casa, e eu vou encontrar um corpo quente para passar a noite. — Ele dá uma piscadinha presunçosa para a irmã.

Parece que Mark e eu costumávamos ter muito em comum.

Agora, a ideia de sair para encontrar alguém para uma rapidinha me deixa enjoado.

A mão pequena de Brynna cobre a minha em seu joelho conforme a conversa continua a nos rodear, as mulheres rindo e zombando dos homens.

Eu amo pra caralho minha família. Eles são meus melhores amigos, e Brynna faz parte disso, não somente porque é prima de Stacy, mas porque se tornou uma de nós.

Seria horrível se eu estragasse isso para ela. Sou muito fodido para alguma coisa a longo prazo, e ela merece mais.

— Merda, agora eu quero chocolate — Brynna murmura e morde seu lábio sensual.

Eu quero morder aquele lábio.

— Você tem chocolate? — Jules pergunta a Natalie.

— Eu moro aqui, garotas, e estou grávida. Claro que tem chocolate! Me sigam!

Todas as meninas se levantam ansiosas e seguem Nat até a cozinha.

— Qual é a do chocolate? — Nate pergunta e cruza os braços à frente do peito enquanto observa sua esposa cambalear até a cozinha de Nat.

— É como crack para as mulheres, cara. — Matt verifica seu celular rapidamente depois o guarda de volta no bolso.

— Temos sorvete de chocolate, chocolate em barra, brownies e chantilly — Nat diz.

Olho para Luke e sorrio. Ele está com um sorriso idiota no rosto enquanto observa sua esposa distribuir o chocolate entre as mulheres.

Ele virou um maricas.

E por que será que estou um pouco com ciúme?

— Estou tão apaixonada por você agora — Jules diz a Nat — que quero deitar você nesta bancada e comer essa merda inteira no seu corpo.

— Não se importem conosco, vamos só observar — Nate grita, recebendo um soco na costela de Matt.

— Cara — exclamo, meus olhos arregalados e as mãos estendidas, como se dissesse *Que porra é essa?*

Nate apenas sorri de volta, presunçoso.

— Não são *minhas* irmãs — ele me lembra.

Otário.

— Ah, meu Deus, é tão bom — Bryn geme conforme empina aquela bunda perfeita na bancada e mastiga um pedaço de brownie.

Droga, é assim que ela vai fazer quando eu estiver dentro dela.

Baixo o rosto para minhas mãos e esfrego forte.

— Eu gostaria de ter seus seios. — Ouço Sam dizer e ergo a cabeça para ver com quem ela está falando.

Claro que está conversando com Bryn.

— Ah, tá. — Ela sorri e dá outra mordida no brownie.

— Cara, eu quero, juro! — E, como se não fosse nada, Sam vai até o outro lado do cômodo e segura o peito de Brynna. — Viu? Você tem os peitos perfeitos. Stacy, já pegou nos peitos dela?

Simplesmente me mate. Coloque uma bala na minha cabeça e acabe com essa agonia.

— Ah, sim. — Stacy abana a mão. — Ela tem belos seios.

Ela tem peitos maravilhosos.

— Eu quero sentir! — Jules sai pulando e se intromete.

— Me dê mais chocolate e você pode tocar o que quiser. — Brynna ri e, então, olha para mim. — Essa é a maior ação que eu tive em meses.

— Puta que pariu — resmungo.

— A Brynna está solteira? — Mark pergunta a Will.

— Fique com as mãos longe dela — rosno para ele antes de perceber o que sai da minha boca.

— Ei. — Ele ergue as mãos em rendição e dá risada. — Foi apenas uma pergunta inocente.

Enquanto as mulheres fofocam baixinho e, de vez em quando, olham em nossa direção, deixando claro que estão falando sobre nós, Matt se inclina e murmura baixo:

— O que está fazendo, cara?

— Não se preocupe — respondo e balanço a cabeça.

— Precisa pensar bem e bastante sobre isso. Brynna é especial.

— Acha que não sei disso? — Dou risada sem humor e balanço a cabeça de novo, depois olho nos olhos do meu irmão mais velho. — Ela merece muito mais do que eu posso dar.

— Eu não disse isso. — As mãos de Matt e o maxilar ficam tensos de frustração. — Só pense antes de começar alguma coisa.

Assinto e olho de novo para a mulher linda e alta rindo e assentindo com Meg e Sam.

Eu mataria por ela.

E pelas meninas.

E não só por causa da situação na qual ela está.

*Deus me ajude.*

De repente, as mulheres estão cantando e dançando pela cozinha, chamando de novo nossa atenção. São um emaranhado de braços, cabelo e corpos se movendo com a música, que fala sobre uma garota que pergunta quem tornou alguém o rei de alguma coisa.

Não conheço a música, mas as mulheres parecem conhecer, já que sabem de cor.

Quase como se todos fôssemos uma pessoa, nos levantamos e nos unimos em um semicírculo, olhando-as, com sorrisos idiotas de novo no rosto.

Aquelas mulheres são incríveis.

Quando a música termina, nós aplaudimos muito, assobiando e vibrando, e as mulheres riem ao fazer reverência, cambaleando um pouco.

— Bis! — Mark grita. — Com menos roupas. Exceto você, Sam, mantenha essa merda.

— Somos um show de uma canção só, pessoal. Sinto muito. — Sam ri.

Os homens pegam suas mulheres uma de cada vez, dando a desculpa de estar tarde e que precisam ir para casa.

Nossos pais estão cuidando de todas as crianças esta noite, mas está ficando tarde, e eu preciso fazer minha verificação noturna na casa de Brynna. Olho-a e a vejo me olhando com olhos arregalados e castanhos. Ofereço a mão para ela, que se junta a mim, hesitante, entrelaçando os dedos nos meus.

— Pronta? — pergunto.

Ela assente.

— Sim.

— Nós também vamos — anuncio enquanto nos despedimos. Matt olha para mim e ergue uma sobrancelha, gesticulando para nossas mãos dadas.

Puxo Brynna na direção da porta e aceno para ele às minhas costas, recebendo uma gargalhada do meu irmão.

Brynna e as meninas moram na antiga casa de Natalie, logo no fim da rua onde Nat e Luke moram agora no bairro Alki de Seattle. A rua é curta e silenciosa.

— Não sei por que está brava — murmuro, quebrando o silêncio. — Você gozou.

Para minha surpresa, ela estica o braço por cima do console e segura meu pau com firmeza.

— Eu ficaria feliz em retornar o favor, mas você fica me dizendo não.

Tiro a mão dela da minha protuberância e a devolvo para seu colo.

— A resposta vai continuar a ser não, Brynna.

— Certo. — Ela ergue o queixo, mas posso ver o brilho de lágrimas em seus olhos, e meu estômago se contrai. — Me recuso a implorar por sexo de novo.

Paro na casa dela e estaciono o carro.

— O que disse?

— Vou tomar banho. — Ela bate a porta do carro e anda rápido até a casa.

— Ainda não verifiquei...

— Foda-se! — Ela se vira para mim, a expressão furiosa, e então balança a cabeça, destranca a porta e entra. — Está tudo bem. Eu preciso de um banho. Fique longe de mim por um tempo, Caleb.

Ela desaparece lá dentro. Sei que deveria ir atrás dela, mas preciso de um tempo. Respiro fundo o ar gelado de inverno e dou a volta na casa, satisfeito quando tudo parece normal, e então entro. Ando pela casa, verificando fechaduras e janelas, e subo as escadas. O quarto das meninas está quieto e muito parado sem elas nas camas.

Estou longe delas há cinco horas, e já estou com saudade.

O que elas todas estão fazendo comigo?

Entrando no quarto de casal, consigo ouvir o chuveiro ligado no banheiro e fico surpreso ao escutar Brynna cantando.

Ando silenciosamente até a porta e apoio o ombro no batente, cruzo os braços e ouço sua voz doce e um pouco desafinada. O banheiro tem portas de vidro, que ficaram embaçadas com a água quente. Consigo ver seu corpo pelo vidro, vejo-a se inclinar para trás e deixar a água correr por seu cabelo, bunda e seios empinados, e meu pau está oficialmente mais duro do que já esteve em toda a minha vida.

"*I hate to break it to you, babe, but I'm not drowning. There's no one here to save.*"[1]

---

1   "*Detesto te falar isso, babe, mas eu não estou me afogando. Não há ninguém aqui para salvar.*" (tradução livre)

Oh, linda. Alguém está definitivamente se afogando.

Eu.

# Capítulo Cinco

## Brynna

Qual é o problema com ele?

*Qual é o problema comigo?*

Simplesmente não acredito em "Você é quase da minha família e eu preciso te proteger" que ele fica me falando.

Se não me quer, precisa ter coragem e dizer. Não preciso dos seus orgasmos por pena.

Enquanto termino de depilar uma perna, paro e encaro o azulejo.

Foi isso que aconteceu no escritório de Luke? Um orgasmo por pena? Porque, se foi esse o caso, simplesmente quero que o chão se abra e me engula por inteiro.

Terminando a outra perna, passo água e inclino a cabeça para trás para enxaguar meu cabelo, cantarolando distraída.

Talvez eu devesse insistir para ele ir embora. Eu consigo proteger as meninas, ou posso ficar com meus pais.

Apesar de que, se realmente estivermos em perigo, vou fazer o possível para o perigo ficar o mais longe que conseguir deles.

Talvez Matt viesse ficar comigo.

Logo que acabo de enxaguar o resto do xampu do meu cabelo, a porta de vidro do boxe se abre, e sou pressionada contra o azulejo por Caleb, ainda vestido.

Ele segura meu rosto, ofegante, olhos em chamas, e parece que está lutando sua própria batalha interna.

Isso parte meu coração.

— Caleb — murmuro e passo os dedos por seu cabelo conforme ele fecha os olhos lentamente. — Você está se molhando.

— Não me importo. — Ele apoia a testa na minha. Suas mãos escorregam do meu rosto e ombros para segurar meus seios. Seus polegares esfregam meus mamilos, e eu dou um gemido baixo e longo.

— Você está me deixando confusa — sussurro e inclino a cabeça para trás quando seus dentes roçam meu pescoço.

— Eu também estou — ele sussurra de volta, depois beija minha orelha —, mas eu te quero, Brynna. Não consigo evitar.

— Pare de tentar. — Faço menção de tirar sua camiseta molhada e pesada, mas ele cai de joelhos de repente e coloca minha perna em cima do seu ombro. Arfo e apoio uma mão na parede adjacente a fim de me equilibrar.

— Não me canso disso — ele murmura contra mim e, de repente, aquela boca talentosa está me chupando e sugando, e o mundo explode em estrelas.

— Quem diria que isso poderia ser tão bom?

Ele olha para mim, seu rosto molhado, escorrendo água, e incrédulo.

— Ninguém nunca fez isso em você?

Mordo o lábio e balanço a cabeça, tímida.

Ele aperta os olhos fechados e, quando os abre, estão focados na minha boceta.

— Sua boceta é muito linda, Bryn. Não consigo parar de lamber. — Então, ele se inclina e passa a língua desde os *lábios* até o clitóris, depois desce de novo. — Você é deliciosa.

— Eu quero provar você — murmuro e estico o braço para ele, mas ele puxa minhas mãos nas dele e as prende na parede ao lado do meu quadril.

— Depois.

— Caleb. — Faço beicinho e o sinto sorrir contra meu centro.

— Você pode me provar depois. — Ele beija a parte interna da minha coxa, deixando marcas de mordida. — Amo suas pernas. Você tem as pernas mais compridas que já vi.

— Compridas demais — murmuro e dou um gritinho quando ele chupa meu clitóris para dentro da sua boca.

— Perfeitas — ele me corrige e beija meu corpo até os mamilos, sugando e dando atenção a eles com a língua. — E Sam tem razão. Você tem peitos maravilhosos.

Minha risada se transforma em gemido quando ele enfia um dedo em mim, minha perna ainda pendurada em seu antebraço, mantendo-me bem aberta.

Se ele não me foder logo, vou perder a cabeça.

— Tire suas roupas — exijo, mas ele parece surdo, pois continua a invadir minha boceta com sua mão e meus seios com sua boca. Uma pressão quente monta acampamento na base da minha espinha conforme sinto o orgasmo começar, assim como aconteceu no escritório de Luke.

Eu nunca tive um orgasmo como aquele na vida.

— Oh, porra — gemo e jogo minha pélvis mais forte contra sua mão. — Caleb!

— Sim, baby, renda-se.

Eu me despedaço enquanto ele chupa forte um mamilo e enfia um segundo dedo para se juntar ao primeiro. A única coisa que ouço é a batida do meu coração e o sangue correndo e deixando minha cabeça. Nós dois estamos arfando e cheios de desejo, agarrando-nos um ao outro.

Ele me empurra para trás e se levanta, fecha a água e tira suas roupas molhadas e grudentas do seu corpo forte. Quando ele se vira para pegar toalhas, vejo uma tatuagem em sua escápula esquerda e outra no bíceps direito.

Quando ele se vira para mim, seu pau está comprido e largo, totalmente ereto. Lambo os lábios ao pensar em passar as mãos e os lábios em seu pau magnífico.

Cada centímetro dele é simplesmente maravilhoso.

Ele esfrega bruscamente uma toalha em si, enxugando-se quase inteiro e, então, me puxa para fora do chuveiro e me envolve gentilmente em uma toalha grande, passando as mãos para cima e para baixo no meu corpo, deixando o tecido grosso sugar a água antes de ele colocá-la de lado, me pegar no colo e ir para o quarto.

— Segundo round. — Ele sorri amplamente, com suas covinhas maravilhosas enrugando suas faces, e eu beijo sua bochecha, inalando seu cheio masculino almiscarado.

— Minha vez de te deixar louco?

— Ainda não. — Ele beija minha testa e me deita delicadamente no meio da cama.

— Caleb. — Pego a mão dele e beijo os nós dos dedos, passando o polegar pelos risquinhos brancos. — Realmente acho que é sua vez de gozar.

— Brynna — ele murmura e se coloca entre minhas coxas, com sua pélvis nua contra a minha, tirando mechas molhadas de cabelo do meu rosto. — Você gozando é a coisa mais sexy que já vi na vida.

Ele sorri quando eu arfo.

— Confie em mim, vou gozar fazendo você gozar. Temos a noite toda. As crianças só voltarão amanhã à tarde, certo?

— Sim.

— Vamos aproveitar um ao outro, baby.

A voz dele é grossa e cheia de luxúria, e seus olhos estão brilhantes enquanto encaram os meus. Como pude duvidar que ele me quisesse? Está escrito em seu rosto incrível.

— Eu aproveito você — digo a ele com um sorriso e passo a ponta dos dedos até sua bunda. — E sua bunda.

— Minha bunda? — ele pergunta, rindo.

— Ah, sim, sua bunda é ótima. — Os músculos se flexionam em minhas mãos quando ele se levanta e começa a deitar sobre o meu corpo.

— Que bom que aprova. — Ele dá uma piscadinha e se senta nos calcanhares, tirando a mão do meu esterno e descendo para minha barriga. Sua expressão fica séria quando ele se observa me tocar. — Sua pele é tão macia.

— Como pode ver, tenho um corpo pós-bebê — informo-o e sorrio quando seus olhos encontram os meus.

— Não me diga que está constrangida.

— Não. — Gosto da forma que está me analisando. — A vida é assim. Eu tive duas filhas aqui. — Descanso as mãos na barriga. — Teve um preço. Meu corpo nunca será como era antes, mas eu faria tudo de novo em um piscar de olhos.

— Não se cubra. — Ele tira minhas mãos da minha barriga, beija-as e, depois, se inclina e dá beijos doces em meu estômago e púbis. — Seu corpo comprido é sexy, Bryn. Adoro sua altura.

Sorrio para ele.

— Adoro a sua. Significa que posso usar salto e você ainda ficará mais alto do que eu.

— Gosto pra caralho quando você usa salto — ele rosna e se ajeita na cama para poder brincar com minha boceta. — Eles fazem suas pernas parecerem quinze quilômetros mais compridas.

— Caleb, se fizer isso de novo neste momento, meu corpo vai implodir. Preciso muito de você dentro de mim.

Ele me ignora, beijando as laterais das minhas coxas e roçando meus *lábios* com seu nariz, fazendo-me dar um sorrisinho.

— Você me escutou?

— Eu te escutei.

— E? — pergunto, mas suspiro quando ele coloca as mãos debaixo da minha bunda e empurra minha pélvis para cima, dando-lhe melhor acesso a mim.

— Brynna — ele sussurra contra o meu centro, fazendo minha boceta se contrair.

— O quê?

— Me dê só mais um, baby. Só mais uma vez.

Ele se inclina para perto e puxa meus *lábios* em sua boca, esvazia suas bochechas e chupa com delicadeza, coloca a língua dentro de mim, sempre puxando meus quadris para a frente e mais forte contra seu rosto.

É inacreditável.

De repente, meus músculos da coxa e da barriga começam a tremer descontroladamente. Seguro os lençóis na altura do quadril e apoio os calcanhares na cama, empurrando contra ele mais forte conforme me despedaço.

Ele beija preguiçosamente a parte interna das minhas coxas, meus quadris e seios, onde puxa os mamilos com os lábios, deixando-os duros e enrugados. Finalmente, ele sobe e coloca os cotovelos ao lado da minha cabeça e passa os nós dos dedos em minhas bochechas.

— Você está bem?

— Acho que bem não é a palavra — respondo com um sorriso e o beijo suavemente.

— Melhor que bem? — ele pergunta com uma sobrancelha erguida.

— Só uma coisa me faria sentir melhor — murmuro contra seus lábios antes de ele me dar um beijo longo e molhado.

— O quê? — ele questiona quando finalmente se afasta.

— O que o quê? — Meu cérebro está completamente frito.

— O que te faria sentir melhor, baby? — Ele ri.

Um sorriso lento se espalha pelos meus lábios quando rebolo, cutucando seu pau com meu púbis.

— Acho que você já sabe.

— Faz quanto tempo pra você, Bryn? — Ele se afasta e observa minha expressão com intensidade.

— Quatro anos e sete meses — sussurro e baixo os olhos para seu pomo de Adão, incapaz de encontrar seu olhar.

— Olhe para mim.

Balanço a cabeça, negando.

— Ei, baby, olhe para mim. — Sua voz é gentil e, quando ergo os olhos para os dele, vejo que estão possessivos e com desejo.

Com muito desejo mesmo.

— Não faz sexo desde que você e Jeff se divorciaram. — Não é uma pergunta.

Assinto.

— Caramba — ele sussurra e beija minha testa, depois meus olhos e minhas bochechas. — Bryn, eu estou limpo. Prometo. Não quero uma barreira entre nós. Quero você há muito tempo, desde sempre, ao que parece, e quero simplesmente te sentir.

— Eu tomo pílula — sussurro contra seus lábios e sorrio quando rebolo de novo, e ele me afasta até a cabeça do seu pau empurrar contra minha entrada e, devagar, aos poucos, ele me preenche.

— Santa Maria mãe de Deus — ele geme e me olha admirado. — Você é apertada pra caralho.

— Você é grande pra caralho — contra-ataco.

— Estou te machucando? — ele pergunta, franzindo o cenho.

— Não. — Balanço a cabeça e deslizo as mãos por suas costas até sua bunda e subo de novo.

— Preciso me mexer — ele geme e começa a empurrar e se afastar dentro de mim, permitindo que meu corpo se ajuste ao dele. — Coloque essas pernas maravilhosas à minha volta.

Obedeço, entrelaçando os tornozelos em suas costas, e envolvo os braços em seu pescoço, aproximando-o. Amo o peso dele sobre mim. Amo sentir sua respiração no meu pescoço. Amo a forma como ele cheira e os barulhos que faz, como se simplesmente não se cansasse de mim.

— Ah, Deus — murmuro quando ele dita o ritmo e passa uma mão grande na lateral do meu corpo para segurar meu quadril e me manter estável quando ele começa a estocar forte.

Nada nunca foi tão bom.

Colocando o braço entre nós, ponho a mão onde estamos unidos e posso sentir a base dele quando desaparece dentro de mim, depois subo os dedos a fim de circular meu clitóris.

— Ah, isso, porra, se toque — ele murmura, observando meus dedos fazerem pequenos círculos ao redor da minha protuberância. — Cacete, isso é gostoso.

— Caleb — arfo e inclino a pélvis. — Ah, Deus, eu vou...

— Isso, baby. Vá em frente. — Ele me beija forte. Sua língua escorrega dentro dos meus lábios para dançar com a minha, e eu sinto aquela tensão agora familiar em minha barriga conforme os músculos se apertam em volta dele e me apresso, gritando quando caio do abismo.

— Brynna — Caleb sussurra rouco conforme enterra o rosto em meu pescoço e goza dentro de mim, estremecendo com seu próprio orgasmo.

Depois de muitos minutos deitados assim, com Caleb ainda dentro de mim, nossa respiração se acalma e ele sai, rola para o lado e tira meu cabelo do rosto ao dizer:

— Fique aqui.

Entra no banheiro, e eu escuto a água correndo, e ele volta ao quarto com um pano molhado e uma toalha.

— Eu consigo me limpar — eu o lembro secamente.

— Eu sei — ele responde, mas continua a, lentamente, limpar entre minhas pernas, depois me seca.

— Pode, por favor, me dar minha blusinha e minhas calças de ioga?

— Prefiro você nua. — Ele franze o cenho.

— Eu moro em uma casa com crianças de seis anos — lembro-o. — Elas pulam na cama comigo em um segundo. Ninguém dorme nu por aqui.

— Elas não estão aqui. — Caleb deita ao meu lado, puxando a coberta. — Então talvez esta noite possa ser uma exceção.

— Você sempre consegue tudo que quer? — Coloco uma perna sobre seu quadril ao me aproximar dele.

— Não. — Ele balança a cabeça tristemente, mas, antes que eu possa pedir para se explicar, ele sorri um pouco e beija meus lábios com gentileza. — Mas estar aqui com você, nua e quente, é muito bom.

Posso sentir seu pau duro contra minha barriga, e olho para ele, surpresa.

— Não deveríamos dormir?

Ele passa uma mão por minhas costas nuas e chega à bunda.

— Você é o melhor motivo para não dormir.

De repente, ele me puxa para cima dele, alinha meu quadril com o seu e desliza para dentro de mim sem esforço. Não perdemos contato visual, nem falamos, conforme monto nele, rápido e forte, até eu pressionar mais, e a fricção do seu osso púbico contra meu clitóris me fazer girar de novo, e estou perdida.

Ele me puxa para ele, me beija enquanto seu corpo se enrijece e goza. Fico deitada nele, minha bochecha pressionada em seu esterno enquanto recupero o fôlego e, assim que estou prestes a cair em um sono profundo, escuto-o sussurrar:

— A coisa mais sexy.

# Capítulo Seis

Acordo cedo na manhã seguinte e espero estar sozinha na cama, mas, para minha surpresa, Caleb está dormindo tranquilamente ao meu lado, de costas, uma perna flexionada para fora.

Até dormindo reconheço a força dele. Ele é puro músculo. Imagino que tipo de rotina de exercício ele faz para ficar tão em forma.

Apoio a cabeça na mão e deixo os olhos passearem preguiçosamente por seu corpo forte. As cobertas estão acumuladas em sua cintura, dando-me uma visão excelente do seu abdome. Ele não tem seis quadradinhos.

Se estou contando corretamente, ele tem dez.

A tatuagem em seu bíceps é uma águia de asas abertas segurando alguma coisa nas garras. As asas são coloridas como a bandeira americana.

Deve ser algum tipo de tatuagem da Marinha.

Me inclino sobre ele e a beijo gentilmente.

Lembrando-me do quanto eu queria prová-lo ontem à noite, e ele não me deixou, resolvo me aproveitar da vantagem de Caleb estar desmaiado e, devagar, escorrego o corpo para baixo. Vou para debaixo das cobertas a fim de me posicionar entre suas pernas, e dou beijos molhados em seu quadril, naquelas linhas V maravilhosas que são sexy, e em seu abdome inferior.

Seu pau endurece, lentamente crescendo na luz da manhã. Passo a língua do escroto até a parte debaixo do seu pau maravilhoso até a cabeça, onde lambo como se fosse um sorvete na casquinha.

Olhando para seu rosto, não fico surpresa ao ver seus olhos arregalados e me observando intensamente, com um meio sorriso em seus lábios carnudos.

Sem dizer nada, me encaixo em volta dele, colocando-o completamente na boca e chupando gentilmente.

— Ah, inferno — ele sussurra e ergue os braços para segurar o travesseiro em ambos os lados da cabeça. Seus bíceps e antebraços se flexionam, e meu estômago se contrai com a visão, sabendo como é a sensação de ter braços fortes como aqueles me abraçando.

Conforme subo por seu pau, uso a mão para bombeá-lo lenta e firmemente e, então, desço de novo, segurando suas bolas e acariciando a pele macia debaixo do escroto.

— Brynna! — ele exclama, surpreso e excitado, e seu pau enrijece ainda mais na minha boca.

Na próxima movimentação, arranho um pouco com os dentes, apenas para pinicar a pele sensível e, de repente, estou de costas debaixo dele, que está me beijando profunda e apaixonadamente. Suas mãos sobem e descem por minha pele, como se ele nunca tivesse me tocado.

— Eu queria te fazer gozar. — Faço beicinho quando ele desce para beijar minha mandíbula e o lóbulo da minha orelha.

— Quase fez. — Ele morde o topo do meu ombro e, então, desliza o nariz de volta para o meu queixo. — Mas você *sempre* goza primeiro, Pernas. Porra, seu cheiro é bom.

— Cheiro a sexo. — Dou risada.

— Hummm — ele concorda e me olha, seus olhos azul-claros brilhando com desejo e felicidade. Ele se posiciona e se empurra lentamente para dentro de mim, por completo. Então para, passa os nós dos dedos em minha bochecha e me beija suavemente.

— Como você se sente? — ele sussurra.

— Bem. — Tento rebolar, mas ele está me prendendo, me segurando.

— Estamos bem? — ele pergunta com os olhos sérios.

— Vamos ficar, assim que você começar a mexer essa sua bunda sexy.

Ele sorri, mostrando as covinhas, e entra e sai em um movimento longo e fluido.

— Melhor?

— Ah, sim. — Engulo em seco. — Você dormiu?

— Melhor do que em anos — ele confirma com um leve franzir da testa e, então, mexe o quadril de novo. — Porra, você é muito boa, baby.

Ele segura minhas mãos, entrelaça nossos dedos e as coloca acima da minha cabeça, prendendo-as ao colchão enquanto começa a se mover cada vez mais rápido e mais forte, observando-me com intensidade conforme faz amor comigo.

Escorrego as pernas para cima das suas coxas e as prendo em volta dos seus quadris, abrindo-me ainda mais para ele.

— Porra, isso — ele rosna e se perde em mim, empurrando e saindo, com a respiração irregular, suas mãos me segurando com firmeza, até ele estocar forte e gozar de forma violenta, estremecendo e gemendo, fazendo-me gozar com ele.

Quando se recupera, solta minhas mãos e beija meu nariz.

— Então, bom dia, Pernas.

— Pernas? — pergunto, rindo. — O que é isso de pernas?

— Ah, baby, quando você ri e estou dentro de você... — Ele balança a cabeça antes de descansar a testa na minha. — Eu já disse que amo suas pernas?

— Uma ou duas vezes — respondo secamente. — Mas não ligo de ser lembrada.

— Eu quero bala! — Josie anuncia quando nos sentamos na sala para assistir ao filme juntos.

— Com que frequência vocês fazem a noite de cinema? — Caleb pergunta, sentando-se no sofá e passando para Josie o pacote de balas.

— Tento fazer uma vez por semana.

— Eu quero copinhos de pasta de amendoim! — Maddie sorri para Caleb e bate seus cílios, fazendo-me rir.

Ela é persuasiva.

— Saindo agora. — Caleb lhe passa o doce e sorri quando elas se deitam de bruços em um monte de cobertas e travesseiros.

— O que vamos assistir? — ele pergunta.

— *Ivan, o Incrível.*

— Ótimo. — Ele sorri, aperta play no controle e me dá uma tigela de pipoca ao sussurrar: — Não faço ideia de qual é esse filme.

— Tudo bem — sussurro de volta. — Elas vão dormir em uma hora e terminar amanhã.

— Você quer um dos meus copinhos de pasta de amendoim? — Maddie oferece a Caleb.

— Não, obrigado, querida. — Caleb sorri para ela.

— Você não gosta? — ela pergunta, estranhando.

— Não muito. — Ele dá de ombros. — Não sou muito fã de pasta de amendoim.

— Você precisa gostar! — Josie pula e fica em pé, e Maddie a segue, com revolta nos olhos.

— Preciso? — ele questiona com uma sobrancelha erguida, e eu sei o que está prestes a acontecer.

— É! Aqui, coma! — Maddie se joga em seu colo, confiando que ele vai segurá-la.

— Não pode me obrigar! — ele grita, brincando, fingindo que tenta afastá-las quando Josie entra na brincadeira.

— Você precisa comer! — Josie grita e começa a fazer cócegas nele.

— Eu não tenho cócegas!

— Tem, sim!

Tudo que faço é ficar sentada e rir.

— Socorro! Brynna, tire essas pestinhas de mim! Não sou tão forte!

— Você é um banana! — Josie fala com uma gargalhada e continua a lhe fazer cócegas.

— Coma, banana! — Maddie ri e tenta de novo lhe dar o doce.

Enfim, ele abre bem os braços e as coloca à sua frente, levanta-se e começa a correr pela sala, gritando como uma Espartano naquele canal Starz:

— Vitória!

Ele as coloca no chão, gentilmente, na pilha de travesseiros e cobertores, sem nem ofegar. As meninas estão rindo, lágrimas escorrendo por seus rostos.

— E você... — Caleb aponta para mim, um olhar de zombaria em seu rosto lindo.

— O que eu fiz? — pergunto, olhos arregalados, fingindo inocência.

— Era para você me ajudar.

— Você lidou com tudo muito bem. — Sorrio e, então, de repente, estou de pé e no ombro de Caleb, mais para a alegria das meninas, que gritam e dão risada.

— Acho que vou jogá-la no lixo! — Caleb anuncia e vai para a cozinha.

— Não, coloque ela na lata de recicláveis. — Josie ri.

— Não se pode reciclar mães! — eu grito e bato nas costas de Caleb gentilmente com os punhos cerrados. — Me solte!

— Traidora! — Caleb grita e dá meia-volta para a sala e me joga de novo no sofá. — Isso foi um aviso, mulher.

— Registrado. — Dou risada, com a mão na cintura.

As meninas continuam a rir, e Maddie envolve os braços na cintura de Caleb e o abraça forte.

— Eu te amo, Caleb. Podemos assistir ao filme agora?

A mão dele para no caminho de dar um tapinha em suas costas, e ele pisca duas vezes, respondendo bruscamente:

— Sim, docinho, vamos assistir.

Ela sorri para ele adoravelmente e, então, se junta à irmã, pronta para assistir ao filme.

Ele senta ao meu lado e me puxa para perto, colocando-me contra ele enquanto beija minha cabeça, pega uma mão cheia de pipoca da minha tigela e coloca tudo na boca, atento ao filme.

Droga, isso é bom. Tê-lo aqui conosco, brincando com a gente, parece certo.

Em menos de uma hora, as meninas estão dormindo no chão.

— Bom, não demorou quanto achei que demoraria — sussurro com um sorriso.

— Graças a Deus — ele murmura e inclina minha cabeça para trás a fim de beijar-me, passando os lábios nos meus gentilmente antes de colocar a língua entre meus lábios, segurando meu rosto. Enfim, ele me afasta e beija minha testa. — Vamos colocá-las na cama para que eu possa colocar você na cama.

— Bom plano.

— Mamãe! Mamãe!

— Bryn. — Caleb toca meu braço.

— É a Josie — eu grito, imediatamente acordando e saindo da cama para correr para o quarto das meninas. Caleb está bem atrás de mim.

— Mamãe!

— Estou aqui, minha bebê. O que aconteceu?

— Ela vomitou — Maddie nos informa e aponta para o lado da cama de Josie.

— Desculpe — Josie chora.

— Oh, filha, está tudo bem. — Eu a puxo em meus braços, sem saber que Caleb saíra do quarto. Pressiono a bochecha em sua testa e arfo.

Ela está queimando.

— Você está com febre, minha amiga. Vou tirar sua temperatura, ok?

— Ok — ela resmunga e se deita assim que Caleb volta com uma tigela grande e material de limpeza.

— Você cuida dela. Eu limpo essa bagunça.

— Não precisa...

— Está tudo bem, Bryn. Eu cuido daqui.

— Obrigada. — Beijo sua bochecha e vou para o armário de remédios para encontrar algo para febre e um termômetro e volto para a cama assim que Caleb está terminando de limpar o chão.

— Mamãe? — Maddie chama da cama dela.

— Sim, filha — respondo e tiro a temperatura de Josie.

Trinta e oito. Droga.

— Não me sinto bem. — Maddie se senta e envolve os braços na cintura.

— Vamos, docinho. — Caleb a pega no colo e a leva até o banheiro, onde a ouço vomitar.

Josie escuta também, e isso a faz vomitar de novo. Graças a Deus, Caleb trouxe a tigela.

E assim acontece pelas próximas horas, segurando as meninas enquanto elas vomitam, esfriando-as com panos molhados e, finalmente, dando-lhes remédio para a febre e rezando para baixar.

Caleb não esmorece. Nunca nos deixa para voltar para a cama. Não faz careta nem fica com nojo com a quantidade de vômito saindo dessas duas pessoinhas.

Ele simplesmente me ajuda em silêncio, conforme alternamos entre as meninas, trocando suas roupas, ajudando-as com o banheiro e confortando-as.

Estou embalando Josie na cadeira de balanço confortável no canto, e Caleb está com Maddie no colo, sentado na cama dela com as costas contra a parede.

— Não sei como te agradecer — sussurro para ele.

— Não precisa me agradecer, Brynna. — Ele olha para o rosto de Mad e franze o cenho. — As pobrezinhas estão muito doentes.

— A gripe está no ar. — Inclino a cabeça para trás na almofada e fecho os olhos. — Samantha estava gripada na semana passada.

— O que fazemos agora?

— É basicamente isso — respondo com um sorriso. — Ficar acordado e dar remédio a elas, rezar para que os vômitos tenham acabado, e segurá-las.

— É um trabalho difícil — ele comenta casualmente e me observa por cima da cabeça de Maddie.

— Isso não é nada. — Rio sem humor. — Quando elas eram pequenas, eu nunca dormia. Elas nunca queriam dormir ao mesmo tempo, independente do quanto eu tentasse ajustar seus horários. Elas tinham que comer a cada duas horas, então parecia que eu as estava sempre alimentando.

Balanço a cabeça e sorrio para ele.

— Acho que, uma vez, eu fiquei duas semanas sem banho.

— Por que você não tinha ajuda?

— Minha mãe veio por algumas semanas quando elas nasceram, mas elas ficaram na UTI porque eram prematuras e, quando foi a hora de levá-las para casa, minha mãe também precisou ir.

— Elas nasceram quanto antes?

— Umas três semanas.

— Onde estava Jeff? — ele rosna.

Dou risada de novo e traço a bochecha macia de Josie com a ponta do dedo.

— Trabalhando. Sempre trabalhando. — Mordo o lábio, detestando sentir as lágrimas quererem cair. — Ele nem estava presente quando elas nasceram.

Caleb xinga baixinho.

— Ele não era um homem mau, Caleb. — Inspiro fundo e expiro devagar. — Sinceramente, ele só não deveria ter começado uma família com alguém. Eu sabia que o trabalho era sua prioridade quando me casei com ele. Ele nunca escondeu isso.

Josie enrijece, trocando a posição nos meus braços.

— Acho que pensei que ele pudesse mudar quando as meninas nascessem. — Sorrio para Caleb, triste. — Mas não mudou. E percebemos logo que ele não deveria estar conosco.

— Então você é mãe solteira desde o primeiro dia. — Não é uma pergunta.

— Sou. — Assinto. — Eu as amo muito. Elas valem a pena cada hora de sono perdida, Caleb. Mas, caramba, é exaustivo e assustador quando elas ficam doentes. Houve época em que havia uma vomitando no banheiro e a outra vomitando na cama, e só posso estar com uma de cada vez. O que eu deveria fazer?

Olho para ele e deixo as lágrimas caírem silenciosamente por minhas bochechas, frustrada.

— Ou quando as duas estão chorando por mim, e só posso segurar uma de cada vez, principalmente agora que estão bem maiores. — Balanço a cabeça e seco as bochechas. — Fico preocupada em não ser o suficiente para elas.

— Pare, baby. Você é uma ótima mãe. Elas não poderiam te amar mais.

Apenas assinto e olho para Maddie descansando em paz nos braços fortes de Caleb, suas faces ainda cor-de-rosa da febre.

— Quando contei a elas que o pai morreu — sussurro e engulo em seco, embalando-a lentamente —, pensei que elas ficariam histéricas, mas simplesmente franziram a testa e Maddie disse: "Isso significa que não vamos mais vê-lo de novo?".

Volto os olhos para Josie e beijo topo da sua cabeça.

— O que você disse? — ele pergunta baixinho.

— Eu só disse que sim, que ela estava certa. Nenhuma delas chorou, Caleb. Só franziram a testa e *me* abraçaram, porque disseram que eu parecia triste. Não ficaram de luto por ele porque não o conheciam.

— Foi ele que perdeu, Bryn, e ele mesmo causou isso.

— Eu sei. — Assinto. — Só me deixa triste porque elas são muito maravilhosas, e ele perdeu em não conhecê-las.

De repente, Josie enrijece de novo e chora antes de vomitar tudo em mim.

— Lá vamos nós de novo.

Vinte e quatro horas depois, estamos todos exaustos. Em um momento do dia, Meg trouxe sopa e sanduíches, caldo para as meninas, e as examinou para se certificar de que era realmente só gripe.

As duas últimas horas foram relativamente tranquilas. A febre está baixando, e elas conseguiram dormir relativamente em paz.

— Acho que está acabando a pior parte — murmuro e penteio o cabelo de Maddie com os dedos. Estou deitada ao lado dela, pegando no sono e acordando com ela. Caleb está balançando Josie na cadeira.

— Ela adora ser balançada — ele murmura com um sorriso fraco.

— Sempre a balancei — concordo. — Maddie consegue dormir em qualquer lugar, a qualquer hora. Josie, nem tanto. Mas, se sentar em uma cadeira de balanço com ela, já era.

— Vou tentar deitá-la — ele murmura e beija sua testa. — A febre está baixando, graças a Deus. Elas me assustaram.

Como posso resistir a um homem que é tão bom com minhas filhas?

Deixo meus olhos se fecharem, escutando-o colocar Josie na cama. Parece que dormi por apenas um minuto, porque a próxima coisa que sinto é Caleb me pegando no colo.

— Consigo andar — protesto, mas abraço seu pescoço. — Não sou magra como Jules.

— Está tudo bem.

— Não estou me sentindo extremamente sexy — murmuro, desculpando-me.

— Acho que consigo me controlar esta noite — ele responde com uma risada.

— Eu deveria ficar com as meninas. Você vai dormir.

— Peguei o monitor. — Ele me mostra. — Então nós ouviremos se elas precisarem da gente. No momento, vou te colocar em um banho quente. Você merece, minha querida.

Quando ele me carrega até o banheiro, fico surpresa ao ver que ele já encheu a banheira com água quente e colocou meu óleo de lavanda.

— Por quanto tempo eu dormi?

— Uns quinze minutos. — Ele me coloca no assento da privada, apoia o monitor na pia e me ajuda a tirar as roupas e entrar no banho quente.

— Ah, nossa, isso é bom. — Inspiro fundo e solto devagar, depois abro os olhos e encaro o homem em pé ao lado da banheira, com as mãos nos bolsos. Seus olhos estão cansados. — Esta banheira é grande o suficiente para dois, sabe.

— Não, é só para você, Pernas. Mas se importa se eu entrar no chuveiro enquanto você toma banho de banheira?

— Hummm... — Enrugo o rosto como se estivesse pensando bem. — Ver um homem sexy nu tomar banho enquanto estou aqui deitada e preguiçosa? Claro, por que não?

— Espertinha. — Ele ri e tira a roupa, totalmente confortável com sua nudez, e abre o chuveiro.

Posso estar exausta, mas não estou morta. Meu Jesus, o homem é simplesmente *gostoso*.

— O que é a tatuagem nas suas costas? — Não consigo ler de onde estou, mas parecem quatro linhas de texto na escápula.

Ele pendura uma toalha verde na barra do chuveiro e, então, aproxima-se um pouco para que eu consiga ler.

**MONTGOMERY, CALEB J**
**990001212USN O NEG**
**CRISTÃO**

**CIDADÃO AMERICANO**

— O que é? — pergunto, já sabendo a resposta.

— É exatamente o que está escrito nas minhas plaquinhas, no caso de um dia eu...

— Entendi — interrompo-o, sem querer nem pensar nessa possibilidade.

Ele olha por cima do ombro para mim e franze a testa ao ver meu olhar.

— O que foi?

Balanço a cabeça e afundo mais na água.

— Graças a Deus você está a salvo.

Ele se abaixa para beijar minha cabeça e sussurra:

— Estou bem, baby. — Então entra no chuveiro.

Meu Deus, e se ele tivesse sido capturado? Torturado? Morto?

Um calafrio cobre meu corpo, apesar da água quente. Estico o braço para pegar o sabonete, mas ele escorrega da minha mão, caindo no chão com um alto *tum*.

— Está tudo bem? — Caleb grita e abre a porta do boxe, olhos arregalados e peito subindo e descendo por ofegar.

— Estou bem. Só deixei cair o sabonete.

Ele fecha os olhos, balança a cabeça e, sem falar nada, fecha a porta do chuveiro e termina de se lavar.

Quando sai do boxe, não olha para mim. Ele se seca, amarrando a toalha na cintura, e me ajuda a sair da banheira. Quando me estico para pegar uma toalha, ele a pega de mim e me seca.

— Você está bem? — sussurro.

— Estou.

Ele continua a me secar, depois pega minha mão e me puxa até o quarto, onde me ajuda a vestir o pijama e coloca uma cueca e um short preto de basquete.

— Vou dormir no sofá.

Ele começa a sair do quarto, mas o faço parar.

— Nem vem. Você vai dormir na cama comigo, Caleb Montgomery.

Ele para na porta e baixa a cabeça, como se estivesse derrotado, depois se vira para mim com os olhos tristes.

— Eu não deveria, Bryn. As meninas estão aqui.

— Nós não estamos nus. As meninas vão ficar bem. Provavelmente vamos acordar antes delas, de qualquer forma.

Ele coloca as mãos na cintura e baixa o olhar.

— Tenho medo de te machucar enquanto durmo — ele admite com um sussurro rouco.

— O quê? — pergunto e instintivamente vou até ele, abraço sua cintura e o puxo para mim. — Você nunca me machucaria.

— De propósito, nunca. — Ele segura meu rosto e me olha com intensidade. — Mas, quando os pesadelos chegam, fico bem violento, Bryn.

— Ficarei bem.

Ele balança a cabeça, mas eu o abraço forte.

— Se me abandonar agora, depois da batalha pela qual acabamos de passar juntos, vou te pôr para fora.

Seus lábios se curvam e ele os descansa na minha testa, depois respira fundo.

— Tem certeza?

— Sim.

Ele entrelaça os dedos nos meus e me leva para a cama, cobre nós dois e me puxa contra ele, com minhas costas em seu corpo.

— Obrigada, Caleb. Por tudo.

Eu o escuto suspirar antes de se inclinar e beijar a pele sensível debaixo da minha orelha.

— Boa noite, Pernas.

# Capítulo Sete

— Bom dia! — Nat beija meu rosto ao passar por mim.

— Bom dia, flor do dia. — Meg sorri e beija minha outra bochecha.

— Vocês duas estão bem tagarelas para oito e meia da manhã. — Fecho e tranco a porta, como Caleb instrui repetidamente, e levo-as para a cozinha.

— Ah, que bom, você tem creme — Meg murmura ao procurar na minha geladeira.

— Comprei exatamente para você. — Sorrio para a ruiva e, então, abraço Natalie, envolvendo os braços em seus ombros e a apertando forte. — Como você está, mamãezinha?

— Bem. — Ela sorri e me abraça também. — Nem estou ficando enjoada desta vez. — Ela cobre sua barriga ainda chapada com a mão e a acaricia.

— Poderia ter trazido Livie com você — menciono quando todas nós estamos de canecas cheias e nos sentamos à mesa.

Este é nosso encontro semanal de café. Não preciso estar no trabalho antes das dez, então geralmente nos encontramos para uma xícara rápida de alguma coisa quente e fofoca.

— Jules está presa no trabalho?

— Luke ama as manhãs com Liv, então eles ficam bem. — Nat fala. — E, sim, Jules tem uma reunião agora cedo.

— Stacy está em casa com os dois filhos doentes. — Faço careta e dou um gole no café quente, apoiando os cotovelos na mesa.

— Como estão as suas? — Meg pergunta e se junta a nós.

— Muito melhor, graças a Deus. Elas finalmente voltaram para a escola esta manhã. — Fazia uma semana que as garotas estavam doentes.

Salva Comigo 79

— Por mais que eu as ame, estava prestes a colocá-las para adoção se não voltassem para a escola logo.

— Bom dia, senhoras. — Caleb entra na cozinha, vestindo uma camiseta da Marinha azul-escura e short preto. Ele sorri para as meninas e, então, vira aquele sorriso para mim, seus olhos carinhosos e gentis, como se estivesse se lembrando de cada coisa maravilhosamente sexy que fez comigo esta manhã.

— Bom dia — todas respondemos em uníssono.

— O que vai fazer? — Meg pergunta.

— Vou treinar um pouco lá fora. — Ele sorri para Natalie. — Obrigado por me deixar instalar o equipamento.

Natalie sorri e dá de ombros.

— Sem problema.

Nat ofereceu sua casa de Alki Beach para as meninas e eu logo depois de Jules se mudar para morar com Nate, e eu não poderia amá-la mais por isso. Significava que não precisava colocar meu nome em um aluguel em nenhum lugar, e não precisaríamos morar com meus pais.

Caleb nos dá uma saudação de brincadeira e sai pela porta dos fundos para o quintal cercado atrás da casa, onde ele arrumou todo tipo de equipamento esquisito para malhar.

— Como estão as coisas com ele? — Meg pergunta e gesticula com a cabeça para a porta dos fundos.

— Bem. — Dou de ombros e bebo um pouco do café.

— Já está dormindo com ele? — Nat pergunta casualmente, e fico boquiaberta.

— Não — minto e bebo outro gole de café. — Ele está aqui para proteger as meninas e eu.

— Certo. — Meg revira os olhos e se levanta para encher de novo nossas canecas. — É por isso que ele te olha como se quisesse arrancar sua roupa e transar com você aqui na mesa da cozinha.

É divertido quando ele transa comigo na mesa da cozinha.

Mas simplesmente balanço a cabeça e dou risada.

— Que seja.

— Negue se quiser. — Meg dá um sorrisinho e lança um olhar para a janela de trás. — Caramba — ela sussurra.

— O que foi? — Nat pergunta e se levanta para ver o que Meg está olhando. Ela arregala os olhos e olha de volta para mim, depois para fora de novo. — Puta merda.

Sei exatamente o que estão olhando.

Ou quem.

E, sim, ele é uma visão e tanto.

— Como você consegue fazer alguma coisa por aqui? — Meg pergunta quando me levanto e me inclino pela porta de correr de vidro, com café nas mãos, e olho o homem sexy no meu quintal. — Eu simplesmente ficaria em pé e o observaria o dia todo.

— Ãh, Meg. — Olho para ela e dou risada. — Você tem um desse em casa — eu a lembro, referindo-me ao irmão famoso de Caleb, o jogador profissional de futebol, Will.

— E é bom que ele fique fora a maior parte do dia, senão eu não conseguiria fazer nada também.

— Está começando a chover — Nat fala, mas isso não parece perturbar Caleb.

Ele ergue duas cordas pesadas e grossas com as duas mãos. As pontas estão conectadas à parede do estúdio de fotografia de Nat nos fundos. Segurando firme nas cordas, ele começa a ondulá-las rapidamente para cima e para baixo, a chuva caindo nele, fazendo sua camisa grudar em cada músculo conforme se flexionam e se mexem com o movimento da atividade.

— Cacete — Nat sussurra, e eu concordo em silêncio. Ele continua a mexer os braços furiosamente e sem esforço. — O que esse exercício faz? — Nat pergunta.

— Trabalha os braços, as costas e abdome, e também é cardio — Meg responde e bebe um gole de café.

Só então, Caleb solta as cordas, pega uma *medicine ball* e abaixa seu corpo alto para a posição sentada e ereta.

— Talvez ele possa se abaixar de novo — murmuro, recebendo risadas das outras duas mulheres.

— Ainda bem que Jules não está aqui — Nat murmura e lambe os lábios quando Caleb segura a *medicine ball* diante de si, senta-se em um ângulo de 45 graus e se torce para a esquerda e para a direita, várias vezes. — Ela nunca iria nos deixar observá-lo assim.

— Jesus, aquela *medicine ball* tem vinte quilos — Meg sussurra, maravilhada.

— Vejam essa parte — aviso quando Caleb joga a bola para o lado como se fosse uma bola de vôlei e fica na posição de flexão e começa a executar com facilidade mais de cem flexões em dois minutos.

— Por que mesmo não está dormindo com ele? — Meg pergunta, e engasgo com o café.

— Posso estar — sussurro e sinto seus olhares abismados para mim, mas as ignoro. — Não ousem falar uma palavra disso para ninguém.

— Quem pode te culpar? — Nat pergunta assim que Caleb se levanta e volta para as cordas. — Olhe para aqueles músculos das costas.

— Olhe para aquela bunda — Meg completa.

— Você tinha que vê-lo nu — respondo, e todas damos risada de novo.

— Será que sou nojenta por fazer isso? — Nat pergunta, inclinando a cabeça para o lado. — Ele é praticamente meu irmão.

— Mas ele *não é* seu irmão, Nat — eu a lembro com um sorriso. — E os Montgomery são muito gostosos.

— Isso não é mentira — Meg concorda. — Você não vai se atrasar para o trabalho? — ela me pergunta.

— Tenho alguns minutos — murmuro e sinto o familiar puxão na minha barriga conforme observo Caleb deitar no chão de novo para fazer mais abdominais.

Seria a posição perfeita para sentar nele. Posso ter que sugerir isso esta noite.

— Ele nem está ofegante — observo. — Que tipo de treinamento físico será que ele faz para fazer tanta força e nem ficar cansado?

— Ah, menina, você não faz ideia do treinamento rigoroso pelo qual eles passam para se tornar fuzileiros. Não é natural. — Nat se arrepia. — Todos os meninos sempre foram atletas.

— Obviamente — murmuro, sarcástica. — É um pouco intimidador.

— Caleb pode ser a pessoa mais assustadora da face da Terra se estiver irritado — Nat nos informa, com os olhos ainda grudados nele. — Ele é simplesmente grande e forte, e muito intimidador.

— Deveria vê-lo com as meninas. — Sorrio, lembrando-me da noite de cinema da semana passada. — Ele é engraçado e gentil.

Percebo que o cômodo fica em um silêncio mortal. Olho para minhas amigas e as vejo olhando uma para a outra, depois me encarando.

— O que foi?

— Você foi pega mesmo — Nat comenta e dá uma risadinha. — Bem-vinda ao clube.

— Que clube?

— O clube "Eu amo um Cara Gostoso", docinho. — Meg ri e me saúda com sua caneca assim que Caleb se aproxima da porta de correr, franzindo o cenho para mim.

Dou um passo para trás, surpresa, enquanto as meninas dão risada.

— O que foi? — Caleb pergunta, com o cabelo e as roupas molhadas e um pouco enlameados da chuva e da grama.

— Nada — respondo e dou de ombros.

Ele semicerra os olhos para mim, observando-me de perto, e então olha para Nat e Meg.

— O que houve com vocês?

— Nada — Nat responde com um sorriso enorme. — Conversa de mulheres.

— Aham. — Ele coloca as mãos na cintura e nos analisa por um instante, depois dá de ombros e vai para a geladeira pegar uma garrafa de água gelada. — Temos que ir logo — ele me lembra.

— Eu sei. — Assinto e o vejo sair da sala e ir para as escadas a fim de subir e tomar banho.

Natalie, de repente, me dá um abraço forte e longo.

— Boa sorte — ela sussurra e, então, me puxa de volta.

— Tenha um bom dia no escritório, querida. — Meg sorri.

— Obrigada.

Adoro meu emprego. Não só porque sou boa no que faço, mas porque é divertido, e sinto que sou parte de uma família.

Isaac Montgomery é dono dessa construtora. Ele é casado com Stacy, minha prima, embora ela e eu tenhamos sido criadas como irmãs. Desde que saí de Chicago, Isaac não só cuidou de mim, como me deu esse emprego em seu escritório, me pagando por baixo dos panos para ajudar na minha necessidade de desaparecer.

Agradeço a Deus por eles.

No ano passado, não apenas coloquei em ordem as contas de Isaac e mantive seu faturamento e as folhas de pagamento, como também me acostumei com a camaradagem das pessoas que trabalham para ele.

Claro que há um pouco de flerte e brincadeira, mas sei que todos me apoiam, e eles são divertidos quando vêm ao escritório com perguntas sobre seus pagamentos ou benefícios, ou simplesmente para conversar antes de saírem para trabalhar.

Mas um cara novo, Levi Jackson, me assusta pra caramba.

Ele nunca fez nada inapropriado, mas a forma como me olha e o tom de voz que usa quando fala comigo me dão arrepios.

E não de um jeito bom.

Ele é bonito e, provavelmente, acostumado a xavecar qualquer mulher que vê, se ela não se atentar ao fator assustador.

Tenho uma sensação ruim de que ele está me olhando.

Então não vai acontecer.

Evito contato visual, passo por ele rapidamente e, em geral, evito-o o máximo que posso. Diria para cair fora, mas ele não fez nada para justificar isso.

Exceto ser assustador.

Isaac compartilha o escritório comigo, mas fica fora com as equipes a maior parte do tempo, deixando os deveres do escritório para mim, o que dá certo para nós dois. Ele está lá fora instruindo uma equipe em um novo projeto, e consigo ouvir sua voz sensata enquanto verifico meu e-mail da empresa.

A porta da frente se abre e fecha, as dobradiças fazendo barulho.

— Somos uma construtora — falo alto. — Não podem colocar óleo nessas malditas dobradiças?

— Acho que eu precisaria da aprovação do chefe primeiro.

Viro a cabeça rápido, surpresa. Estava esperando Isaac, mas, em vez disso, Levi está se aproximando da minha mesa, com um sorrisinho.

— Desculpe, pensei que fosse Isaac — respondo, educada. — O que posso fazer por você?

— Tenho uma pergunta sobre os benefícios do seguro. — Ele dá a volta na mesa e apoia o quadril na beirada ao meu lado.

Perto demais para o meu gosto.

— Expliquei o seguro para você na semana passada, Levi.

Ele sorri e dá de ombros, cruza os braços à frente do peito e se inclina para trás um pouco, me observando.

— Sou devagar.

— Não é, não.

— Talvez eu só queira vir aqui e conversar com uma moça bonita. — Ele sorri, como se estivesse tentando me conquistar em um bar, e isso faz meu estômago se contrair.

— Levi, não estou interessada. Se tem perguntas sobre folha de pagamento ou seguro, certo, mas estou ocupada demais para jogar conversa fora e não estou interessada em suas investidas.

Me levanto e tento dar a volta nele para o meio do escritório, mas ele bloqueia meu caminho e passa o braço deliberadamente no meu seio.

— Sabe — ele murmura e estica o braço para passar as costas do dedo indicador no meu braço —, você não parece pertencer a um policial.

Que porra é essa? Como ele sabe sobre Jeff? Quem é esse cara?

Me afasto assim que Isaac chega à porta do escritório.

— Não pertenço a um policial — respondo com a voz fria.

— O que está fazendo? — Isaac pergunta, com a voz calma, mas seus olhos azuis estão irritados.

— Estava só fazendo algumas perguntas sobre meu seguro para Brynna.

— Ele já estava saindo — anuncio e olho para Levi. — Se tiver mais perguntas, leve-as diretamente para Isaac.

Ele ergue as mãos como se estivesse se rendendo e se afasta de mim.

— Desculpe te incomodar.

— Vá trabalhar — Isaac rosna.

— Sim, chefe.

Levi sai apressado, batendo a porta, e Isaac vira seu olhar frio para mim.

— O que foi isso?

— Nada com que eu não consiga lidar. — Suspiro conforme afundo na cadeira e volto ao meu e-mail, tentando fazer meu estômago embrulhado se acalmar. Meu Deus, só quero vomitar. Sinto que preciso de um banho demorado e quente para tentar apagar a sensação do toque dele.

Isaac apoia as mãos na minha mesa e se inclina na minha direção.

— Não minta para mim.

— Levi deu em cima de mim. — Dou de ombros e ofereço a Isaac o que espero que seja um sorriso confiante, mas falho, já que ainda estou tremendo com o comentário de Levi sobre o policial. — Só que por que ele diria aquilo sobre eu pertencer a um policial?

— Ele deve ter visto Matt te buscar ontem. — Isaac dá de ombros, como se isso explicasse tudo, e explica, graças a Deus. Nunca mencionei nada sobre o meu passado.

— Ah, tem razão. — Sorrio para ele e balanço a cabeça. — Nada de mais.

— Tem certeza? Posso demitir o desgraçado.

— Tenho certeza. — Balanço a cabeça e recosto na cadeira enquanto passo as mãos pelo cabelo e expiro. — Ele é um pouco assustador, mas essa foi a primeira vez que passou do limite.

— Vou ficar de olho nele. Se alguma coisa parecida acontecer de novo, me conte assim que puder, e vou dar um pé na bunda desse babaca. Entendeu?

— Sim, senhor — respondo, sarcástica.

— Estou falando sério, Bryn.

— Ok.

Ele assente e se acomoda atrás do computador. Hoje é seu dia de escritório.

— Como estão as crianças? — pergunto.

— Um pouco melhor. Stacy e eu ficamos acordados com elas a noite toda.

Ele fecha os olhos e os aperta com o polegar e o indicador.

— Conheço essa sensação — respondo com empatia. — Me avise se precisarem de ajuda.

— Acho que estamos quase no fim. A mãe de Stacy veio para ajudá-la hoje.

— Que bom. — Assinto e abro o programa de folha de pagamento para começar a inserir as horas trabalhadas do pessoal. — Vou ligar para ela quando chegar em casa hoje.

— Estou falando sério, Brynna, se Levi der mais uma...

— Isaac, pare. Estou bem.

Ele me observa por um demorado instante e expira.

— Ok, vou parar.

Ele murmura algo sobre Caleb matá-lo e esconder o corpo se descobrir sobre isso, fazendo-me sorrir.

— Caleb não faria isso — digo a ele com um amplo sorriso.

— Ah, querida, você claramente não conhece muito bem meu irmão.

*Eu o conheço muito bem.*

— Cadê o Caleb? — Maddie pergunta e vira seus olhos grandes e castanhos para mim conforme empurra seus nuggets de frango pelo prato do jantar.

— Eu já te disse. Ele está se divertindo com os irmãos e o pai. — Depois de terminar de cortar o melão, o distribuo no prato delas e volto para limpar a cozinha dos meus pais.

— Estou com saudade dele. — Josie suspira, dramática.

— Ele saiu há apenas uma hora, meninas — eu as lembro, revirando os olhos.

— Ei! Não vou assistir a esse maldito peixe Nemo sozinho! — meu pai grita da sala, fazendo as garotas rirem.

— Apressem-se e comam para que possam assistir *Nemo* com seu avô.

Após engolir os nuggets e a fruta, elas descem dos banquinhos e correm para se juntar ao meu pai diante da televisão.

— Parece que elas gostam mesmo do Caleb — minha mãe menciona casualmente ao entrar no cômodo.

*Ela não vai me enganar.*

— Todas gostamos de Caleb — digo a ela e sorrio. — Ele é da família.

— Humm — ela responde, evasiva.

— O que quer dizer? — Coloco as mãos na cintura.

Mamãe balança a cabeça e dá de ombros ao pegar uma mistura de brownie, ovos e óleo, pronta para fazer um doce para as meninas.

— Foi uma observação.

— Mãe...

— Fico feliz que as meninas gostem dele — ela murmura ao abrir a caixa. — Ele é um bom homem.

Franzo o cenho e assinto, analisando-a.

— E você está sozinha há muito tempo.

— Mãe — tento de novo, mas ela se vira para mim com lágrimas nos olhos, e fico enraizada onde estou.

— Você está sozinha há muito tempo — ela repete e engole em seco, piscando rapidamente. — Queria que tivesse voltado para casa antes, e sinto muito por ter tido que passar por essas circunstâncias. Tenho tanto orgulho de você, minha bebê.

Atravesso a cozinha e a abraço com força. Herdei a altura da minha mãe, junto com o cabelo e os olhos escuros.

Eloise Quinn é uma linda mulher, por dentro e por fora.

— Se ele é quem você e as meninas querem, digo para ir em frente — ela sussurra no meu ouvido, depois dá um passo para trás e sorri para mim antes de voltar para seus brownies.

— Mãe, eu nunca disse nada sobre me sentir assim por Caleb — falo gentilmente.

— Não sou cega nem burra, Brynna Marie.

Ela me pegou.

Fico em silêncio e escuto o barulho do mixer elétrico conforme ela mexe a massa, e me perco nos pensamentos.

É Caleb que eu quero?

A quem estou enganando? É claro que é.

# Capítulo Oito

## Caleb

— Bom, senhoras, podem entregar o dinheiro agora porque o papai aqui vai ganhar. — Will dá um sorrisinho para nós e sai da sua cadeira para nos passar cervejas long neck trincando de geladas.

É a noite de pôquer de quinta na casa dos nossos pais, com apenas os irmãos e nosso velho. Tentamos fazer isso todo mês e, normalmente, conseguimos, principalmente agora que não sou mais chamado para missões de repente.

— Você fala demais — meu pai murmura e analisa suas cartas.

— Está perdendo feio, meu velho — Isaac provoca, seu olhar na pequena pilha de fichas à sua frente.

— Estou prestes a acertar a jogada a qualquer hora.

— Tudo bem, pai, Will tem uma tendência a morrer na segunda metade do jogo, de qualquer forma. — Matt ri e se estica para bagunçar o cabelo de Will, que rapidamente se esquiva.

— Que seja, babaca! — Will joga uma mão de pipoca em Matt.

— Você simplesmente não aguenta perder — Matt zomba do nosso irmão mais novo.

— Cara, esportes são meu *trabalho*. Claro que não gosto de perder.

— Isso é pôquer, cara. Não é um esporte. — Dou risada e bebo um gole grande de água ao me recostar na cadeira, tomando cuidado para minha mãe não ver. Se ela me pega inclinando para trás sua cadeira da sala de jantar, briga comigo.

Sempre vou ter medo daquela mulher.

— Você claramente não está jogando certo — Will murmura e joga suas cartas na mesa da cozinha. — Tô fora.

Salva Comigo

— Otário — meu pai provoca e puxa a pilha para ele. — Ensinei tudo que vocês sabem, filhos, mas não ensinei tudo que *eu* sei.

Todos rimos ao observar nosso pai arrumar suas pilhas de fichas e sorrir presunçoso enquanto dá um gole na cerveja.

— Como vão as coisas com Brynna e as meninas? — Isaac me pergunta enquanto embaralha.

— Boas. Levei Brynna para atirar na semana passada. — Me inclino para a frente conforme meu pau enrijece com a lembrança de vê-la com a arma na mão. Ela é maravilhosa pra cacete. — Deixei-a atirar com minha 9mm.

— Ela se assustou? — Matt pergunta.

— Não — me vanglorio, orgulhoso. — Ela foi bem. Acertou o alvo. Não teve medo. — Dou de ombros e bebo outro gole de água. — Eu não iria querer estar na mira dela.

— Sei que tipo de arma você quer mostrar a ela. — Isaac dá um sorrisinho e verifica suas cartas.

— Vai se foder, cara.

— Ele só está bravo porque está casado há tempo pra caralho, e não consegue lembrar como é um boquete — Matt diz, recebendo um olhar bravo de Isaac.

— Não sei o que estar casado tem a ver com isso — meu pai diz e coloca alguns Doritos na boca. — Sua mãe e eu estamos casados há quase quarenta anos, e na outra noite...

— Não! Não! Não!

— Pare de falar!

— Ah, meu Deus!

Todos gritamos ao mesmo tempo, implorando para nosso pai parar de falar, e ele joga a cabeça para trás e dá uma gargalhada.

— Podemos ser velhos, garotos, mas não estamos mortos.

— Eu vou te matar se um dia, *algum dia*, insinuar que minha mãe faz sexo — Isaac murmura quando ele se encolhe, rindo.

— Nunca diga "mãe" e "sexo" na mesma frase — Will diz com a voz firme e tensa.

— Então é por isso que você não se casa? — Isaac pergunta a Matt. — Tem medo de o sexo ficar ruim?

— Não. — Dou risada. — Matt só não gosta de ficar amarrado.

— Ou preso, na verdade. — Will ri e dá um grito quando Matt soca seu braço.

— Cara, esse é meu braço de lançamento!

— Não seja chorão — Matt diz.

— Não sou chorão — Will rebate e bebe sua cerveja. — E você claramente precisa transar.

— Quem disse que eu não transo? — Matt pergunta.

— Quem iria transar com você? Você é feio pra caralho — respondo, fazendo meus irmãos rirem.

— Ele se parece muito com você — meu pai responde e sorri para mim. — Vocês todos são um bando de feios.

— Pare de falar que meus filhos são feios! — minha mãe grita do andar de cima. — E, Caleb, pare de inclinar minha cadeira!

— Como ela sabe? — sussurro e retorno a cadeira à posição normal.

— Ela sabe tudo — Isaac me lembra. — Radar de mãe.

— Isso me dá medo.

— E deveria. — Meu pai dá um sorrisinho, com os olhos focados nas escadas.

O telefone fixo toca, e meu pai se levanta para atender.

— Alô?

Ele franze o cenho.

— Sim, é Steven Montgomery. — Uma pausa. — Alô?

Ele afasta o telefone do rosto e o encara antes de colocá-lo no lugar de volta.

— Desligaram? — Matt pergunta e se inclina para a frente, com os olhos semicerrados.

— É, só perguntaram meu nome e desligaram. — Ele volta ao seu assento, e nós todos nos entreolhamos, franzindo a testa, nossas bandeiras vermelhas não apenas erguidas, mas balançando com violência, alertas.

— Que porra é essa? — sussurro e me levanto para andar de um lado a outro na sala. — O que está havendo?

— Por que ele surtou tanto com a ideia de ela ter conexão com um policial? — Isaac sussurra, e nossas cabeças viram para nos concentrarmos nele.

— O que disse? — pergunto.

Ele olha para cima para todos nós e balança a cabeça, fazendo uma careta.

— O que você disse? — repito.

— Tem um cara no trabalho — ele começa e dá um gole na cerveja. — Levi Jackson. Eu o vi observando Bryn, dando desculpas para falar com ela.

— Por que não disse nada antes? — Matt pergunta.

— Deixe-o terminar — meu pai interrompe, severo.

— Ele nunca tinha passado do limite com ela. Até ontem.

Ele para e passa a mão pelo cabelo, frustrado.

— Quando entrei no escritório, ele a tinha encurralado contra a mesa, e o escutei falar "Você não parece pertencer a um policial".

— Caralho! — grito e saio da mesa. — E por que só estou sabendo disso agora?

— Ela já contou ao pessoal que era casada com um policial? — Matt pergunta.

— Acho que não. — Isaac balança a cabeça. — Ela é bem cuidadosa com o que fala para eles. Além disso — continua, com o cenho franzido —, não acho que ele estivesse falando de Jeff. Acho que te viu com ela. — Ele aponta para Matt, que faz uma careta.

— Pode ser só coincidência? — Will pergunta. Ele está recostado na cadeira, com os braços cruzados à frente do peito, refletindo.

— Uma coincidência e tanto — meu pai fala.

— Não é coincidência — rosno. — Ele colocou as mãos nela?

Isaac faz careta e desvia o olhar, e isso é tudo que preciso.

— Filho da puta! Por que ela não me contou?

— Provavelmente porque ela sabia que você reagiria assim? — Matt pergunta. Seus olhos estão duros e sua expressão, tensa. Ele está no modo policial.

— Ela e as meninas estão sozinhas esta noite? — Will pergunta.

— Não, estão na casa dos pais dela.

— Aposto que ter uma babá constante está começando a irritá-la — meu pai murmura.

— Está. — Assinto e passo a mão na testa. — Mas é necessário. Não sabemos o que está acontecendo. — Foco em Isaac de novo, a raiva consumindo meu corpo, juntamente com um toque de medo que me deixa ainda mais bravo. — Você não verifica as fichas do seu pessoal?

— Claro que verifico — ele se defende. — Ele pode ser só um cara assustador que está a fim dela.

— Ou pode ser um gângster do caralho que está tentando chegar perto o suficiente para matá-la! — grito de volta para ele.

— Oh, desculpe, não fiz o questionário "você é um gângster filho da puta?" para ele — Isaac diz sarcasticamente.

— Eu vou te bater — murmuro e pego meu celular, precisando ouvir sua voz para me assegurar de que ela e as meninas estão seguras.

Toca quatro vezes e cai na caixa postal, então deixo um recado pedindo para ela me ligar, depois mando uma mensagem.

*Por favor, me ligue assim que possível.*

— Ninguém atende — murmuro.

— Ligue para a casa dos pais dela — Matt sugere.

— Já estou ligando. — Ouço o telefone tocar duas vezes até sua mãe atender.

— Alô?

— Oi, Eloise, é o Caleb. Posso, por favor, falar com Brynna?

— Ah, ela e as meninas foram embora há mais ou menos uma hora

— responde, e todos os pelos do meu corpo se arrepiam. — O pai dela deu uma carona.

— Eu disse a ela para me esperar aí e eu iria pegá-las no caminho de casa.

Matt semicerra os olhos, e Isaac e Will se inclinam para a frente quando meu pai se levanta e começa a ligar do telefone fixo.

— Vou tentar o celular dela de novo — ele murmura.

— Ela disse que as meninas estavam cansadas, e ela estava bem, e iriam esperar você em casa.

— Quando elas saíram?

— Há uma hora mais ou menos — ela repete.

— Ainda não atende — meu pai anuncia e desliga o telefone.

— Obrigado, Eloise. Vou tentar o celular dela. — Não quero assustar a mãe de Brynna, então mantenho a voz leve e finalizo a ligação. — Merda.

— Onde ela está? — Will pergunta.

— Eloise disse que Brynna levou as meninas para casa há uma hora.

— Mas não está atendendo ao celular? — Matt pergunta.

— Não, vou embora. — Pego meu casaco. — Vou matá-la — murmuro enquanto sigo para a porta.

— Nos avise quando encontrá-la — meu pai pede.

Assinto ao sair, com a intenção de voltar para Bryn assim que conseguir. Engulo em seco, tentando não ficar com medo, e ligo para o celular dela de novo.

Depois do quarto toque, cai na caixa postal de novo, e dessa vez meu recado não é tão calmo.

— Atenda à porra do telefone, Brynna.

Desligo e jogo o celular no banco ao mesmo tempo que acelero por Seattle de volta ao bairro Alki e às minhas meninas.

*Minhas meninas.*

Saio do carro e destranco a porta da frente, digitando a senha do alarme, e me movimento rapidamente pelo andar de baixo até a cozinha.

A bolsa de Brynna está na mesa da cozinha, então sigo para as escadas, subindo três degraus por vez. Paro primeiro no quarto das gêmeas. A porta delas está entreaberta, e a luz noturna brilha. Ambas estão dormindo na cama.

Fecho a porta em silêncio e marcho até o quarto de Brynna, onde a porta também está entreaberta. Entro e fecho a porta, trancando-a.

— Brynna. — Minha voz está tensa, mas não alta o suficiente para acordar as crianças.

Ela se senta de repente, piscando para mim.

— Caleb?

— Que porra você está fazendo aqui? — pergunto e cruzo os braços, indo até ela.

— Eu moro aqui. — Ela franze o cenho e se estica para acender o abajur do criado-mudo.

— Eu te disse para me esperar na casa dos seus pais — falo, com os dentes cerrados. Quero esganá-la e beijá-la ao mesmo tempo. Ela está despenteada, seu cabelo caindo em cachos em volta do rosto. Sua pele está brilhante, sem maquiagem.

Ela está perfeita.

— Cadê seu celular?

— Na minha bolsa.

Xingo baixinho e ando de um lado para o outro no quarto, incapaz de me acalmar.

— Eu não conseguia falar com você.

— Caleb, não preciso de babá vinte e quatro horas por dia. — Ela faz careta e se senta mais ereta. — Estamos bem.

— Você não está entendendo — murmuro e passo as mãos no cabelo. — Alguém poderia machucar você! Vocês três!

— Bom, não machucaram! — Ela ergue o queixo e lança um olhar desafiador para mim.

Droga, eu quero castigá-la.

Ela pula da cama e começa a dar a volta em mim, em direção à porta.

— Preciso ver como minhas filhas estão.

— Eu já vi. — Seguro seu braço e a faço parar ao meu lado. — Elas estão dormindo.

— Acho que não quero que me toque neste momento. — Ela tira o braço e recua, olhando para mim.

— Mas aparentemente não se importa se Levi colocar as mãos em você no trabalho.

Ela faz careta de novo e recua mais, cruzando os braços à frente do peito.

— Do que está falando?

— Isaac me contou sobre Levi dar em cima de você.

— Você só pode estar brincando. — Ela fecha os olhos e balança a cabeça. — Isso é uma maldita competição de território?

— Por que não me contou? — pergunto, ignorando sua punhalada.

— Porque não foi nada! — Ela gesticula selvagemente com as mãos e as passa no cabelo enquanto anda de um lado para outro. — Ele é inofensivo.

— Claramente, ele tem um problema com policiais, e coloca as mãos em você. — Minha voz está baixa e tensa, e minhas mãos coçam para tocá-la. — Isso não é inofensivo.

— Ele não é nada — ela insiste.

— Preciso ser capaz de confiar em você.

Ela arregala os olhos com surpresa e mágoa, e minhas entranhas se contorcem.

Fica boquiaberta antes de cerrar os punhos com frustração, solta sussurros bravos baixinhos e inspira fundo.

— Você pode confiar em mim. — Ela para na minha frente, a centímetros, olhando para cima, desesperada e magoada. — Não sou criança. Sei cuidar de mim e das minhas filhas.

— Você entende o que seria de mim se alguém te pegasse? — explodo e seguro seus ombros. — Me destruiria se você ou suas filhas se machucassem, Brynna. Você é necessária para minha sobrevivência, caramba, e farei tudo ao meu alcance para te manter segura e inteira, mas preciso que você converse comigo quando acontecer alguma coisa, e que faça o que eu te falar!

Seus olhos grandes e castanhos estão redondos conforme ela observa minha expressão, seus lábios carnudos abertos com surpresa, e não consigo mais suportar. Eu a puxo, envolvo os braços nela e a seguro forte enquanto minha boca implora pela dela, forte e possessiva.

Porra, ela é *tudo*.

Me afasto e apoio nossas testas, sentindo seu cheiro, aliviado por ela e as meninas estarem em segurança. Minhas pernas estão tremendo, e me sinto zonzo agora que a adrenalina da possível ameaça sumiu.

Como se tivesse saído vivo de uma missão.

— Deixe-me fazer meu trabalho, baby. Converse comigo. Por favor.

— Desculpe, Caleb. — Sua voz é baixa. Ela me abraça forte, pressionando-se em mim da cabeça à pélvis. — Eu não sabia.

— Agora você sabe. — Engulo em seco, encarando seu rosto doce. — Além disso, milionários pagam para esse tipo de proteção. Você está tendo de graça.

— É? — Ela sorri insolente e desce a mão por meu peito até o cós da minha calça. — O que mais posso ter de graça?

— O que você quer? — pergunto e arfo quando ela desafivela meu cinto, abre minha calça e enfia a mão dentro da minha boxer para apertar firmemente meu pau.

— Humm... — Ela balança a cabeça para a frente e para trás, como se estivesse refletindo muito, e então se inclina para beijar meu peito por cima da camiseta, abaixando-se para minha barriga, e se ajoelha aos meus pés. — Acho que vou simplesmente te mostrar o que quero.

Depois de abaixar minha calça até o joelho, Brynna lambe a cabeça do meu pau, exatamente como faria com seu sorvete preferido de casquinha e, então, afunda em mim, sugando-me o máximo que consegue em sua boca quente e molhada, e a única coisa que consigo fazer é manter o quadril parado.

— Porra, Bryn.

Ela o coloca para cima e lambe até meu saco e ali também, sem deixar nenhuma área da pele intocada por sua língua maravilhosa. Ver sua cabeça balançar e ondular, sua mão segurando meu pau na base e aqueles olhos grandes cor de chocolate me encararem é a coisa mais sexy que já vi na vida.

Jesus, tudo que ela precisa fazer é respirar e mal posso esperar para estar dentro dela.

Ela segura minhas bolas e chupa forte meu pau, fazendo minha espinha pinicar e meu estômago se contrair, e eu a puxo para ficar em pé antes de gozar na boca dela.

— Você realmente precisa parar de me fazer parar antes de terminar o serviço. — Ela faz beicinho, seus olhos brilhando com uma risada.

— Não posso gozar ainda — rosno e a empurro de volta para a cama, tirando seu pijama e o restante das minhas roupas conforme me movo. — Preciso entrar em você.

Enterro o rosto em seu pescoço e inspiro seu cheiro fresco e limpo.

— Seu cheiro é bom pra caralho — sussurro enquanto coloco meu pau entre suas pernas, aninhado em sua boceta, mas ainda não afundado nela. Eu me apoio nos cotovelos e passo os dentes em seu pescoço até a orelha, apreciando suas mãos fortes, descendo por minhas costas até a bunda e subindo de novo.

— Caleb — ela sussurra, inclinando a cabeça para me dar melhor acesso à sua pele.

— Sim, baby.

— Faça amor comigo, ok?

O pedido foi baixo e doce, e me afasto para olhá-la, tirando pequenas mechas de cabelo da sua bochecha com meus polegares.

— Em um minuto — sussurro e deslizo a mão para seu seio perfeito e redondo e o seguro, esfregando o polegar no mamilo.

Ela tem ótimos peitos.

Minha mão vai até sua boceta quente e doce, e a percebo molhada e seu clitóris já inchado e pronto para mim.

— Você está muito molhada, Pernas. — Dois dedos escorregam entre seus *lábios*, e meu pau se contrai e lateja com a forma como ela se aperta ao redor deles. — Brigar comigo te excita?

— Tudo que você faz me excita — ela responde conforme arfa e se contorce debaixo de mim.

Sorrio em seu pescoço e aumento a velocidade dos dedos, acariciando o clitóris com o polegar. Porra, não há nada como Brynna quando está excitada. Ela fica tão aberta, entregue e sensível pra caramba.

— Caleb. Ah, babe, eu vou gozar.

— Goze — sussurro e roço o nariz em seu pescoço.

— Quero gozar quando você estiver dentro de mim. — Ela faz beicinho com um gemido.

— Ah, acredite, Pernas, você vai. — Ela inclina a pélvis na minha mão e morde o lábio. — Relaxe, querida.

E ela relaxa, gemendo e me abraçando forte, curtindo seu orgasmo. Minha mão está molhada quando a tiro e coloco meu pau latejante nela de novo, escorregando contra ela.

— Faça amor comigo, Caleb.

— Com prazer. — Sorrio para ela e, quando ela sorri de volta para mim, com total confiança e amor brilhando nos olhos, é quase o meu fim.

Seguro meu pau e o guio para dentro dela, devagar, pouco a pouco, gemendo seu nome conforme afundo em seu calor úmido.

— Apertada pra cacete — murmuro entre os dentes cerrados. — Nunca vou me cansar disso, Bryn.

Quando estou enterrado, apoio a testa na dela e me fortaleço ali, dentro dela e em volta dela.

Protegendo-a.

Os músculos da sua boceta se contraem e se apertam quando ela rebola devagar, e não consigo evitar, começo a entrar e sair furioso, regozijando-me na forma como aqueles músculos apertados se fecham no meu pau, ordenhando-o da melhor forma possível.

Coloco a mão entre nós e pressiono o polegar em seu clitóris tenso, e ela me abraça ainda mais, fazendo-me ver estrelas.

— Ah, baby, se continuar me apertando assim, vou perder o controle.

— Perca, Caleb. — Ela empurra os quadris mais rápido, rebolando e apertando, com as mãos massageando minha bunda, e eu sei que é apenas questão de segundos.

— Goze comigo — sussurro e a beijo, pressiono o polegar naquela protuberância ainda mais forte, e suas pernas têm um espasmo, engatam-se em meus quadris, abrindo-a ainda mais, e não consigo mais segurar.

Tenho que morder o lábio para não gemer alto quando o orgasmo se acumula em minhas bolas e explode dentro dessa mulher linda.

Suas mãos apertam minha bunda ainda mais quando ela goza, empurrando-se contra mim sem pudor e, para minha surpresa, ela morde meu ombro.

Forte.

Vai ficar marcado.

Sorrio para ela enquanto arfo, exausto. Passo o nariz no dela e a beijo suavemente.

— Você me surpreende — sussurro.

— Você também, fuzileiro — ela sussurra de volta com os olhos ainda fechados, me fazendo rir.

De alguma forma, encontro força para trocar nossas posições, colocando-a em cima de mim. Ela cai no sono rapidamente, respirando fundo, jogada sobre mim.

É assim que fico deitado por um bom tempo, passando ritmicamente os dedos em seu cabelo comprido, ouvindo sua respiração e a tranquilidade da casa.

Como ela e as meninas chegaram a significar tanto para mim em tão pouco tempo?

E o que vou fazer quando for hora de deixá-las?

Porra, só de pensar nisso dói mais do que qualquer ferida que já sofri em campo.

Perdê-las vai me matar.

## Capítulo Nove

— Qual é a das perguntas matinais? — pergunto às meninas enquanto lhes sirvo ovos mexidos.

— Elas fazem perguntas a qualquer hora do dia — Brynna me informa ao se juntar a nós na cozinha, saída do banho. Ela vem ao meu lado para pegar uma xícara de café e sorri para mim. Cheira a lavanda e baunilha.

E meu coração cambaleia no peito.

— Você está linda — sussurro. Ela baixa o olhar, um rubor rosado tingindo suas bochechas. Inclino-me e beijo o topo da sua cabeça, cheirando-a. — Bom dia.

— Bom dia.

— Cereais, por favor! — Josie grita e sorri docemente.

— Você é feita de cereal? — pergunto a Josie e pego uma tigela do armário.

— Não, tolinho.

— Acho que deve ser. Come muito cereal. — Dou uma piscadinha para Maddie e sirvo meu próprio café da manhã.

Todo esse sexo que estou fazendo me deixa faminto.

Não estou reclamando.

— Ovos? — pergunto a Brynna, mas ela balança a cabeça e bebe seu café.

— Mamãe não gosta de ovos — Josie me informa. — Só de cereais.

— Ãh, acho que não é verdade — Brynna responde secamente. — Mamãe só não quer comer nada ainda.

— Acha que sua bunda fica maior nessa calça? — Maddie pergunta a Brynna com a cabeça inclinada, e quase engasgo com meu bacon.

Salva Comigo

Brynna dá uma risada longa e alta e balança a cabeça.

— Onde ouviu isso?

— Mason na escola disse que a mãe dele sempre fala que a bunda dela fica maior de jeans.

— Bom, só não estou com fome ainda — Brynna responde com um sorriso.

É melhor ela não pensar que sua bunda fica grande demais em qualquer roupa. Sua bunda é perfeita.

— Acho que deveríamos ter um cachorro — Maddie anuncia e mastiga seu bacon.

— Já tivemos essa conversa — Brynna começa.

— Mas, mamãe — Maddie interrompe. — Nós precisamos de um cachorro.

— Precisamos? — Josie pergunta, e Maddie a cutuca de lado. — Sim, precisamos! Iria nos manter seguras, e nós o amaríamos e o alimentaríamos, e você pode pegar o cocô!

— Eu *não* quero pegar nenhum cocô. — Brynna ri. — Eu disse que iríamos conversar sobre isso no verão.

Ela olha para mim e dá de ombros.

— Elas querem um cachorro.

— Entendi.

— Quem era o homem na nossa casa ontem? — Josie pergunta e derruba leite no balcão. Franzo o cenho para Bryn e viro para a garotinha.

— Que homem? — pergunto calmamente, mas meu corpo fica instantaneamente em alerta. Coloco meu prato de lado e me concentro em Josie.

— O homem que estava olhando a caixa de correio da mamãe quando chegamos da escola — Maddie responde.

— O quê? — Brynna solta sua xícara. — Tinha um homem olhando a caixa de correio?

— Tinha. Mas nunca temos correspondência na caixa de correio, não é, mamãe?

Viro os olhos para Brynna, erguendo a sobrancelha em dúvida.

Ela balança a cabeça lentamente.

— Não, docinho, não temos.

— Venha comigo. Agora. — Seguro sua mão e a puxo para a sala. — Vocês têm caixa postal?

— Temos. Aquela caixa de correio na rua nunca tem nada. Até a correspondência de Nat e Jules parou de chegar.

— Então não era o carteiro — murmuro e processo tudo que aconteceu nas últimas vinte e quatro horas. — Preciso tirar vocês três daqui.

— Do que está falando?

— Brynna... — Seguro suas mãos e a puxo para perto. — Pedi para Matt verificar os antecedentes daquele otário no seu trabalho com atenção, mas não confio nele. Meu pai recebeu um telefonema estranho ontem à noite...

— Foi por isso que você surtou — ela sussurra, mas continuo falando.

— E agora descobrimos que as meninas viram alguém xeretando por aqui. Não gosto disso.

— Não adoro também, mas não podemos simplesmente ir embora. — Sua sobrancelha está franzida, e suas mãos, tremendo nas minhas.

— É sexta, Bryn. Pegue as meninas na escola, e vamos viajar no fim de semana. — Me inclino e beijo sua testa, tentando manter a calma, *mantê-la* calma, mas meus instintos "ou vai ou racha" surgiram, e tudo que consigo pensar é em levar as meninas para o mais longe possível daqui.

O mais rápido possível.

— Ok — ela sussurra e se afasta. — Quando?

— Agora. — Minha voz é firme. — As meninas estão vestidas e prontas. Suba correndo e arrume uma mala para elas e para você, e vamos.

— Aonde vamos?

— Eu sei de um lugar — respondo. — Apresse-se.

— Ãh, Caleb? — Brynna pergunta secamente do banco de passageiro do meu carro.

— Sim.

— Estamos a menos de dez minutos da outra casa. — Ela franze o cenho quando paro o carro.

— Você achou que eu iria nos levar para uma viagem de férias na Europa? — Dou risada, saio do carro e abro a porta de trás para as meninas saírem.

— Essa é a sua casa? — Josie pergunta e segura sua boneca apertada em seu peito.

— Sim, docinho. — Levo todas para a porta, carregando nossas malas.

— Por que estamos na sua casa? — Brynna pergunta.

— Porque ninguém esperaria procurar você aqui — respondo e fecho a porta ao entrarmos, trancando-a, enquanto Brynna deixa sua bolsa no meu sofá e circula a sala de estar.

— Aqui é legal — ela murmura e sorri para mim.

Dou de ombros e olho ao redor. Não está bagunçado, porque nunca fico o suficiente para bagunçar. Os móveis estão praticamente novos, embora os tenha comprado há muitos anos. Não há nada pendurado nas paredes.

Não chega nem perto de bom o suficiente para ela e suas filhas, mas é tudo que tenho.

— É pequena, só tem dois quartos.

— É tudo que precisamos. — Ela joga o cabelo para trás do ombro. — Há quanto tempo mora aqui?

— Há alguns anos. — Dou de ombros. — Eu alugo.

— É definitivamente casa de homem.

— Casa de *homem*? — pergunto com um sorriso.

— É, nenhuma mulher mora ou esteve aqui recentemente. — Ela ergue uma sobrancelha na minha direção, e sei exatamente o que está perguntando.

No passado, eu teria fugido da pergunta como da praga, sabendo que era hora de mudar. Mas sou obrigado a assegurar-lhe.

— Meninas — chamo, meus olhos ainda fixos nos castanhos e profundos de Brynna. — Por que não levam suas malas para o quarto do colchão verde e arrumam suas bonecas?

— Ok! — Maddie exclama e pula do sofá, onde esteve testando.

— Vamos! — Josie concorda, e elas somem. A voz delas chega à sala enquanto conversam com suas bonecas, explicando onde estão, e sorrio para sua linda mãe.

Ela fica enraizada no lugar conforme me aproximo e passo as mãos em seus braços, ombros e os nós dos dedos em suas faces.

— Nunca trouxe uma mulher aqui, Pernas. — Seus olhos se arregalam, e eu sei que ela está prestes a dizer que não se importa, mas coloco um dedo gentilmente sobre seus lábios, cobrindo-os. — Você é a única mulher que eu quero aqui.

— Por quê? — ela sussurra atrás do meu dedo e me olha atentamente.

Engulo em seco e me inclino levemente para apoiar a testa na dela.

— Porque você é mais do que uma rapidinha, Bryn. Mesmo sem sexo, no fundo, você é minha amiga. Você é minha família. — Ela abraça minha cintura conforme me endireito e olho para ela. Passo os dedos em seu cabelo macio e expiro lentamente. — Não posso perder isso.

— Não vou a lugar algum, Caleb.

— Vamos ver.

— Eu não...

— Mamãe! Caleb tem uma TV no quarto! É muito grande. Venha ver! — Maddie entra correndo e, então, para, congelada, olhando-nos com cautela. — Por que está abraçando a mamãe assim?

— Eu só precisava de um abraço — Brynna responde com um grande sorriso.

Maddie vem correndo e joga os braços em volta da nossa cintura, apertando forte.

— Quero abraçar.

Descendo a mão pelas costas de Maddie, lembro-me do quanto ela é

Salva Comigo 107

frágil, e como essa missão é precisa e exata.

Manter as meninas seguras.

Parar de pensar com meu pau.

Me afasto e viro de costas abruptamente.

— Vá se acomodar, Bryn.

— Acho que nós deveríamos...

— Ficar aqui — interrompo e viro para encará-la, mas não consigo olhar em seus olhos. — Não saia. Tenho que ir comprar comida e outros suprimentos. Acomode-se e arrume as meninas. Já volto.

— Caleb, não podemos ficar trancadas na sua casa por dias! Vamos todos nos matar amanhã à noite. — Ela coloca as mãos na cintura e me encara como se eu tivesse ficado louco.

— Faça o que eu digo — respondo e pego minhas chaves. — E, pelo amor de Deus, fique com o celular.

Com isso, saio, e os sentimentos que não são da minha conta se misturam dentro de mim. Deus me ajude, estou me apaixonando por duas meninas maravilhosas e pela mãe delas. E sou exatamente o que elas não precisam. Quebrado. Ferido.

Outro homem que vai abandoná-las, exatamente como aquele covarde do ex-marido dela. Que tipo de homem deixa a esposa cuidar sozinha das filhas gêmeas?

E, ainda, aqui estou, sabendo que não posso ficar com elas para sempre. Elas merecem muito mais do que um ex-fuzileiro fodido.

Mas não vou conseguir ficar longe.

## Capítulo Dez

*Brynna*

— Eu não quero! — Maddie grita.

— Pare de encostar nela! — Josie recua e puxa sua boneca dos braços de Maddie. — Ela é minha!

— Meninas! — grito, mas me deparo com ouvidos surdos quando elas começam a se bater, soluçar e chorar.

— EI! — berro e tiro Josie de perto de Maddie.

— Ela que começou! — Maddie grita entre soluços e enterra o rosto na própria boneca.

— O que é isso? — Caleb exclama ao chegar de fora. — Consegui ouvir vocês da rua. — Ele está olhando feio para nós ao bater a porta da frente e cruzar os braços. — O que está acontecendo?

— Odeio todos vocês! — Maddie grita e corre para o quarto em que ela e Josie estão ficando na casa de Caleb nos últimos dois dias.

— Você não pode odiar! — Josie berra ao segui-la.

— *Não* encostem uma na outra! Escutaram? — grito para elas e, então, endireito os ombros e olho para o homem alto e muito-bonito-para-seu-próprio-bem diante de mim.

— O que *eu* fiz? — ele pergunta.

— Caleb Montgomery, estamos nesta casa há mais de dois dias. Se não sairmos daqui para tomar um ar, não vai importar se pode ter um traficante assassino tentando nos encontrar. Eu vou ter matado todo mundo até a hora do almoço!

Seus lábios se curvam, e seus olhos azul-claros sorriem para mim.

— Não acho que vá realmente nos matar.

— Não aguentamos mais isso, babe. — Seus olhos se arregalam quando o chamo de *babe*, assim como sempre fazem, e falo um pouco mais calma. — Sei que está tentando nos manter seguras, mas as meninas vão ficar loucas. Podemos assistir a muitos filmes e, se uma delas disser "Ela está encostando em mim!" mais uma vez, juro que vou arrancar meus olhos com um palito quente!

— Então, está dizendo que quer sair da casa — ele responde sarcasticamente. Cerro o punho e dou um soco no braço dele.

— Ai — ele murmura e esfrega os bíceps, fazendo careta para mim. — Você é mais forte do que parece.

— Por favor, Caleb. Não é justo com elas.

Ele expira e balança a cabeça, olhos focados no chão, e esfrega a testa com a ponta dos dedos.

— Você e as meninas já foram naquele passeio de barco que passa pelo centro? — ele pergunta inesperadamente.

— Não.

— Eu conheço o dono. Terá uma pequena multidão, mas seria controlada, e podemos nos sentar nos fundos para que eu possa ficar de olho em todo mundo à nossa volta.

— Ok! — Fico na ponta dos pés, abraço seu pescoço e dou um beijo barulhento em sua bochecha.

— Só algumas horas — ele esclarece e, então, suaviza. — Não gosto de vê-las tão infelizes.

— Elas vão amar. Será perfeito.

— Meninas! — Caleb grita e, em alguns segundos, ambas se arrastam para fora do quarto, com o rosto entediado. — Peguem seus casacos. Vamos sair um pouco.

— Uhul! — Josie exclama.

— Eu te amo! — Maddie grita, e ambas correm para se aprontar.

— Viu? — Beijo sua bochecha de novo e sorrio para ele. — Já melhorou.

— Olha, mamãe! É o prédio da Jules e do Nate! — Josie está apontando ansiosa para fora da janela do barco, com o apito de pato amarelo em sua boca que todos os passageiros recebem quando entram no carro-anfíbio.

O barulho fica incrivelmente irritante, e o apito será "perdido" amanhã cedo.

O carro passa pelo centro de Seattle, pelo famoso Pike Place Market, pelo velho Belltown e entra na água do Lake Washington para um passeio no lago, dando-nos uma vista fantástica do horizonte de Seattle.

As meninas estão amando.

— É, sim — concordo e sorrio para Josie. — Mas como você sabe?

— Porque é perto do lugar muito bom de donut. — Ela sorri. — Gosto dos que têm cobertura.

— Ah, verdade. — Assinto e tenho um desejo repentino por donuts com cobertura. — Fomos lá da última vez que paramos para visitar Jules e Nate.

Josie ri quando eu puxo um dos seus rabos de cavalo, e olho para Caleb, que não está prestando atenção a uma palavra que o guia está dizendo, porque observa cada pessoa do carro atentamente, com os olhos semicerrados.

Ele e eu estamos sentados no corredor, deixando o assento da janela para as meninas para que possam ver tudo que o guia está descrevendo.

— Relaxe — murmuro para ele.

Ele nem olha para mim.

Coloco meu apito de pato entre os lábios e assopro na cara dele.

Ele vira a cabeça e me olha bravo.

— Relaxe — repito com um sorriso. — Isso é divertido.

Seu corpo está tenso, cada músculo flexionado e pronto para entrar em ação. Seu celular toca, ele o pega e o coloca na orelha antes do segundo toque.

— Montgomery.

E, de repente, como mágica, como se seu corpo desinflasse como uma bexiga, fala:

— Graças a Deus.

Ele escuta e ri.

— É, bom, é uma coisa a menos para nos preocuparmos, mas não acabou. Ok, até mais tarde.

Ele desliga e expira, passa a mão no cabelo e, finalmente, olha para mim.

— Vou te contar quando voltarmos para a minha casa.

— Boas notícias?

— Sim. — Ele assente e olha para o grupo de novo.

— São as mesmas pessoas que estavam aqui há vinte segundos. Não mudaram, Caleb.

— Não gosto de multidão — ele murmura ao balançar a cabeça, os olhos focados nas saídas, o corpo ainda alerta.

Estico o braço e entrelaço os dedos nos dele, ancorando-o a mim. Não consigo imaginar o que está passando por sua cabeça neste instante. As meninas estão absortas, adorando as paisagens e os sons da cidade, dançando junto com a música e soprando seu apito de pato.

— Obrigada por isso — murmuro para ele, e ele assente depois dá um suspiro de alívio quando o veículo para de volta onde começamos e os passageiros começam a desembarcar.

— E agora? — Maddie pergunta com um sorriso amplo.

— Vamos tomar sorvete! — Josie exclama quando nos levantamos e somos os últimos a sair.

— Vamos ao cinema! — Maddie sugere.

Caleb xinga baixinho e pega uma mão de cada garota conforme passamos pelo Experience Music Project em direção ao estacionamento.

Tivemos sorte com o clima hoje. Para fevereiro, está relativamente quente e sem chuva.

Graças a Deus.

— Caleb! Olha! Algodão-doce! — Josie aponta para um carrinho vermelho e branco cheio de nuvens de algodão-doce embalados em plástico, pipoca e raspadinhas.

— Ok, podemos comer algodão-doce. — Caleb sorri para as meninas e nos leva até o carrinho.

— Eu quero o rosa! — Maddie e Josie exclamam ao mesmo tempo.

— Dois algodões-doces. — Caleb ri com a mulher mais velha trabalhando no carrinho.

Ela sorri amplamente e os entrega, depois pega o dinheiro de Caleb.

— Sua família é linda. — Ela dá uma piscadinha. — E suas meninas claramente conseguem o que querem com você.

Fico tensa por um instante, os olhos grudados na expressão de Caleb. Ele continua olhando para sua carteira, um sorriso curvando seus lábios, mas então franze o cenho quase que arrependido. Finalmente, olha de volta para a mulher gentil, dando um falso sorriso.

— Obrigado — ele responde simplesmente, aceita o troco e entrega o doce às meninas.

— O que dizem? — lembro-as.

— Obrigada! — As vozes delas formam um coro de empolgação enquanto abrem o pacote e mordem o doce.

— Obrigada — murmuro para Caleb, que encontra meu olhar com tristes olhos azuis.

— Por nada.

— Quero ficar aqui, Brynna. — As mãos estão apoiadas no balcão na altura do seu quadril enquanto se apoia contra ele e me olha desesperado.

— Absolutamente não. — Balanço a cabeça furiosamente, dobro o pano de prato na metade e o penduro por cima da porta do armário debaixo da pia. — Temos uma vida para a qual voltar.

— Brynna, me escute...

— Caleb — interrompo com a voz calma e baixa, e ele para de falar e me observa com cautela. — Não. Minhas filhas precisam ir para a escola. Eu tenho um emprego. Sim, Levi é assustador, mas...

— Levi não é mais um problema. — Caleb cruza os braços, fazendo meu olhar focar em seus bíceps definidos, e preciso pressionar meus joelhos um no outro para impedir a eletricidade que passa por minha vagina.

— O que quer dizer?

— Ele vai ser demitido.

Olho para ele, aguardando mais explicações.

— Era Matt no telefone hoje. — Caleb suspira e balança a cabeça. — Chegou a verificação dos antecedentes. Ele não tem histórico violento, o que significa que é apenas um cara assustador com uma queda por você.

— Então ele só achou que Matt e eu estivéssemos juntos? — pergunto e sinto um leve suor brotar na minha testa.

— É. — Ele ri e me puxa, como se não conseguisse ficar longe de mim por mais de um segundo, mesmo que estivéssemos discutindo. — Ele pensou que Matt fosse seu marido porque ele te pega no trabalho todo dia.

Fecho os olhos ao suspirar e inclino a testa contra o peito dele.

— Graças a Deus.

— Ele foi demitido mesmo assim. Mesmo que não seja fichado, foi inapropriado com você. Isaac o demitiu antes de ele aparecer lá e acabou com ele.

Dou risada e ergo a cabeça para olhar em seus olhos.

— Eu lidei com ele.

— Realmente acho que estamos mais seguros aqui, Pernas.

Meu sorriso evapora.

— Não.

Ele rosna e me puxa mais forte, enterra o rosto em meu pescoço e respira fundo e demoradamente.

— Você é teimosa pra caralho — murmura contra mim, as palavras abafadas, e não consigo evitar o riso.

— Você também.

— Se vamos voltar para sua casa amanhã, tenho algumas condições.

— Uau, parece um compromisso — respondo secamente.

Ele morde meu pescoço bem onde encontra o ombro, se afasta e me olha.

— Um, sem ônibus escolar. Matt ou eu vai levá-las e buscá-las na escola todo dia. Não vou negociar isso. — Ele passa a mão nas minhas costas, mas estreita os olhos para mim, para não ousar desafiá-lo.

— Sim, sen... — paro e gaguejo. — Ok.

Caleb sorri para mim suavemente.

— Pode falar "sim, senhor", sabia. Ouço isso todo dia.

— Não nesta vida — murmuro e dou risada. — De jeito nenhum.

— Ok, número dois, expandiremos o sistema de alarme da casa.

— Não tenho dinheiro...

— Eu conheço pessoas, Brynna. Não vai te custar um centavo e deveria ter sido feito há semanas. Eu quero sensores nas janelas e luzes sensíveis à presença lá fora. — Ele para e me encara, esperando-me falar que entendi, e faço isso balançando a cabeça.

— Número três, quero que vá atirar comigo mais vezes, e vou deixar minha 9mm com você sempre.

Começo a balançar a cabeça, mas ele se inclina e apoia a testa na minha e roça nossos narizes.

— Por favor — sussurra, sua voz rouca, e eu sei que ele está se esforçando ao máximo para concordar em nos deixar ir para casa.

Ele nos quer seguras. Como posso achar ruim?

— Ok — aquiesço e beijo seu queixo. — Mais alguma coisa?

— Sim, nem você nem as meninas ficarão sozinhas. *Nunca.*

— Podemos ir ao banheiro sozinhas? — pergunto, sarcástica.

— Você é tão espertinha — ele responde, mas seus lábios repuxam para trás em um meio sorriso e seus olhos estão felizes.

— Posso viver com isso — murmuro e beijo seus lábios suavemente.

— Que bom.

Salva Comigo 115

— Estou com sono. — Bocejo e dou risada. — Acho que vou dormir.

— Já vou também. — Ele beija a ponta do meu nariz antes de me afastar para ir para o quarto. — Tenho que ligar para o Matt e ler um pouco.

— Ok. — Sorrio e entro no quarto dele, bocejando mais uma vez.

— Puta merda! Abaixe, abaixe! Recue!

*Rat tat tat tat tat. Bum! Bum!*

Sento na cama e olho em volta freneticamente, mas Caleb não está no quarto.

— Proteja-se, caramba!

Pulo da cama e corro para a sala. As luzes ainda estão acesas, assim como a televisão, ligada em um programa militar no History Channel. Caleb está deitado no sofá, onde deve ter pegado no sono enquanto assistia ao programa, mas está se debatendo, suando e sua respiração está ofegante e dura.

Corro para ele e me ajoelho ao seu lado.

O que eu faço? Encosto nele?

A televisão continua ligada atrás de mim. *Bum! Rat tat tat tat tat!*

Pego o controle e desligo a TV e, então, volto para o homem aterrorizado diante de mim.

— Caleb — murmuro e gentilmente coloco a mão em seu braço e, antes de eu ver, ele rola nós dois no chão. Me prende com seu corpo enorme e coloca a mão na minha garganta, apertando.

Ele está tendo um pesadelo infernal.

E eu também.

— Eu disse para recuar, caramba! — ele grita e olha para mim, seus olhos lustrosos e vazios, como se ele não estivesse mesmo ali. É a coisa mais aterrorizante que já vi na vida.

Puta merda.

— Mamãe! Mamãe! — Ouço as meninas na porta, assustadas pra cacete e chorando.

Meu Deus, não o deixe me sufocar até a morte na frente das minhas filhas.

— Eu te peguei, filho da puta! — Caleb rosna no meu ouvido, e um suor frio começa a escorrer por todo o meu corpo. Jesus, se eu fosse uma rebelde, iria simplesmente ficar deitada e morrer ao som da sua voz.

Ele não precisaria atirar em mim.

— Caleb — tento de novo, mas ele aperta ainda mais forte.

Balanço os braços e começo a bater nele nas costas e nas laterais repetidamente, tentando acordá-lo, mas ele só me prende ainda mais forte com as pernas e rosna para mim. A cor brilhante da sua tatuagem de águia chama minha atenção, e observo seu músculo do ombro flexionar quando ele intensifica o aperto na minha garganta.

— Pare de machucar a mamãe! — Josie chora assim que minha visão começa a escurecer e eu vejo estrelas.

Quando Maddie solta um grito ensurdecedor, dou uma joelhada na parte interna da sua coxa, forte, e de repente me liberto e o afasto de mim. Fico de barriga para baixo, arfando e bufando.

Cubro minha garganta com as mãos e tusso, me levanto de joelhos e vejo os olhos de Caleb clarearem, o vazio substituído por terror e nojo. Ele se afasta cambaleando de mim, arrastando-se como um caranguejo para trás, até suas costas baterem na parede.

As meninas estão unidas na porta, encolhendo-se uma na outra com olhos arregalados, chorando por mim.

— Porra — Caleb sussurra, e minha cabeça se vira e o vejo com os joelhos encolhidos no peito, braços em volta deles e o rosto nas mãos. Ele está tremendo de forma violenta.

— Caleb — consigo falar, minha voz rouca, mas ele se encolhe do meu toque e balança a cabeça inflexivelmente dizendo *não*.

Pulo do chão e corro para meus bebês, pego-as nos braços e as levo de volta ao quarto, para a cama de casal que estão dividindo.

— Por que Caleb estava te machucando? — Josie funga e enterra o rosto no meu peito enquanto Maddie se encolhe em mim e enterra o rosto no meu pescoço.

— Ele não fez de propósito — asseguro-lhes, repetindo várias vezes, enquanto asseguro a mim mesma. Beijo suas cabeças e sinto o cheiro doce de xampu de bebê, embalando-as para a frente e para trás. — Ele estava tendo um pesadelo.

— Ele parecia com medo — Maddie murmura e funga.

— Acho que ele ainda está com medo — sussurro e beijo sua testa.

— Talvez devêssemos abraçá-lo — Josie sussurra, mas aninha-se mais ainda em mim.

Minhas meninas doces e corajosas.

— Acho que Caleb precisa ficar sozinho um pouco, mas você pode abraçá-lo um monte de manhã, ok?

Ambas concordam.

— Você vai deitar com a gente um pouco? — Josie pergunta.

— Claro — respondo e as cubro, depois deito com elas, tirando o cabelo do rosto delas e murmurando. Limpo as lágrimas das suas bochechas macias e as beijo muitas vezes.

— Eu estou bem, bebês.

— Te amo, mamãe — Josie sussurra ao pegar no sono.

— Te amo também, menina corajosa.

Maddie já está ressonando, ambas caindo em um sono profundo, e eu as deixo e me preparo para encarar Caleb.

Pobre Caleb.

As luzes ainda estão acesas na sala, e o encontro lá, sentado no sofá, joelhos separados e cotovelos apoiados nos joelhos, com o rosto nas mãos.

— Caleb — sussurro, e ele olha para cima com seus olhos azuis brilhantes encontrando os meus.

— Sinto muito mesmo. — Sua voz está cheia da angústia expressada em todo o seu rosto.

— Não é sua culpa. — Vou até ele e me sento ao seu lado, mas ele me afasta.

— Eu não deveria encostar em você.

— Caleb...

— Eu poderia ter *te matado*. — Sua voz quebra quando ele põe as mãos no rosto de novo. — Ah, meu Deus!

— Você não ia me matar, Caleb.

— Ia, sim! Se eu não tivesse acordado, poderia ter te sufocado ou quebrado seu pescoço. — Ele abaixa seu olhar para minha garganta e choraminga ao ver o que imagino que são marcas começando a se formar. — Deus, baby, sinto tanto.

— Caleb, isso nunca aconteceu. Foi um fim de semana emotivo.

— Nunca aconteceu *com você* — ele me corrige. — Não durmo com uma mulher há mais de quatro anos, Bryn. Não posso arriscar. Meus colegas me contaram histórias das coisas que faço quando durmo. — Ele engole em seco e balança a cabeça. — Mas, Deus, amo dormir com você nos meus braços e, pela primeira vez em muito tempo que consiga me lembrar, realmente *durmo* quando estamos juntos.

Ele balança a cabeça, indignado, e enxuga os olhos, e o fato de ele estar chorando acaba comigo.

— Eu não tinha pesadelos desde a nossa primeira noite juntos. — Sua voz está embargada com a emoção, e nem sinto minhas próprias lágrimas escorrerem. — Mas com você e as meninas em perigo, e terem ido naquela porra daquele pato hoje, com todas aquelas pessoas, acho que mexeu comigo.

— Me explique sobre as multidões. — Recosto no sofá, encarando-o, e coloco uma perna debaixo de mim, com cuidado para não encostar nele, mas perto o suficiente para que ele possa sentir que estou aqui.

— Multidões são a pior coisa. — Ele engole em seco de novo e esfrega a mão nos lábios ao se recostar no sofá, olhando para cima. — Aprendemos a sempre procurar um ponto de estrangulamento.

Ergo a sobrancelha para ele.

— Traduza, por favor.

— Uma saída. Sempre saiba onde estão as saídas. Multidões no Iraque são muito perigosas. Aqueles otários extremistas explodem uma multidão sem hesitar.

Meu coração sangra por Caleb quando ele fecha os olhos, e nem quero pensar nos horrores que está vendo atrás das pálpebras.

— Não sabia que você tinha ido para o Iraque — murmuro.

— Não por muito tempo, mas o suficiente.

Ele cerra os punhos, e não consigo mais aguentar. Me estico para acalmá-lo, esfregando a mão em seu braço, mas ele se encolhe para longe de mim, então subo em seu colo, deixando-o sem opção além de me abraçar.

— Me escute com muita atenção. — Passo os dedos por seu rosto, sem perder contato visual com ele. — Eu estou bem, Caleb. Você me assustou. Só isso.

— As meninas...

— Estão preocupadas com você, e eu tive que impedir que elas viessem te abraçar depois. As meninas estão bem, baby. — Continuo acalmando-o, passo os dedos por seu cabelo e desço por sua face. — Nós estamos bem.

— Deveria começar a dormir no sofá de novo — ele murmura e suspira como se estivesse se resignando à ideia terrível. Então observa meu rosto com cautela, como se procurasse algum medo ou animosidade. — Mas eu não quero.

— Também não quero que faça isso. — Balanço a cabeça e beijo sua bochecha. — Amo estar envolvida em seus braços à noite. Nunca tive isso.

Ele aperta os olhos fechados antes de me olhar de volta.

— Eu também não. Nunca te machucaria, querida. *Nunca.*

— Caleb, você me faz sentir segura. Não teve esse pesadelo enquanto dormia comigo. Você estava no sofá — eu o lembro e observo seus olhos enquanto ele pisca muitas vezes antes de focar em mim de novo. — Com um programa de guerra no History Channel.

— Nunca tive um pesadelo dormindo com você — ele sussurra.

Sorrio carinhosamente e penteio seu cabelo escuro com meus dedos.

— Acho que seus dias dormindo no sofá acabaram, fuzileiro.

Ele aperta os braços em volta da minha cintura e pressiona o rosto no meu pescoço, encolhendo-se em mim conforme enrosco meus braços em volta dos seus ombros e beijo sua têmpora delicadamente.

— Sinto muito mesmo — ele sussurra de novo, e o abraço apertado.

*Diga para ele! Diga que o ama.* Meu coração está tão cheio de amor por esse homem despedaçado, intenso e protetor, mas também estou confusa.

Será que estou apaixonada por ele ou só tenho uma necessidade de consertá-lo?

— Você está seguro comigo, babe — respondo e pressiono os lábios na testa dele. — Sempre.

# Capítulo Onze

*Caleb*

Acordo antes de o sol nascer, alerta e pronto para começar o dia, apesar de ter dormido apenas algumas horas. Precisamos começar cedo para conseguir levar as meninas à escola, Brynna ao trabalho e eu mesmo tenho que trabalhar.

Vamos voltar para a casa de Brynna esta noite.

Suspiro e deixo os olhos viajarem por seu rosto, descerem para seu seio que está pressionado firmemente em minha caixa torácica através da sua camiseta fina do pijama e descendo mais até sua cintura. Parece que não consigo dizer não a ela, mesmo quando é para seu próprio bem, e tenho medo de que isso será meu maior erro.

Ela é a minha fraqueza, mas também é o que me fortalece.

A lembrança do pesadelo de ontem à noite me atinge, e aperto os olhos fechados e a abraço forte contra mim.

Caralho, eu poderia tê-la matado. O que há de errado comigo? É, a guerra é uma bosta, mas você vem para casa e continua com sua vida.

Não pula como um maricas com qualquer barulho alto, e com certeza não tenta enforcar a mulher que significa mais para você do que sua própria vida.

Pressiono os lábios e o nariz em seu cabelo e inspiro profundamente, deixando seu cheiro doce de baunilha e lavanda preencher minha cabeça e me acalmar.

Tudo que preciso fazer é sentir seu cheiro, e fico mais calmo, apesar de saber que deveria me afastar dela de uma vez. Ela e as meninas precisam de alguém que não seja zoado. Merecem alguém que não se desespere em multidões e que não tenha pesadelos que o faça perder o controle.

Mas só de pensar em alguém segurando Brynna desse jeito, ou

observar suas duas meninas crescerem e virarem mulheres, me deixa ainda mais louco.

Me afasto e olho para baixo para seus olhos castanhos sonolentos. Ela está me observando preguiçosamente e começou a esfregar a mão na minha lateral. Ela empurra uma daquelas pernas compridas entre as minhas.

— Bom dia — ela murmura.

— Bom dia, Pernas. — Beijo sua testa e afasto a pélvis quando ela desce a mão da minha lateral para o meu pau, aproveitando a ereção da manhã.

— Pare — sussurro, tiro sua mão e a levo até meus lábios. — Não posso.

— O que quer dizer? — Ela franze o cenho.

— Ainda não. — Balanço a cabeça e entrelaço os dedos nos dela, segurando sua mão perto do meu peito. — Preciso dizer uma coisa.

— Ok — ela murmura e se acomoda em mim, sem me soltar, o que é um bom sinal.

Não iria aguentar se ela tivesse medo de se aproximar de mim.

— Só quero dizer uma coisa sobre ontem à noite — começo e franzo a testa ao tentar organizar meus pensamentos.

Ela apenas aguarda em silêncio, sem se mexer, sem ficar tensa. Apenas me esperando.

— Desculpe ter te machucado e assustado todas vocês.

Ela abre a boca para discutir, mas me inclino e pressiono os lábios suavemente nos dela, fazendo-a ficar quieta.

— Você é a pessoa mais forte que já conheci, Brynna — sussurro contra seus lábios. — E já conheci algumas pessoas bem fortes. Você me surpreende e me torna humilde, e sou grato por estar aqui com vocês.

Antes de ela poder responder, eu a beijo de novo, mais profundamente agora, e sinto meu pau endurecer com a ansiedade de entrar nela.

Só que ele vai ficar decepcionado ao descobrir que não fará isso esta manhã.

Agora, neste instante, o foco é todo nela.

Eu a empurro para ficar de costas com delicadeza e me afasto para poder analisar as leves marcas roxas em seu pescoço.

— Estou bem — ela murmura, mas olho para cima para seus olhos cor de chocolate com tristeza e arrependimento. — Estou. Bem.

Baixo o olhar de novo e ergo seu queixo com o dedo, ganhando acesso a fim de dar beijos leves e carinhosos em sua pele machucada. Ela geme baixinho e tensiona os músculos dos meus ombros quando desço para seu peito, lambendo e beijando-a preguiçosamente. Seus mamilos endurecem debaixo da sua blusa fina, e seguro a barra e a puxo para cima, expondo seus peitos perfeitos à minha boca. Chupo e a atormento, fazendo-a gemer de novo.

— Caleb — ela sussurra.

— Shhh. — Sopro os bicos molhados, fazendo-os empinarem ainda mais e continuo minha busca indo para sua barriga levemente redonda, beijando a linha da sua cintura de um lado a outro, subo em cada lado, contando suas costelas com a língua. Ela ergue o quadril quando seguro o cós dos seus short com os dedos e os arrasto, junto com sua calcinha, por suas pernas compridas e os jogo no chão.

— Temos tempo para isso? — ela suspira e agarra os lençóis.

— Oh, acho que sim — asseguro-lhe e uno e levanto suas pernas, minhas mãos pressionadas na parte de trás das suas coxas, então seus joelhos encontram meu peito. Baixo a cabeça e a lambo, do ânus, por seus *lábios* encharcados e para seu clitóris já inchado.

— Porra, seu gosto é maravilhoso pra caralho — rosno e repito o movimento.

Ela coloca as mãos sobre as minhas, me segurando e puxando as pernas ainda mais perto do seu peito conforme lambo sua boceta.

Sinto suas pernas começarem a tremer debaixo das minhas mãos. Solto-a e a abro, olhando para cima enquanto envolvo seu clitóris com meus lábios e chupo de maneira ritmada. Dois dedos se enfiam nela, que se mexe debaixo de mim, empurrando sua boceta contra minha mão e meu rosto, balançando a cabeça para a frente e para trás no travesseiro, seu cabelo escuro bagunçado em seu rosto doce conforme ela se desfaz.

Seus músculos me apertam lindamente, e não quero mais nada a não ser me enterrar dentro dela e transar forte até eu gozar, mas definitivamente não temos tempo para isso.

Continuo beijando seus *lábios* e seu clitóris gentilmente, suas coxas e seu púbis, enquanto ela arfa e passa os dedos pelo meu cabelo, esfregando minha cabeça com as unhas.

Antes de conseguir me pedir para fazer amor com ela, subo por seu corpo comprido, beijo-a profundamente e, então, me afasto, indo ao banheiro com meus shorts para a frente, parecendo uma tenda.

— Ei!

— O que foi? — Sorrio por cima do ombro.

— Você não terminou.

— Estou bem — respondo, parando na porta para olhar de volta para ela. Amo vê-la na minha cama, com as faces rosadas e satisfeitas.

*Minha garota.*

— Temos que acordar as meninas e sair logo. — Fico sério e a observo em silêncio por um instante.

Ela suspira, se levanta da cama e vem até mim, me dando um grande abraço.

— Elas ficarão bem, Caleb. Só seja sincero com elas. — Pega minha mão e me puxa para o banheiro atrás dela. — Vamos terminar o que você começou no chuveiro. Economizar água e tudo o mais.

Sorrio para seus olhos felizes, encolhendo-me por dentro. O que vou falar para Maddie e Josie?

Como explico o que eu mesmo não entendo?

— Vá na frente, Pernas. Vamos economizar água outra hora.

Ela franze o cenho para mim, confusa. Inferno, também estou confuso. Simplesmente sei que não estou pronto para fazer amor com ela de novo. Ainda não.

— Outra hora — repito, beijo seu cabelo e recuo rapidamente, antes que perca o controle, coloque-a naquele chuveiro quente e me perca nela.

— Meninas, acordem — cantarolo gentilmente da porta, sem querer

assustá-las. Brynna está em pé ao meu lado com a mão na minha lombar.
— Você deveria acordá-las — sussurro para ela.

— Pare de se preocupar — ela sussurra de volta com um sorriso discreto.

— Caleb! — Maddie pula da cama assim que abre os olhos e me vê. Corre e abraça minha cintura, me segurando firme.

Olho para Josie, e meu coração para. Ela está sentada ereta na cama, seus olhos castanhos — os mesmos da sua mãe — arregalados e me encarando. Ela puxa sua boneca para seu colo e a abraça forte.

Está com medo.

— Bom dia, docinho — murmuro para Maddie e me agacho para ficar na mesma altura que ela. — Como você está nesta manhã?

— Preciso fazer xixi.

— Bom, então, deveria ir. — Dou risada para ela e a enxoto pela porta e me viro para Josie. — Ei, jujubinha.

Ela vira seus olhos arregalados para sua mãe e depois volta para mim e fica quieta. Brynna vai até ela e se senta na cama, passando a mão pelos seus cabelos compridos e escuros.

— Josie, está tudo bem, docinho.

— Você machucou minha mãe — ela sussurra e aperta os lábios quando começam a tremer.

— Não foi de propósito, Josie, eu juro. — Me aproximo da cama, mas ela se encolhe e se abriga nos braços de Brynna, então fico parado onde estou e guardo as mãos nos bolsos, me sentindo um completo idiota e fora da minha zona de conforto.

E agora?

Maddie volta cambaleando ao quarto e sobe na cama, olhando entre mim e Josie.

— Josie — Brynna murmura baixinho. — Está tudo certo, bebê.

Ela balança a cabeça, franzindo o cenho e encolhendo-se em sua mãe. Não me olha nos olhos.

Ela está me punindo.

E deveria mesmo. Porra, eu também não confiaria em mim.

— Tudo bem, Bryn — murmuro e sorrio para assegurar às meninas. — Vamos indo. Todas vocês precisam ir para a escola e para o trabalho, e eu também.

Me viro e saio do quarto com o coração despedaçado.

— Não precisa entrar comigo — Brynna me diz, revirando os olhos. — Isaac está bem ali.

— Não me importo. Vou te levar até a porta — eu a informo e seguro a porta do carro aberta para ela sair do meu carro.

Deixamos as crianças na escola há dez minutos. Josie ainda não está falando comigo, mas Maddie compensou por ambas, quase sem parar de falar para respirar a manhã inteira.

— Que porra aconteceu com você? — Isaac pergunta quando entramos no escritório.

— Nem vem!

— Você está um lixo. — Ele se recosta na cadeira e entrelaça os dedos atrás da cabeça, me analisando com olhos semicerrados.

— Você também — respondo e vejo Brynna guardar a bolsa na última gaveta da mesa e se sentar. Está usando uma blusa de gola alta a fim de esconder os roxos no pescoço, mas, quando a olho, eles estão como um farol brilhante, me fazendo lembrar do tipo de monstro que sou. — Matt vem te buscar às duas e meia, e então vocês dois vão pegar as meninas na escola.

— Eu tenho um emprego, Caleb — ela me lembra, seus olhos arregalados com frustração.

— Conheço seu chefe. — Dou um sorrisinho e olho para Isaac. — Ela vai sair cedo para pegar as meninas e ir para casa com Matt.

— Por mim, tudo bem. — Ele dá de ombros e se inclina para a frente, pegando sua caneca de café.

Brynna xinga baixinho, fazendo nós dois rirmos muito.

Ela é adorável pra caralho.

— Eu preciso ir trabalhar. — Estremeço quando vejo a hora no relógio. — Te vejo à noite.

— Tchau, querido — Isaac fala para mim e sou mal-educado de novo com ele, batendo a porta.

Quando me sento no banco do motorista e dou partida no carro, ligo para o número de Matt pelo *bluetooth* do carro.

Ele precisa ser avisado.

— Oi? — ele murmura, sua voz grossa sonolenta.

— Acorde, cara.

— O que aconteceu? — ele pergunta, sua voz mais alerta, e posso ouvir o farfalhar ao fundo como se ele estivesse se sentando na cama.

— Nenhuma emergência. Só preciso te avisar, se Brynna não falar nada para você esta tarde, uma das meninas provavelmente falará, e quero que ouça de mim primeiro.

Jesus, estou enrolando.

— Você é débil mental? — Matt pergunta secamente.

— Não, babaca. Tive um pesadelo ontem à noite. — Engulo em seco, me lembrando de acordar e ver Brynna presa debaixo de mim, seus olhos arregalados e vermelhos enquanto tentava respirar.

*Caralho.*

— Você está bem? — ele pergunta baixinho.

— Estou, mas machuquei Brynna e assustei as garotas.

— Droga — ele murmura com um suspiro. — O que aconteceu?

Quando explico os eventos, Matt escuta em silêncio, sem me interromper para fazer perguntas.

— E, hoje de manhã, Brynna está agindo como se tudo estivesse perfeitamente normal. Maddie também estava bem. Mas Josie não está convencida. Ela ficou com medo e não está falando comigo. — Só de pensar nisso me dá uma dor do tamanho de Montana ao peito.

— Sabe que não é sua culpa, certo?.

— De quem é a culpa então, Matt? — pergunto, bravo e distraidamente esfregando a mão em meu esterno. — Era eu que estava com a mão no pescoço dela. Ela ficou com *marcas*! Se eu fosse você, iria querer me bater.

— Você estava dormindo, Caleb.

— Não é desculpa! — Deus, estou muito bravo. Como pude fazer isso com elas? — Como ela pode estar tão calma sobre isso? Como pode agir como se estivesse tudo bem?

— Já perguntou para ela? — Matt questiona, tranquilo.

— Não. — Suspiro.

— Vocês dois são tão idiotas. — Matt ri pesarosamente.

— O que isso significa?

— Está claro que ela lidou com isso muito bem porque está apaixonada por você, Caleb. Vocês dois são loucos um pelo outro. Têm sido por meses.

— Não importa.

— Claro que importa. Não acredito, por um minuto, que você está transando com ela só porque é conveniente.

Só de pensar nisso me faz querer dar um soco nele.

— Eu não disse...

— Você merece ser feliz tanto quanto qualquer outro, cara — me interrompe, acertando em cheio.

Deixo Matt dizer o que está havendo na minha cabeça.

— E, se não ficar com ela e aquelas menininhas, outra pessoa vai ficar mais do que feliz em fazê-lo.

— Vá se foder — murmuro sem um sentimento verdadeiro por trás. Ele tem razão.

— Não, você não é meu tipo — rebate. — Obrigado pelo aviso, cara. Vou dormir mais umas horas antes de pegar Brynna e as meninas.

— Ok. Obrigado. Te vejo mais tarde.

Desligo e viro na estrada que leva ao complexo de treinamento em que agora trabalho.

A única coisa boa sobre sair da Marinha é que agora sou autônomo.

Escolho minhas horas com Redwire, o contratante civil independente que trabalha com o exército em zonas de guerra. Estou treinando novatos com armas e pontaria por alguns meses. Eles sabem que sou um dos melhores em campo, e é por isso que ganho mais dinheiro agora do que já ganhei um dia como fuzileiro naval.

Homens e mulheres no exército são muito mal pagos.

Outro bônus desse trabalho em particular é trabalhar com homens que foram da equipe SEAL ou foram especialistas em outras áreas do exército.

Só os melhores dos melhores trabalham aqui.

O complexo de treinamento fica a vinte minutos ao sul de Seattle em uma área remota, longe do comércio e dos bairros. Estaciono e entro no prédio principal para pegar minha correspondência e cumprimentar o dono.

— E aí, Montgomery? — Jim Peterson assente do seu escritório. Ele e eu fomos da Equipe 5 do SEAL há dez anos. Ele é um homem assustador quando quer e sabe disso.

— Ei, cara — respondo e aperto sua mão. — Desculpe te deixar na mão.

Ele dá de ombros.

— Tudo bem. Markinson está dando as aulas nos dias em que você está fora. Não é tão bom como você, mas você está atrapalhado.

— Obrigado.

Ele assente uma vez e aponta para a cadeira diante da sua mesa.

— Sente-se.

— Por que sinto que estou sendo chamado para a sala do diretor? — Dou um sorrisinho ao me sentar e cruzar um calcanhar no joelho oposto.

— Como estão as coisas? — ele pergunta, com a expressão séria.

— Bem.

— Mentira — ele rebate.

Suspiro profundamente e esfrego as mãos no rosto.

— Eu estou parecendo mal?

— Pior — ele responde com uma risada. — Não te vejo tão estragado desde a Colômbia. — Seu sorriso se esvai conforme nos encaramos, lembrando da missão particularmente perigosa há quase uma década, quando era para resgatarmos três mulheres americanas que tinham sido sequestradas pelo cartel de drogas.

A missão já estava condenada antes de colocarmos as botas em solo colombiano.

— Pesadelos. — Suspiro e dou de ombros, e Peterson assente, compreendendo.

— Pode falar com pessoas sobre isso, sabe.

Dou de ombros e expiro.

— Eu estou bem. Estou melhor. Só ontem à noite que foi brutal.

Ele me encara por um bom tempo.

— Certo. Tem falado com Kramer? — ele, misericordiosamente, muda de assunto. Kramer é outro colega de equipe que também mora na área e treina cachorros do exército para serem SEALs.

— Não falo há um tempo. Por quê?

— Ele tem que sair da cidade por um mês para uma tarefa. Precisa encontrar um lugar para Bix enquanto está fora.

— Como está Bix? — Sorrio enquanto penso no cachorro. Leal, destemido e um dos melhores fuzileiros com quem já tive o prazer de trabalhar.

— Ele está bem. Não está disponível. — Peterson faz uma careta e balança a cabeça. — Mas está bem. Acha que pode ficar com ele por algumas semanas?

— Vou ver o que posso fazer. É melhor eu ir lá com os caras. — Me levanto e aperto sua mão. — Obrigado, senhor.

— Por nada, chefe.

## Brynna

— Me mostre — Matt demanda detrás do volante enquanto me sento no banco do passageiro.

— Mostrar o quê?

Ele ergue uma sobrancelha e me olha com aqueles olhos Montgomery azuis maravilhosos, mãos entrelaçadas descansando em seu colo.

— Não vou pedir de novo — murmura calmamente e não para de me olhar.

É enervante.

Baixo os olhos e afasto a gola alta da blusa do pescoço, mostrando-lhe os machucados e, então, rapidamente cubro e coloco o cinto.

— Como ficou sabendo? — pergunto sem encontrar seu olhar.

Ele liga o carro, engata a marcha e sai do estacionamento mais rápido do que espero, dado seu comportamento tranquilo.

— Caleb me ligou — ele responde baixo e me olha. — Fale comigo.

— Estou bem.

— Fale comigo.

Sua voz é firme, sem permitir discussão. Suspiro derrotada e afundo no banco, baixando o rosto nas mãos.

— Foi horrível — sussurro. — Fiquei assustada.

Ele coloca a mão na minha coxa e aperta, reconfortando-me.

— Ele tinha tido pesadelos com você antes?

— Nunca — respondo imediatamente, balançando a cabeça com veemência. — Ele dorme profundamente. E ronca.

— Sério? — Matt pergunta, olhando surpreso para mim. — Ele não dormia bem há um bom tempo.

— Ele não tinha esse problema comigo — respondo. — Até ontem à noite. Mas foi... diferente.

— Diferente como?

— Ele tinha dormido no sofá, assistindo a programas de guerra no History Channel. Quando acordei, ouvi tiros e canhões e Caleb estava no meio do pesadelo.

— Então não aconteceu enquanto ele estava na cama com você. — Ele vira o Jeep na rua da escola das meninas.

— Não, ele estava no sofá.

— Interessante.

Me viro e observo Matt em silêncio. Ele está com uma camisa de botão branca e jeans, sua pistola no coldre do quadril. Seu cabelo castanho-claro precisa de um corte, e ele não se barbeou hoje, deixando uma sombra de barba no queixo.

Seu cotovelo esquerdo está apoiado na porta, e ele está passando os dedos nos lábios.

— Como o acordou?

— Bati o joelho na coxa dele.

Ele faz careta e ri pesarosamente.

— Deu certo. — Ele sorri para mim, depois fica sério. — Como se sente hoje?

— Minha voz estava um pouco rouca esta manhã, mas, além disso, me sinto bem.

— Não seja evasiva, Bryn. Como se *sente*?

Ele simplesmente não vai aliviar para mim.

— Exausta. Aliviada. — Engulo em seco e encaro meus joelhos. — Tão apaixonada por ele que não consigo enxergar direito — sussurro.

— Olhe para mim.

Meus olhos encontram os dele quando ele me dá um sorriso gentil.

— Acho que vocês serão muito bons um para o outro. Dê tempo.

Assinto assim que as meninas vêm correndo para o carro.

— Oi, mamãe! — Josie grita e entra para colocar o cinto.

— Oi, Matt. — Maddie sorri ao se juntar à irmã.

— Oi, gente. — Sorrio de volta para elas conforme Matt sai da escola e segue para casa.

— Como foi o dia de vocês? — Matt pergunta.

— Caleb machucou a mamãe ontem à noite — Josie responde.

Arfo e olho para trás com a boca aberta.

— Machucou? — Matt pergunta e balança um pouco a cabeça para mim, dizendo para não reagir e deixá-lo cuidar disso.

Só quero morrer agora.

— É, ele não a deixava levantar do chão — Josie diz.

— Não foi de propósito! — Maddie se intromete para defender Caleb. — Foi um pesadelo.

Josie balança a cabeça de maneira teimosa.

— Ele machucou ela.

— Você acha que ele fez de propósito? — Matt lhe pergunta calmamente.

Josie dá de ombros e cruza os braços à frente do peito, teimosa.

— Responda minha pergunta, por favor. — A voz de Matt é autoritária e forte. Típico policial.

— Não sei — ela responde, franzindo o cenho. — Foi assustador.

— Tenho certeza de que foi, docinho — Matt murmura. — Você sabe o que são pesadelos, Josie?

— Sonhos ruins?

— São sonhos bem ruins, mesmo.

— Lembra de quando você veio para o meu quarto chorando porque tinha tido um sonho em que não conseguia me encontrar, pouco tempo atrás, docinho? — pergunto a ela e vejo seus olhos grandes castanhos se encherem de lágrimas.

— Lembro, foi muito triste. — Ela funga.

— Caleb estava tendo um sonho muito ruim assim, querida, só que ele pensou que estivesse em perigo. Pensou que alguém estava tentando machucá-lo. — Matt observa Josie pelo retrovisor.

— Quem estava tentando machucar ele?

— Pessoas más — Matt responde. — Ele costumava ir a lugares que tinham pessoas más que queriam machucar seus amigos e ele, para conseguir ajudar pessoas que precisavam dele.

— Então era com isso que ele estava sonhando? — Josie pergunta com olhos arregalados e cheios de lágrimas.

— Sim, querida — respondo e esfrego sua perna com a mão.

— Ah — ela sussurra e olha para baixo. — Mas eu fiquei com medo porque ele estava te machucando.

— Eu também — Maddie admite. — Mas ele também estava com medo.

— Droga — Matt sussurra baixo e balança a cabeça. — Sinto muito por todas vocês terem visto isso.

— Você não abraçou ele hoje — Maddie acusa Josie.

— Ei, está tudo bem — interrompo antes de uma briga sair do controle. — Você pode abraçá-lo esta noite, se quiser.

Josie apenas assente e olha para suas mãos conforme Matt estaciona em nossa casa.

— Parece que não preciso ficar muito — ele murmura, olhos focados em Caleb prestes a sair do próprio carro. — Ele chegou cedo.

— Chegou, sim. Eu esperava que chegasse daqui a uma hora, no mínimo.

Matt estaciona atrás dele, e as meninas saem do carro com suas mochilas. Caleb olha para nós, hesitante, e, então, abre a porta de trás do seu carro e assobia.

Um cachorro grande e lindo sai, para a alegria das minhas filhas, que começam a pular e bater palmas, com sorrisos amplos no rosto.

— E essa é minha deixa para ir. — Matt sorri para mim, assente para Caleb e nos deixa parados na calçada.

— Sente — Caleb ordena baixinho, e o cachorro imediatamente se senta ao lado de Caleb, sem se mexer, olhando para ele para seu próximo comando.

— Quem é esse? — pergunto com uma sobrancelha erguida.

— Este é o Capitão Bix. — O rabo de Bix balança uma vez ao ouvir seu nome. — É um fuzileiro aposentado, e precisa de um lar por algumas semanas enquanto seu adestrador está fora da cidade.

— Podemos fazer carinho nele? — Maddie pergunta, seu corpo vibrando com ansiedade tanto quanto o de Josie.

Bix olha demoradamente para minhas menininhas e depois de volta para Caleb, esperando ouvir o que deve fazer.

— Por favor? — Josie pergunta.

— Claro. — Caleb sorri. — Pode ir — ele diz a Bix, que corre feliz para as meninas, e todas caem em euforia, as meninas fazendo carinho e conversando com ele como se o conhecessem há anos.

— O que aconteceu com o olho dele? — Josie pergunta quando beija seu focinho.

Um dos olhos do cachorro é permanentemente fechado, como se estivesse sempre piscando, e a orelha do mesmo lado é levemente deformada.

Caleb olha para mim com olhos sérios.

— Bix era um cachorro que farejava para procurar coisas que pudessem explodir. — Ele engole em seco e desvia o olhar para o cachorro de novo. — Ele se machucou enquanto estava trabalhando. Perdeu o olho e machucou a orelha, então não pode mais trabalhar.

— Oh, pobre Bix! — Maddie joga os braços em volta do cachorro e o abraça forte. — Ele pode ficar aqui, mamãe?

— Isso é sacanagem — chio para Caleb. — Não pode me pedir que o cachorro mais nobre e adorável do mundo fique conosco quando minhas filhas já estão apaixonadas por ele.

— Qual é a raça dele? — Josie pergunta e ri quando Bix lambe sua bochecha.

— Ele é um pastor-belga. Foi treinado para ser um cachorro trabalhador desde que tinha três dias de vida.

— Uau! — Josie exclama.

Caleb se aproxima de mim e envolve meus ombros em seu braço.

Salva Comigo

— Assumir a responsabilidade de um cachorro é muito neste momento, Caleb.

— Ele é o cachorro mais treinado que vai conhecer, Pernas. É destemido, obediente e cem por cento profissional.

Olho para ele e dou risada ao ver Bix deitado de costas, com as patas no ar, a língua caindo da boca sorridente e apreciando um bom carinho na barriga de duas meninas de seis anos animadas.

— É, posso ver que ele é perfeitamente profissional.

— Ele tem que ficar, mamãe — Josie grita. — Ele é um herói, como Caleb!

Caleb parece chocado quando se vira para mim.

— Ele é um cão maravilhoso, Bryn, e um membro da equipe do caramba. Eu me sentiria melhor sabendo que ele está aqui. Nada vai acontecer com elas com Bix de guarda.

— Sacanagem — sussurro e sorrio de má vontade para as meninas conforme elas dão risada e rolam na calçada com o cachorro grande e peludo. — Acho que ele pode ficar.

— Obrigada, mamãe! — Maddie grita.

— Venha — Caleb ordena, e Bix pula para ficar em pé e deixa as meninas para trás a fim de ficar ao lado de Caleb. — Diga oi para Brynna.

Ele late uma vez e sorri para mim, a língua para fora de novo.

— Olá — murmuro e faço carinho em sua cabeça, depois cedo e agacho ao seu lado para fazer carinho em seu focinho.

— Você é um bom menino, não é?

— Mas não estamos cansadas — Maddie protesta ao bocejar amplamente.

Caleb coloca uma cama grande de cachorro no chão entre as camas das meninas e aponta para ela. Bix deita na cama, olhando para nós com a orelha erguida e as sobrancelhas subindo e descendo ao olhar para as duas meninas.

— Por que ele não pode dormir conosco? — Josie pergunta e encara demoradamente seu novo melhor amigo.

— Ele dorme na própria cama. — Caleb se senta ao lado dela. — Ei, jujubinha, desculpe por você ter ficado brava comigo hoje. Talvez amanhã seja um dia melhor.

Sento ao lado de Maddie e vejo a luta interna da minha filha enquanto Caleb a olha de perto.

— Mamãe sempre deseja bons sonhos quando é hora de dormir — ela diz baixinho a Caleb. Bix solta um suspiro ao baixar a cabeça nas patas, e Josie o observa com um sorriso. — Espero que tenha bons sonhos, Caleb, e mais nenhum assustador.

Mordo o lábio e abraço forte Maddie, conforme Caleb segura a mão de Josie em silêncio. Ela sobe imediatamente no colo dele e o abraça, depois sai apressada para entrar debaixo das cobertas.

— Boa noite, mamãe — Maddie sussurra.

— Boa noite, minha bebê.

Bix ergue a cabeça e vê Caleb ir até a porta.

Ele para e olha de volta para o cachorro.

— Fique, Bix. Fique com as meninas.

Com isso, Bix baixa a cabeça de novo, e Caleb apaga a luz, deixando apenas a luzinha de princesa acesa na parede, e fecha a porta.

— Não acredito que me convenceu a ter um cachorro. — Dou risada e lidero o caminho para descer as escadas até a sala.

— Ele já provou ser bem treinado — responde com um sorriso, referindo-se às numerosas vezes que o cachorro pressionou o nariz na porta de correr de vidro, pedindo para sair.

— Ainda bem — concordo e me sento no sofá. Caleb se senta ao meu lado, mas mantém pelo menos sessenta centímetros de distância. — Ah, você quer fazer massagem nos meus pés? Tá bom. — Coloco os pés no colo dele e sorrio.

— Não me lembro de oferecer isso — ele murmura com um meio sorriso, já enfiando seu polegar no arco do meu pé, recebendo um gemido de prazer.

— Oh, meu Jesus, isso é bom.

Meu calcanhar está descansando em sua virilha, e sinto seu pau endurecer.

— Não comece — ele alerta.

— Por que não? — pergunto e esfrego com os pés o cume em sua calça.

— Não estou pronto, Pernas. — Ele aperta meu pé e volta a massagear.

— Ãh, Caleb, faz semanas que estamos fazendo sexo. — Franzo o cenho para ele e fico chocada ao ver a cor se espalhar por suas bochechas.

Ele para de massagear meu pé e vira seu olhar azul para o meu, seus olhos azul-claros bravos como nunca.

# Capítulo Doze

— O que foi? — Franzo o cenho para ele.

— Como pode estar tão normal? — Ele me encara com aqueles olhos maravilhosos.

— Do que está falando? — Tiro meus pés, colocando-os debaixo de mim.

— Eu poderia ter *te matado* ontem à noite, Brynna.

Suspiro e apoio a cabeça nas mãos, muito frustrada com ele.

— É por isso que não quer me tocar?

— Isso mesmo — ele confirma, assentindo.

— Caleb, você está sendo ridículo. — Abaixo as mãos, olho para cima e o vejo me observar como se tivesse acabado de aparecer outra cabeça em mim.

— Brynna, já quebrei pescoços sem pensar duas vezes. Tenho isso em mim. Eu estava com a mão — ele segura sua mão enorme para eu ver — em volta do seu pescoço minúsculo e estava tirando sua vida, e tudo que você fez hoje foi ser gentil, legal e normal pra caralho. Nada disso é normal!

— Não é normal, não, Caleb, mas não foi de propósito, caramba! — Me inclino e seguro seu antebraço, apertando-o forte. — Você nunca me machucaria, babe.

— Sou capaz disso. — Ele balança a cabeça e suspira.

— Não. Você. Não. É.

Ele se recusa a me olhar no olho, e está realmente começando a me irritar.

— Olhe para mim.

Ele balança a cabeça, olhando para baixo para minha mão, e não sei por quê, mas ele está me irritando muito. Me levanto e saio, subo as escadas para o meu quarto e entro no banheiro. Tenho a urgente necessidade de bater uma porta, mas não quero acordar as meninas.

— Tudo bem, Pernas, por que está tão irritada? — Caleb pergunta da porta do banheiro, me observando, de braços cruzados à frente do peito.

— Porque você é teimoso demais! — Viro de costas para ele e me apoio na pia do banheiro, com a cabeça baixa. — Não sei o que dizer para te fazer entender que não fez de propósito, e que estou bem.

— Só estou com muito medo de te machucar — ele murmura, me fazendo virar para encará-lo.

— Não me tocar me machuca. — Apoio o quadril na pia e cruzo os braços, imitando-o. — Não fazer amor comigo me machuca. Ser gentil e carinhoso com minhas filhas e se afastar de *mim* me machuca.

— Eu quero tanto te tocar que está me matando — ele sussurra, os olhos fechados e o maxilar tenso.

— Estou bem aqui — sussurro de volta e vou até ele lentamente. Ele não vai dar o primeiro passo, e não vou mesmo voltar a ter um relacionamento platônico com ele.

*Eu o amo.*

Devagar, abraço sua cintura e me pressiono contra ele, seus braços ainda cruzados e presos entre nós. Inclinando-me, pressiono um beijo em seu esterno e roço o nariz em seu peito através da camiseta macia, olho para cima e vejo seu olhar azul me assistindo.

— Você nunca poderia me machucar — sussurro e beijo seu queixo. — Você me ama.

Seus olhos se arregalam por uma fração de segundo, e a próxima coisa que sei é que estou em seus braços, suas mãos segurando minha bunda, e ele me ergue, me beijando vorazmente.

— Tem certeza? — ele rosna.

— Se não nos levar para aquela cama — respondo entre beijos —, vai ter que se preocupar em *eu* machucar *você*.

Ele ri e me leva para a cama, e eu escorrego por ele até meus pés chegarem ao chão, e ele começa a tirar minhas roupas.

Sem deixar nenhuma, retorno o favor, puxo sua camiseta preta do seu peito e por cima da cabeça e deslizo as mãos por sua pele macia, por seus mamilos e até seu tronco musculoso.

— Você tem um abdome infinito — murmuro, observando minhas mãos passearem para cima e para baixo por sua barriga.

— Tínhamos que fazer muitos abdominais — ele resmunga secamente e me puxa para deitar na cama com ele e, então, como se eu não pesasse nada, me gira para encarar seus pés e se deita de costas. — Estou sonhando em ter sua bocetinha doce no meu rosto por meses.

— Sabia que odeio essa palavra? — digo a ele e me equilibro com as mãos espalmadas em sua barriga conforme ele coloca meus joelhos ao lado dos seus ombros e abre meu centro.

— O quê? — Ele me beija com delicadeza, mal passando a língua nos meus *lábios*, me fazendo arfar. — Você xinga quase igual a Jules, exceto quando as crianças estão perto, claro.

— Só me parece uma palavra suja — sussurro e arfo de novo quando sinto sua língua varrer do meu clitóris até meus *lábios* e voltar para cima, mais forte agora, empurrando contra a pele sensível. — Ah, caramba, isso é bom.

— Tenho a melhor vista agora. — Ele envolve os lábios em meu clitóris e gentilmente chupa, fazendo um barulho de beijo quando solta, e não posso evitar rebolar em cima dele, temendo sufocá-lo.

— Isso, baby. — Mais barulho de beijos e chupões quando mordisca meu clitóris e os lábios da minha vagina repetidamente. Aperto as mãos em suas costelas, olho para baixo e vejo seu pau duro ereto e, sem pensar muito, abaixo e o seguro, empurrando e puxando, para cima e para baixo, acariciando-o com firmeza.

— Porra! — A voz dele é baixa, grossa e me deixa tonta saber o quanto isso o excita.

Continuo a mexer o quadril, esfregando minha vagina em sua boca, e me inclino para a frente e coloco o máximo que consigo do seu pau na boca.

O que significa que consigo engolir somente metade dele por causa do seu comprimento e circunferência, mas ele quase cai da cama.

— Caramba, Bryn!

— Hummm — murmuro, concordando, e começo a chupá-lo, mantendo os lábios firmes na pele aveludada, adorando a sensação da cabeça do seu pau se movendo sob meus lábios quando ele entra e sai.

Ele enfia dois dedos em mim, e perco a concentração e preciso me sentar, ainda bombeando-o e fodendo seu rosto.

Puta merda, vou gozar na cara dele!

— Caleb, preciso me mexer.

— Não ouse — ele rosna, as vibrações da sua voz me levando cada vez mais ao meu alívio.

Abaixo em seus dedos e sinto o orgasmo começar na minha lombar. Minha boceta se contrai, e eu gozo, sem vergonha moendo sobre sua boca e nariz.

Quando minha cabeça desanuvia, me abaixo de novo e coloco seu pau latejante na boca, chupando mais forte e mais rápido, subindo e descendo a mão, até não conseguir mais aguentar.

Preciso dele dentro de mim. *Agora.*

Tiro a vagina da cara dele e subo em seu tronco comprido, arrastando minha umidade por seu peito no processo. Meu quadril se ergue quando seguro seu pau pela base e o guio para dentro de mim, acomodo os joelhos ao lado do seu quadril e cavalgo nele de costas.

— Puta que pariu, Brynna. — Suas mãos descem por minhas costas, dos dois lados da espinha, até minha bunda, e segura meu quadril conforme cavalgo nele ferozmente, apertando e puxando-o com meus músculos. Me apoio em uma mão entre os joelhos dele e seguro seu escroto na outra, gentilmente massageando e puxando as bolas sensíveis. Suas mãos caem do meu quadril para meus calcanhares e deslizam para meus pés, onde ele segura, estocando em mim, encontrando-me a cada investida dos meus quadris, e massageia meus pés com suas mãos grandes.

Estou recebendo uma porra de uma massagem enquanto o fodo loucamente!

E é fantástico pra caralho.

Sua mão direita abandona meu pé, e o sinto acariciar minha nádega direita antes de me abrir e circular o anel apertado do meu ânus, molhado da sua boca e dos meus próprios líquidos.

— Puta merda! — grito, mas empurro de volta contra ele. A sensação é desconhecida e estranha, e talvez um pouco cheia de tabu. Ele não enfia o dedo em mim, apenas continua a massagear.

— Você é linda pra cacete — ele geme, e eu sei que ele está perto.

Seu saco tensiona na minha mão, e seu pau endurece ainda mais dentro de mim. Aperto ao redor dele e me afundo para baixo, sucumbindo ao meu próprio orgasmo, balançando e estremecendo sobre ele.

— Ahhh! — grito quando ele relaxa e goza forte dentro de mim.

Puta merda. Eu não fazia ideia que existia sexo assim.

Ambos estamos ofegantes e suados, e tenho quase certeza de que não sinto minhas pernas há uns dez minutos. Vou para a frente, permitindo que ele saia lentamente de mim e, antes que eu veja, Caleb me puxa de volta para ele e me aconchega na sua lateral.

— Você está tentando me matar — murmura e beija minha testa. — Caralho, Pernas.

— Não consegui me segurar. — Dou risada. — Você é simplesmente muito... gostoso.

Ele ri e sorri para mim, as covinhas totalmente à mostra.

— Viu? — Seguro seu rosto. — É assim que somos, Caleb. Não se esqueça disso.

Ele fica sério e busca meus olhos por um bom tempo antes de me puxar para um abraço forte, seu nariz pressionado no meu cabelo.

— Você é a melhor parte da minha vida, Bryn. *Não* se esqueça *disso*.

Sorrio suavemente e beijo seu peito, meus olhos pesados de cansaço.

*Você também não.*

— Aquela roupa que você comprou para o show vai te deixar muito gostosa. — Jules sorri enquanto andamos pelo shopping no centro de Seattle. — Ah, olha! *Michael Kors!*

— Você precisa de outra bolsa como precisa de outro parafuso na cabeça. — Nate ri e beija a têmpora dela.

— Uma mulher nunca tem muitas bolsas, Ás — Jules diz.

Hoje estou fazendo compras com Jules, Nate, Nat, Luke e Stacy. Era para ser um dia de mulheres, mas Caleb insistiu que levássemos os homens junto para proteção, e ele, Matt e Isaac ficaram em casa com as crianças.

Acho que ficamos com a melhor parte.

Natalie e Luke estão andando à nossa frente, Luke empurrando o carrinho de Olivia, e Nat com o braço em volta da cintura dele, sua mão enfiada firmemente no bolso de trás do seu jeans azul.

— Homens gostosos empurrando um carrinho são bem excitantes — Stacy sussurra para mim.

— *Luke Williams* empurrando um carrinho é excitante — respondo, e nós rimos, batendo no ombro uma da outra.

— Conseguimos escutar vocês — Nat grita para nós sarcasticamente, fazendo Stacy e eu gargalharmos.

— Eu não sussurrei! — grito de volta.

— Se vai se casar com uma estrela gostosa de cinema — Jules provoca Nat detrás de nós, segurando a mão do seu próprio marido gostoso —, precisa saber que as pessoas vão apreciar a bunda gostosa dele.

— Ele tem mesmo uma bunda boa — Nat concorda e dá um tapinha nela com um sorrisinho.

— Que bom que aprova, amor — Luke murmura para Nat e a beija suavemente.

— Engraçado — Jules murmura, me fazendo sorrir. — Ei, gente, preciso ir ao banheiro das meninas.

— Você precisa ir ao médico? — Nate pergunta. — É a quarta vez que vai desde que entramos no shopping.

— Não. — Ela gesticula como se não fosse nada importante. — Estou tomando muita água.

— Não está, não, Julianne. — Olho por cima do ombro e vejo Nate lançando um olhar intenso para ela.

Estou entre dois dos homens mais gostosos do planeta.

Os outros estão na minha casa neste momento.

— Vamos, meninas. Vocês todas precisam retocar o batom. — Jules lidera o caminho para o banheiro, deixando Nate, Luke e Livie para trás.

— Eu não uso batom — Stacy nos lembra enquanto seguimos a loira pequena.

Jules está radiante hoje, assim como todos os dias, em um vestido maxi com uma jaqueta jeans e saltos pretos que fazem barulho no piso conforme ela anda. Ela é a única mulher que conheço que consegue usar saltos o dia todo no shopping sem precisar de um transplante de pé no fim do dia. Se eu não a adorasse, teria inveja dela.

Quando chegamos ao banheiro, Jules olha por baixo das portas para se certificar de que somos as únicas ali.

— Não estamos no Ensino Médio, Jules — Stacy a lembra com um sorrisinho.

— Preciso que vocês mantenham Nate ocupado por um tempo — ela diz a Stacy e eu, seus olhos arregalados de alegria.

— Por quê? — pergunto. — Aonde você vai?

— Ela e eu vamos comprar lingerie para ela usar algo sexy quando... — Nat começa, mas é cortada por Jules conforme ela não para de pular e bater as mãos, empolgada.

— Quando eu contar para ele que estou grávida!

— Puta merda! — Stacy exclama.

— Uau! — concordo, e nós duas nos apressamos para abraçá-la, balançando para a frente e para trás.

— Ah, deixa eu entrar aí — Nat diz e envolve os braços em todas nós.

— Esta família, de repente, está cheia de bebês — Stacy murmura e enxuga lágrimas dos seus olhos.

— Ah, meu Deus, pode imaginar como será lindo o bebê deles? — Abraço Jules forte de novo. — Essa genética é realmente impressionante.

— Estou tão feliz por vocês — Nat diz a ela e aperta sua mão.

Jules olha para cada uma de nós e suspira com um grande sorriso no rosto.

— Eu sei que é cedo. Casamos só há alguns meses, mas... — Ela dá de ombros e joga o cabelo por cima do ombro. — Prontos ou não, está vindo.

— Nate vai ficar maravilhado — Natalie diz com um sorriso.

— Então você vai ficar toda sexy para contar para ele? — pergunto com um sorriso.

Isso é tão Jules.

— Com certeza, vou. — Ela assente e arregala os olhos. — Esperem. Preciso mesmo fazer xixi de novo. Por que ninguém nunca me contou que se faz xixi o tempo todo quando se está grávida?

— Eu te contei — Nat grita pela porta fechada. — Você nunca me escuta.

— Então, qual é o plano? — pergunto.

— Por que vocês duas não pegam Nate e arranjam uma mesa naquele restaurante italiano do outro lado da rua, e Jules, Luke e eu encontramos vocês lá daqui a pouco? — Nat sugere quando Jules sai do banheiro e lava as mãos.

— Parece bom. — Stacy assente. — Eu poderia comer uma lasanha.

— Ok. — Jules sorri, e nós voltamos para os meninos. — Ei, Ás, você iria com Bryn e Stacy pegar uma mesa para nós no restaurante italiano do outro lado da rua enquanto Nat, Luke e eu vamos comprar umas coisas de bebê para Olivia? — Ela sorri docemente e passa os dedos no peito dele.

Ele semicerra seus olhos cinza para ela por um instante, como se soubesse que ela está mentindo e está tentando decidir se deveria falar com ela ou não.

Finalmente, ele dá de ombros e diz:

— Claro.

— Tchau! — Livie fala do seu carrinho, sorrindo e apertando e soltando seu punho minúsculo, fazendo seu aceno de bebê.

— Tchau — nós saudamos de volta e acenamos para ela, levando Nate para fora do shopping.

— O que ela realmente vai comprar? — ele pergunta assim que estamos fora de alcance.

— Coisas de bebê — respondo, dando de ombros, e Stacy assente, concordando, mas nenhuma de nós consegue olhá-lo nos olhos.

— Mulheres sempre se protegem — ele resmunga baixinho.

Dou risada e encaixo meu braço no dele.

— É. Que bom que finalmente você está entendendo.

Passamos pelas portas de vidro do restaurante italiano chique, e Nate fala com a recepcionista para pedir uma mesa, assim que Steven e Gail Montgomery estão saindo do restaurante, rindo com um muito lindo e alto desconhecido.

Steven vê nós três, e seus olhos se arregalam e seu rosto perde toda a cor.

— Oi, gente. — Stacy sorri, feliz em ver seus sogros.

— Ah, meu Deus! Olá! — Gail puxa todos nós em um abraço e se vira para o homem alto que deu um passo para trás e cruzou os braços, observando-nos com brilhantes olhos azuis semicerrados.

Ele tem cabelo escuro perfeitamente arrumado e pele morena, ombros largos sob uma blusa de lã, e apenas a sombra de uma barba no queixo.

— Dominic — Gail vira para ele, e depois para nós —, estes são Brynna, Stacy e Nate. — Ela se volta para nós. — Este é Dom Salvadore.

— Olá. — Ele assente e nos oferece um meio sorriso, e acredito que minhas partes femininas acabaram de acordar.

Quem é esse cara, e por que os pais de Caleb estão almoçando com ele?

— Acho que Jules e Natalie vão chegar em um instante com Luke e a bebê, se quiserem ficar para dar oi — Nate fala, seus olhos grudados em Dom, observando-o com cautela.

— Nós gostaríamos, mas precisamos ir — Steven responde rápido, levando Gail para fora à frente dele. — Beije Liv por nós.

Eles acenam e saem rápido, deixando nós três olhando um para o outro com expressões confusas.

— Que estranho — finalmente comento.

— Definitivamente — Stacy concorda.

Nate pega seu celular do bolso e o desbloqueia.

— Ela disse que o nome dele é Dominic Salvadore?

— É. O que está fazendo? — pergunto.

— Anotando. — Ele guarda o celular de volta no bolso e dá uma piscadinha para mim, e me derreto.

Nate é muito gostoso, mas, mais que isso, é gentil, forte e muito bom para Jules. Todas nós o adoramos.

— Você podia bater nele — Stacy comenta e sorri para ele.

— Claro que podia, querida. Isso nunca esteve em discussão. — Ele ergue uma sobrancelha e zomba.

— Será que eu mencionei que você tem um ego do tamanho do Space Needle? — pergunto.

Nate dá uma gargalhada alta e apoia o braço em meus ombros, me abraçando contra sua lateral dura, conforme a recepcionista gesticula para a seguirmos para nossa mesa.

— Com ego ou não, querida, eu poderia bater nele.

— Eu não deveria ter comido aquele pedaço do tiramisù — murmuro e esfrego a barriga enquanto Stacy estaciona sua minivan na minha casa.

— Quem são aqueles atrás da gente? — Nat pergunta e depois ri. — São Will e Meg.

— O que estão fazendo aqui? — questiono ao pegar minhas compras do porta-malas.

— Isaac mandou um SOS — Will nos informa com uma risada.

— O quê? Por quê? — A voz de Stacy está surpresa, seus olhos arregalados de preocupação.

— Tem um policial e um fuzileiro naval no mesmo cômodo que ele — Luke responde com uma risada e pega Olivia da cadeirinha. Ela ri com ele, como se soubesse do que está falando. — O que poderia estar acontecendo ali?

Nós, garotas, nos entreolhamos e imediatamente vamos para a porta da frente. Jules pega seu celular e está com ele apontado como se estivesse prestes a tirar uma foto.

— O que está fazendo? — Luke pergunta enquanto eu destranco a porta.

— Estou pronta para documentar o que quer que esteja acontecendo do outro lado dessa porta.

Nunca, em um bilhão de anos, eu estaria preparada para o que encontramos lá dentro.

— Puta merda — Nate murmura baixinho. — Ei, Jules, é errado eu achar de repente seus irmãos bem gostosos?

— Mamãe! — Sophie exclama e corre para Stacy, abraçando-a nos joelhos.

— Essa cor fica ótima em você, cara — Luke provoca Caleb, que faz careta. Josie e Maddie arrumaram uma festa do chá com o que parecem ser novas bonecas, que, caramba, devem ter custado uma fortuna. E todos eles estão usando tiaras.

Tiaras.

Até o Capitão Bix está sentado em posição entre Josie e Maddie, com uma tiara de princesa na cabeça, sua orelha ruim dobrada para o lado. Suas sobrancelhas sobem e descem conforme ele supervisiona a cena.

— Uau, você está muito bonito, Matt — murmuro, incapaz de me conter mais.

— Ok, a festa do chá acabou — Caleb anuncia, tira a tiara cor-de-rosa da cabeça e entrega para Maddie.

— Mas você só tomou uma xícara — ela reclama.

— Foi o bastante — ele murmura com uma careta e se levanta do chão.

— Isaac, você está usando colar? — Will pergunta, gargalhando e apontando para seus irmãos.

— Sophie queria que eu usasse — Isaac responde, estufando o peito. — Só espere — ele aponta para Luke —, Liv vai fazer a mesma coisa com você.

— Isso vai para o YouTube — Jules murmura e continua filmando.

— Desligue isso agora, Jules — Matt diz em tom severo.

— Nunca. — Ela balança a cabeça e ri. — Isso é maravilhoso.

— Me dê seu celular! — Caleb a ataca, e ela joga o celular para Meg.

— Pega! — ela grita.

Meg pega com facilidade e continua filmando, movendo-se rápido pelo cômodo. Quando Isaac está prestes a tirar o celular da mão dela, ela o joga para mim.

— Pernas, juro pra você, se não me der esse celular... — Caleb marcha na minha direção, ameaçando.

— Vai fazer o quê? Me bater? — Sorrio docemente e tiro o celular do seu alcance.

— O que há de errado com essas mulheres? — Matt pergunta para a sala inteira.

Luke, Will e Nate riem tanto que estão segurando a barriga.

— Oh, cara, este é o melhor dia da minha vida — Will fala atrapalhado enquanto tenta respirar. — Estou muito feliz que conseguimos filmar.

— Vou quebrar suas pernas — Caleb promete. — E o que há com suas filhas sendo pequenas extorquistas? — ele me pergunta.

— Do que está falando? — pergunto e olho para minhas filhas, que se recusam a olhar para cima e encontrar meu olhar.

— Elas nos convenceram a ir à loja de bonecas — Matt começa. — Pensamos, claro, que compraríamos uma boneca para elas. Iria mantê-las ocupadas.

— Setecentos. Dólares. — Isaac bate o pé a cada palavra. — Para três menininhas terem uma boneca e um guarda-roupa completo para a boneca.

— Por que compraram tanta coisa para elas? — pergunto com os olhos arregalados de choque.

— Elas mentem para você — Matt responde com um suspiro. — As etiquetas têm números, que pensamos que fossem os preços.

— Mas não... — Caleb interrompe enquanto o resto de nós observa-os indignados ao contar a história. — Não, é um código que te fala como encontrar o preço em uma tabela. Uma tabela!

— Então, em vez de aquela roupa ser oito dólares, como pensamos, foram quarenta malditos dólares! — Isaac exclama, apontando para a boneca de Sophie.

— Quarenta dólares por uma roupa de boneca? — Meg pergunta com os olhos arregalados. — Meu Deus.

Durante toda essa conversa, as três espertinhas ficaram em silêncio brincando com suas bonecas, como se fossem as únicas na sala.

— E, então, quando saímos, essas três sorriram para nós com os olhares mais inocentes no rosto. — Matt balança a cabeça com desgosto.

— Elas não são inocentes — Caleb resmunga. — São bem extorquistas.

— Nate? — Josie vai até o homem moreno e alto e dá um tapinha em seu braço a fim de chamar sua atenção.

— Sim, lindinha — ele responde e se abaixa para olhá-la no mesmo nível.

— Posso andar na sua moto enquanto está sol lá fora? — ela pergunta e enrola o cabelo no dedo, os olhos arregalados castanhos e sedutores e, se não estou enganada, ela realmente bate os cílios para ele.

— Claro que pode — Nate responde com um sorriso e mexe em seu nariz gentilmente com o dedo indicador.

— Obrigada! — Ela envolve os braços em seus ombros e o abraça, depois volta à sua boneca.

— Se ela já está flertando com o cara de jaqueta de couro com uma moto — Will comenta com uma risada —, você vai ter trabalho com essa aí.

Caleb xinga baixinho enquanto o resto de nós dá risada.

— Isso, tá aí, por isso que vamos ter só meninos — Nate diz a Jules.

— Acho que é melhor esperarmos que esse seja menino, então — ela responde com um sorriso, observando a expressão de Nate.

— Tudo bem, eu só... Espere. — Ele se vira para ela e segura seus ombros, observando-a intensamente. — O que acabou de dizer?

— Eu queria te contar quando estivéssemos sozinhos, mas não consigo guardar segredo, e a maior parte da nossa família está aqui, de qualquer forma, então... — Jules dá de ombros e morde o lábio, seus olhos brilhando com lágrimas contidas. — Vamos ter um bebê, Ás.

Ele se inclina e segura o rosto dela, passa os dedos por suas faces e apoia a testa contra a dela. A sala fica totalmente parada enquanto aguardamos o que ele tem para dizer.

— Estou sonhando? — ele pergunta com a voz rouca.

Ela balança a cabeça e envolve os braços ao redor dele.

— Não.

Então ele a beija, demorado e forte, como nunca o vi fazer em público, nem no casamento deles. Ele finalmente se afasta e a olha com tanto amor nos olhos que parece errado estar assistindo, como se fôssemos intrusos.

Caleb estica o braço, entrelaça os dedos nos meus e aperta forte. Todos os Montgomery estão quietos.

Essa é a irmã caçula deles.

— Te amo tanto, Julianne — Nate finalmente diz e enxuga as lágrimas das bochechas dela com os polegares. — Obrigado — ele sussurra.

Ele a levanta em um grande abraço e a gira antes de colocá-la no chão e se virar para o resto de nós.

— Vamos ter um bebê!

— Parabéns!

Vamos até eles, rindo e abraçando uns aos outros, comemorando e regozijando-nos com a nova vida que está prestes a se juntar à nossa família.

— Mamãe. — Maddie puxa minha mão para chamar minha atenção. — A Sophie pode ficar com a gente esta noite?

— Não, docinho. — Eu a pego nos braços e beijo seu rosto. Ela está quase pesada demais para segurá-la assim agora. — Hoje, não.

— Por que não? — Josie pergunta.

— Sophie precisa ir para casa e dormir na própria cama — Stacy diz a elas com um sorriso.

— Ela pode dormir na nossa cama, como Caleb dorme na cama da mamãe — Maddie responde e, mais uma vez, a sala fica em um silêncio mortal.

Arregalo os olhos e olho em volta, procurando Caleb, que está em pé ao lado de Nate, também com um olhar assustado em seu rosto lindo.

Isaac ri, e todo mundo se junta a ele, e simplesmente fecho os olhos e apoio a cabeça no ombro de Maddie.

*Só quero morrer.*

# Capítulo Treze

## Caleb

— Então, me trouxe aqui para me lembrar do quanto estou fora de forma? — Brynna coloca as mãos na cintura e me olha depois de entrarmos pelas portas da frente da academia impressionante de Rich McKenna no centro de Seattle.

— Não. — Dou risada e ergo a mão para pegar sua jaqueta.

— Não vou tirar a jaqueta. — Ela faz beicinho.

— Você é adorável. Me dê a porra desse casaco.

Ela me olha desafiadora mais um pouco assim que Jules grita detrás de nós:

— Aí estão vocês!

— Jules está aqui? — Brynna pergunta com olhos castanhos arregalados.

Antes que eu possa responder, Jules corre até nós e dá um grande abraço em Brynna.

— Estou tentando convencer Nate a me deixar fazer algumas barras, mas ele não quer me deixar fazer *nada*. — Jules revira os olhos e depois sorri. — Vou ficar muito gorda.

— Não acho que isso seja possível — Brynna responde enquanto balança a cabeça. — Além disso, ele tem razão. A não ser que vá fazer ioga, não deveria fazer nada nesta academia.

— É o que fico falando para ela — Nate responde e se junta a nós. — Esta é uma academia de luta. Não tem ioga. — Ele envolve um braço nos ombros da minha irmã e beija sua têmpora.

— É ótimo ver vocês — Brynna começa e me olha. — Mas o que eu estou fazendo aqui?

— Caleb não te contou? — Jules pergunta.

Salva Comigo

Ela balança a cabeça, e Nate sorri, tranquilo.

— Nate vai te mostrar umas técnicas de autodefesa — eu a informo e pego sua mão, apertando-a firme.

— Por quê? — Ela olha para Nate.

— Porque ele é foda — Jules responde, orgulhosa, fazendo Nate rir e balançar a cabeça.

— Você não pode me mostrar? — Brynna me pergunta baixinho.

*Claro, se não se importar de eu me distrair a cada dez segundos e transformar uma aula de autodefesa em sexo maluco.*

— Eu poderia, mas Nate tem experiência com luta de verdade.

Ela vira os olhos para Nate e franze o cenho.

— Talvez eu seja a mulher mais fora de forma desta família. Sabe disso, certo? Em vez de esteira e pesos, passo meu tempo correndo atrás e levantando gêmeas.

— Não precisa ser atleta para se proteger, Brynna. — Nate lhe dá uma piscadinha, beija Jules mais uma vez e se afasta, estendendo a mão para Brynna ir com ele. — Venha. Vai ser divertido.

— Diga às minhas filhas que as amo — ela implora ao me lançar um olhar por cima do ombro. — E quero ser cremada, por favor.

Dou risada e balanço a cabeça quando paro ao lado do ringue grande no meio do cômodo perto da minha irmã caçula. Nate leva Brynna para subir no ringue e começa a murmurar para ela, demonstrando com as mãos enquanto fala.

— Caramba, ele é gostoso pra caralho — Jules sussurra ao meu lado.

— Sério? — Faço uma careta.

— O que foi? — Ela sorri, inocente, depois apoia a cabeça no meu braço. — Ele é meu. Posso falar coisas assim.

— Não perto de mim. — Suspiro e observo a mulher alta e esguia no ringue.

— Ela é linda — Jules murmura.

— Ela é — confirmo e suspiro de novo. Ela é tão linda que tira meu fôlego.

Não sei por que insiste que está fora de forma. Ela é alta e curvilínea, com exatamente o tamanho certo de bunda e seios. Suas coxas são firmes, provavelmente de correr atrás das filhas. E seus olhos castanhos me destroem, independente se estão felizes, assustados ou brilhando de desejo.

— E, de acordo com as meninas, você está dormindo na cama dela.

Posso senti-la sorrir contra o meu braço e estreito os olhos enquanto observo Nate colocar o braço em volta do pescoço de Brynna, como se a estivesse abordando por trás.

— Estou. — O que mais eu iria dizer?

— Então como está indo? — Jules pergunta e se afasta para poder olhar para o meu rosto.

Mantenho os olhos no ringue.

— Bem.

— Jesus, você é muito difícil! — Ela me soca no ombro e, então, chacoalha a mão com uma careta. — Ai.

Dou um sorrisinho e olho para ela.

— Não vou te contar sobre minha vida sexual. Nunca.

— Só quero saber como as coisas estão indo. — Ela faz beicinho.

— Estamos bem — repito.

— Vocês vão ao show da Nash amanhã à noite? — Jules pergunta com um sorriso.

— Vamos. — Assinto, suspiro e passo a mão no rosto.

*Deus, não quero ir a esse show.*

— Tem certeza de que é uma boa ideia? — ela pergunta baixinho.

Dou de ombros, indiferente.

— Bryn quer ir. Ela não vai a lugar algum sem mim, então significa que nós vamos.

— Você não precisa ficar com ela todo minuto do dia, Caleb. — Ela revira os olhos e balança a cabeça. — O quê? Está preocupado que ela vá apanhar?

— Você não sabe nada sobre isso — respondo severamente.

— Bom, se vocês contassem para o resto de nós o que está havendo, eu saberia *alguma coisa* sobre isso! — ela responde, depois suspira pesadamente. — Haverá muitas pessoas no show.

Olho para ela rapidamente, registrando a preocupação em seu rosto bonito, endireito os ombros e desvio o olhar.

Pessoas até demais.

Assinto secamente, e ela xinga baixinho.

— Ei, Craig! Suba aqui e me ajude! — Nate grita para um cara musculoso do outro lado do ringue.

Craig sobe pelas cordas e se junta a Nate e Brynna com um sorriso.

— O que posso fazer? — ele pergunta, olhando de cima a baixo para Brynna. E minhas mãos se apertam em punhos.

— Craig é um cara legal — Jules menciona, falsamente casual.

— Humm — grunho.

— Eles formam um casal fofo. — Ela bate o dedo nos lábios. — Eu deveria juntá-los.

— Eu deveria chutar sua bunda — rosno.

Ela olha para mim e um sorriso compreensivo e largo se espalha em seu rosto.

— Você não vai juntar ninguém, Jules — eu a alerto.

— Você não parece querer falar que ela é sua. — Ela dá de ombros.

— Já falei — murmuro e xingo baixinho.

A pirralha não iria parar até eu falar tudo.

Jules vira a cabeça para me olhar, seus olhos azuis grandes e sua boca aberta.

— Você a ama — ela sussurra.

*Mais do que qualquer coisa.*

— Não posso tê-la — sussurro de volta e passo uma mão pelo cabelo.

— Por quê?

— Ela merece coisa muito melhor, J. — Balanço a cabeça, observando a mulher maravilhosa em cima do ringue com meu cunhado e um cara musculoso que daria sua bola esquerda para fodê-la.

— Do que está falando? — Ela está mantendo a voz baixa, mas percebo que está irritada pra caramba.

— Vou acabar machucando-a. Fisicamente. Emocionalmente. — Dou de ombros de novo e olho para os olhos bravos de Jules.

— E então? Vai fodê-la enquanto está ficando na casa dela, depois desaparecer quando tudo tiver terminado? — Ela me olha com braços cruzados à frente do peito, e me sinto um babaca.

Porque, quando ela coloca dessa forma, eu *sou* um babaca.

— Não sei — respondo e sugo uma respiração rápida quando Nate empurra Brynna para o chão, tirando o fôlego dela.

Nate e Craig estão agachados ao lado dela, ajudando-a a se levantar.

— Só não quero trazer minha bagagem para a vida dela e das meninas.

Sinto os olhos de Jules em mim, então olho para ela e vejo lágrimas neles.

— Caleb, a vida é muito curta para isso. Ela e as meninas te amam. Você as ama. Seja feliz. — Ela abraça minha cintura e se segura em mim, pressionando sua bochecha em meu peito. — Apenas seja feliz. Todos aqueles caras cujas vidas você salvou, e até os que perderam a vida ao seu lado, iriam querer isso para você.

Como ela sabe? Eu não mereço o que Brynna e suas filhas estão me oferecendo. Não consegui proteger meus amigos para garantir que eles tivessem o tipo de vida que posso me ver tendo com essas meninas maravilhosas.

Pelo contrário, eles pegaram uma carona para casa em uma caixa e uma bandeira americana.

— Seja feliz — Jules sussurra. — Curta com ela. Se ela não aguentar, vai te dizer. Caleb, Brynna é uma das mulheres mais fortes que já conheci. Ela consegue aguentar praticamente tudo que é jogado nela.

Franzo o cenho enquanto observo Nate e Craig com Brynna. A cara dela conforme se concentra no que estão tentando ensiná-la. Seu sorriso quando acerta. Seu suspiro desesperado quando erra e acaba caindo em sua bunda magnífica.

*Ela é minha.*

Craig sussurra algo no ouvido dela, fazendo-a rir, seus olhos brilhando. Um leve brilho de suor cobre seu rosto e peito, e perco o ar.

E, então, o desgraçado faz o que qualquer homem faria ao ficar tão perto de uma mulher como Brynna: coloca uma mecha de cabelo dela atrás da orelha.

E eu só enxergo vermelho.

## Brynna

Como é para eu me concentrar em não apanhar quando estou no ringue com Nate McKenna?

Sei que ele é casado com uma das minhas melhores amigas. E estou apaixonada pelo seu cunhado. Mas, pelo amor de tudo que é mais sagrado, ele está usando uma camiseta preta justa que exibe perfeitamente músculos definidos que se esticam debaixo daquela tatuagem deliciosa que cobre seu braço. Seu cabelo está jogado para trás na nuca, exibindo seu maxilar quadrado e os olhos brilhantes cinza.

Tudo nesse homem grita sexo.

Grita. Sexo.

Ele ainda é o homem mais carinhoso que já conheci e, acima de tudo, é completamente apaixonado por sua esposa.

Tem alguma coisa mais sexy do que um homem gostoso apaixonado pela esposa?

Não.

— Lembre-se, se conseguirem colocar o braço em seu pescoço, você empurra o braço para cima e dá um soco *forte* — Nate murmura no meu ouvido atrás de mim. Seu braço está em volta do meu pescoço, como se tivesse me surpreendido por trás.

— Certo — confirmo, em dúvida se vou me lembrar de alguma coisa depois.

— Ok, eu quero te mostrar algumas técnicas de luta. — Nate sorri, me tranquilizando, e se vira para o lado do ringue. — Ei, Craig! Suba aqui e me ajude!

O homem chamado Craig sobe com facilidade na lateral do ringue, passa pelas cordas e anda confiante para o nosso lado.

— O que posso fazer? — ele pergunta com um sorriso. É bonito e do estilo moleque. Seu corpo é duro e bombado, mas ele tem cara de novo. Aposto que era chamado de rostinho de bebê durante a escola.

Ele é bonito, mas não o que quero.

O que eu quero está na beirada do ringue com a irmã.

Olho por cima do ombro e vejo Caleb fazendo careta para Jules, que está com os braços em volta da cintura dele, o abraçando. Imagino sobre o que estão falando.

— Preste atenção, Bryn — Nate diz e gesticula para Craig ir para trás de mim e me mostrar como colocar os pés e as mãos.

Passamos por muitas instruções, com Nate e Craig colocando as mãos em mim, me mostrando como posicionar os braços, abrir os pés e inclinar o quadril.

— Ok, está pronta para eu bater em você? — Nate pergunta.

— Eu vou morrer — sussurro, recebendo uma risada de Craig atrás de mim.

— Não vou deixá-lo te matar — ele murmura no meu ouvido. — Além disso, você sabe como se esquivar. Só se lembre do que ele te disse.

Nate vem para cima de mim e, assim que acho que consegui desviar dele, ele entra com outro *jab*, e caio de costas sem respirar.

— Merda! — Nate e Craig se agacham ao meu lado e pegam minhas mãos, me ajudando a sentar.

— Você está bem, querida? — Nate pergunta.

Assinto e sugo ar nos pulmões.

— Perdi o fôlego.

Nate dá um passo para trás, mas Craig sorri gentilmente para mim, coloca meu cabelo para trás da orelha e desliza seu nó do dedo no meu maxilar, enviando calafrios por meus braços.

— Não há nada mais sexy do que uma mulher suada — ele murmura.

— Mulheres suadas não são sexy — respondo com um nariz enrugado, sorrindo para ele e, então, olho culpada rapidamente para Caleb.

— Acho que é o suficiente por hoje — Caleb anuncia ao entrar no ringue, com a expressão severa. Ele lança um olhar desafiador para Craig, que imediatamente recua e pega minha mão, me ajudando a levantar. — Você está bem?

— Sim. Consigo continuar.

— Não, está bom por hoje. — Ele aperta a mão de Nate. — Obrigado, cara.

— Quando quiser.

— Quero brincar também! — Jules anuncia ao subir no ringue. — Vamos, Bryn, vou lutar com você.

— Não! — Nate e Caleb gritam ao mesmo tempo.

— Ela não vai me bater forte — Jules murmura com um beicinho.

— Eu não vou te bater. Você está grávida, pelo amor de Deus. — Balanço a cabeça e dou risada. — Você consegue ficar nove meses sem bater em ninguém, Jules.

— Nove meses. — Seus olhos se arregalam antes de pararem em Nate. — É melhor você se preparar para muitas brigas verbais se não posso te bater no ringue.

— É, você me assusta. — Nate dá um sorrisinho e a puxa para seus braços.

— Você está suado — Jules reclama e tenta se livrar, mas Nate a segura forte.

— Vem aqui — ele murmura e enterra o rosto no pescoço dela, fazendo-a rir.

— Estou saindo — Caleb anuncia.

— Espere — Nate chama e beija a cabeça de Jules antes de ir até Caleb. — Se tiver tempo, queria trocar umas porradas com você no ringue. Parece que você poderia bater em alguma coisa.

Olho surpresa e vejo Caleb pensando no convite de Nate. Ele olha para mim com olhos azuis quentes e de volta para Nate.

— É, tenho tempo.

— Não o machuque muito, Ás. — Jules sorri e beija a bochecha de Nate antes de pegar minha mão e me levar para o lado do ringue.

— Eles já fizeram isso antes? — pergunto a ela.

— Não sei. — Jules dá de ombros. — Acho que não, mas Caleb vem aqui quando está na cidade, então já devem ter feito.

— Capacetes? — Nate pergunta.

Caleb balança a cabeça negando e ergue os braços, segura sua camiseta e a tira, depois a joga na minha direção.

— Caramba — sussurro ao vê-lo. Toda vez que o vejo sem nada é como se fosse a primeira vez.

Uma multidão se reúne em volta do ringue para assistir a dois atletas se atracarem. Eles circulam um ao outro, ambos da mesma altura e largos, mas Nate é moreno e Caleb, pálido.

É bem possível que seja ilegal ter dois homens maravilhosamente gostosos no mesmo ringue juntos.

De repente, Nate se inclina e dá um *jab*, e começa. Por muitos minutos, eles socam e se esquivam, chutam e empurram e jogam um ao outro no chão, só para se levantarem de novo.

Suas expressões são ferozes, seus olhos, quentes e focados no outro, e é a coisa mais excitante que já vi na vida.

— Eles vão se matar — murmuro, indignada.

— Talvez. — Jules assente. — Jesus, olhe para eles!

Nate dá um soco no rosto de Caleb, mas ele segura o punho de Nate com as mãos e torce, segura-o pelas costas e o joga no chão, com o cotovelo na garganta do outro.

O marido de Jules consegue sair, e eles continuam, ofegantes e suando. Sangrando.

Nate tem um rastro de sangue saindo do nariz, e Caleb está sangrando perto do olho esquerdo.

E nenhum parece preparado para parar.

Finalmente, depois de Nate chutar Caleb nas costelas e seguir com o cotovelo entre suas escápulas, o Sr. McKenna soa o gongo.

Nem percebi que ele estava aqui.

— Chega! — grita. — Se tiverem mais agressividade para pôr pra fora, descontem no saco. Não um no outro.

Nate e Caleb estão curvados, arfando e suando, tentando respirar. Jules e eu estamos prendendo a respiração.

— O que foi isso tudo? — pergunto.

— Testosterona? — Jules levanta os ombros, desnorteada. — Mas foi um pouco excitante.

Assinto, concordando, e vejo Nate se erguendo e se aproximando de Caleb, apertando sua mão e puxando-o para um abraço de homem. Ele fala baixo por alguns instantes, e os olhos de Caleb se estreitam antes de ele se afastar e assentir, dando a Nate um meio sorriso e um tapa forte em seu ombro.

Os dois descem do ringue e sorriem para nós.

— Sente-se melhor? — Jules pergunta.

— Sim. — Nate dá de ombros e oferece a ela um sorriso presunçoso. — Eu poderia tê-lo derrubado.

— Em seus sonhos, McKenna. Eu estava pegando leve com você — Caleb retruca, coloca os braços na camiseta e a veste por cima da cabeça.

*Ah, não esconda seus músculos suados ainda!*

— Deveríamos ir — murmuro e sorrio para Caleb. Ele ainda está um pouco reservado e quieto, e não consigo descobrir o que houve.

— Também é melhor irmos — Nate concorda e puxa Jules para ele, sabendo quão suado e sujo está.

— Até amanhã à noite! — Jules acena para nós, rindo e tentando, sem entusiasmo, lutar contra Nate.

Caleb me leva até o carro, abre a porta para mim sem dizer uma palavra e entra no lado do motorista. Depois de dirigir por mais de dez minutos em silêncio total, resolvo quebrar o gelo.

— Eu não flertei de volta.

— O quê? — ele pergunta, mal olhando para mim.

— Com Craig. Ele flertou comigo, mas não flertei de volta. — Cruzo os braços e olho pela janela, sem prestar atenção no centro de Seattle, ou na chuva que cai.

— Não dou a mínima para aquele cara — Caleb murmura e vira na minha rua.

— Então o que aconteceu? — Franzo o cenho.

Ele engole em seco e me olha, passa os dedos nos lábios e parece que vai dizer alguma coisa, mas muda de ideia.

— Nada.

Está mentindo.

— Caleb...

— Estou bem — ele me corta e estaciona o carro quando chegamos à minha casa. — Não se preocupe.

Quando entramos em casa, Caleb verifica o alarme, as janelas e as portas e para na cozinha, sem me olhar. Bix nos cumprimenta, feliz em nos ver, e curte o carinho na cabeça de Caleb, que ainda está suado e sujo da atividade vigorosa com Nate.

— Quer que me junte a você no banho? — pergunto.

Ele balança a cabeça e aponta para o jardim.

— Vou lá fora malhar. Chame se precisar de mim.

E, com isso, ele vai para os fundos, com o cachorro seguindo-o, direto para as cordas ligadas ao estúdio de Natalie, trabalhando-as com força. No instante em que para, seus músculos devem estar gritando em protesto, mas ele vai para a barra, pula e imediatamente começa a se erguer e se abaixar.

Bix fica deitado no deque, de olho.

O que está havendo na mente de Caleb?

— Mamãe! Mamãe! — As meninas entram correndo pela porta da frente, casacos e mochilas nas costas, empolgadas por chegar em casa da escola. Matt sorri da porta.

— Se divertiu na academia hoje? — ele pergunta.

— Não me faça te machucar — respondo, rindo. — Posso fazer isso agora.

— Bom saber. — Ele assente, depois franze a testa. — Cadê o Caleb?

— Lá atrás. Está irritado — respondo com um suspiro e tiro as mochilas das meninas.

— Nesse caso, vou embora. Vejo vocês depois. — Matt acena e sai, e eu beijo as meninas.

— Vocês tiveram um bom dia?

— Sim — Maddie responde. — Por que Caleb está irritado?

— Não sei.

— Vamos malhar com ele — Josie sugere a Maddie, que sorri, e ambas fazem fila para a porta antes de eu poder dizer para o deixarem em paz.

Coloco suas mochilas de lado e pego os ingredientes para o jantar na geladeira assim que ouço risadas altas no jardim.

Olho pela porta de correr de vidro e vejo Caleb segurando Maddie pela cintura, ajudando-a a se erguer e se abaixar na barra. Ela tenta olhar por cima do ombro para ele, um sorriso enorme no rosto, cheio de confiança e amor, enquanto Josie e Bix correm em círculos em volta deles, rindo e latindo.

— Me deixa descer! — Maddie grita, e Caleb obedece, colocando-a no chão e, então, pega as duas nos braços, caindo no chão, certificando-se de que as meninas caiam em cima dele, enquanto Bix late e se balança ao redor deles, dando seu sorriso de cachorro com a língua balançando para fora da boca.

É a visão mais fofa que já vi na vida.

# Capítulo Catorze

— O show foi espetacular! — Stacy exclama ao se sentar ao lado de Isaac, com um drinque na mão e sorrindo amplamente.

Minha prima está bem a caminho de ficar bêbada.

— Foi mesmo. — Assinto e sorrio e não posso evitar olhar para Will e Meg, que estão enrolados um no outro em um sofá próximo. — Will fez, possivelmente, a proposta mais romântica que eu já vi.

Estamos todos na festa após o primeiro show de Nash em sua turnê Sunshine, onde Will nos surpreendeu ao nos levar ao palco e pedir Meg em casamento diante de milhares de fãs escandalosos.

— Sou um cara romântico. — Ele dá de ombros e sorri.

— Você tem muitas qualidades, querido — Meg responde com uma risada alta —, mas romântico não é uma delas. Será que Luke te deu algumas dicas?

— Ei! Tenho meus momentos românticos! — Will franze o cenho para ela e, depois, sussurra alguma coisa aparentemente inapropriada em seu ouvido, fazendo-a ruborizar furiosamente.

— Ah, sim, verdade.

— Não quero saber. — Matt balança a cabeça com uma risada, depois olha para Caleb, que não falou nada a noite toda nem olhou para mim mais de uma vez.

Eu estava usando uma roupa sexy, e ele nem percebeu. Pelo contrário, seu corpo está tenso, e seus olhos, semicerrados, observando o ambiente, as pessoas à nossa volta e simplesmente me irritando como sempre.

Eu sei que ele está tentando me manter segura, mas, pelo amor de Jesus, tenho mais músculos me rodeando neste instante do que o presidente.

— Você está bem, cara? — Matt pergunta a ele.

Salva Comigo     167

— Tudo bem — Caleb responde, assentindo.

— Você tem certeza? — pergunto, colocando a mão em seu braço.

Ele não me olha, apenas tensiona o maxilar ainda mais, se possível.

— Estou bem — ele repete, sua voz firme e rígida.

— Ei, Sam. — Jules se aproxima de Sam do outro lado do cômodo. — Leo estava procurando por você há uns minutos. Acho que você estava no banheiro na hora.

Samantha está saindo com Leo, o cantor principal da Nash, e eu não poderia estar mais feliz por ela. Eles formam um ótimo casal. Leo é alto, tatuado e todo sexy, mas Sam o mantém com os pés no chão e não tem medo de cortá-lo quando seu ego sai um pouco de controle.

Não que aconteça com frequência. Acho que Sam simplesmente gosta de ser dramática com ele.

— Sabe para onde ele foi? — Sam pergunta.

— Eu o vi no corredor. — Jules aponta para a porta, e Sam sai para encontrá-lo.

— Aposto que ela vai ter orgasmos depois — Stacy sussurra para mim, me fazendo sorrir.

— Com certeza — confirmo e sorrio para mim mesma.

— Onde estão as crianças e Bix esta noite? — Isaac pergunta.

— Todos estão nos meus pais — respondo com um sorriso.

— Vocês dois precisam ir para um quarto. — Jules faz careta para Will e Meg, que estão se pegando no sofá no momento.

— Cara, eles acabaram de ficar noivos — Nat fala para Jules. — Deixe-os se divertir.

— Você não se importa porque vai se juntar a eles a qualquer segundo agora — Jules a acusa com olhos semicerrados.

— Boa ideia. — Luke dá um sorrisinho e curva Nat, beijando-a profundamente, e recebendo um gemido alto de Jules.

— Eca — ela murmura e bebe água. — Meg, quero ver seu anel de novo.

Feliz, Meg mostra a mão esquerda para Jules, sorrindo orgulhosa.

— Você escolheu sozinho? — Matt pergunta a Will.

— Aham. — Will assente.

— Escolheu bem — Natalie murmura e sorri, carinhosa. — Você tem bom gosto.

— Claro que tenho. — Will ri e beija a face de Meg.

— E é tão modesto. — Meg balança a cabeça e passa os dedos pelo cabelo dele.

— Você ficou surpresa? — Will pergunta a ela, sua voz baixa e sem qualquer vestígio de arrogância.

— Totalmente. — Meg o beija ruidosamente. — A melhor surpresa da minha vida.

— Brynna, você está linda hoje — Luke comenta antes de levar o copo à boca, surpreendendo-me.

— Obrigada — murmuro e sinto meu rosto esquentar. — Fico feliz que alguém notou — resmungo e desvio o olhar do grupo, olhando a multidão. As meninas trocam olhares e, depois, observam Caleb e eu, pensando que estão sendo discretas. Graças às minhas filhas anunciando nosso modo de dormir na semana passada e eu finalmente abrindo-me com elas enquanto nos aprontávamos para o show desta noite, todos sabem que Caleb e eu estamos transando. Mas eu disse a elas que é apenas sexo e nada mais.

Porque, sinceramente, não sei o que é. Sei que estou completamente apaixonada, e acredito que ele também me ame, mas muda tanto de humor que não consigo saber o que pensa.

É muito frustrante.

Caleb fica ainda mais tenso ao meu lado quando um homem que nunca vi se aproxima de nós.

— Com licença, você é Luke Williams? — o homem pergunta baixinho.

— Sou. — Luke assente e se vira para o cavalheiro mais velho.

— Sou Roger, pai do Jake — ele responde com um sorriso, erguendo a mão para Luke apertar. Jake é o guitarrista da Nash. — Minha esposa é uma grande fã sua. Se importaria de dizer um oi?

— Nem um pouco — Luke responde com um sorriso e se vira para nós. — Já volto.

— Como Luke ficou esta noite, no meio de todas essas pessoas? — Stacy pergunta a Natalie, referindo-se à fobia dele por multidões e ser reconhecido graças à sua fama de astro de cinema, agora longe das telas.

— Ele está bem — Nat nos assegura com um sorriso. — Ele fica bem quando está com todos nós. Quando está sozinho é que é difícil para ele.

Will assente, compreendendo, e apoia a bochecha na cabeça de Meg enquanto Sam e Leo entram de mãos dadas e sorrindo.

— Gostaram do show? — Leo pergunta ao ficar atrás de Sam e envolver os braços em seus ombros, puxando-a para trás contra seu corpo e beijando o topo da sua cabeça.

— Foi ótimo, Leo — respondo com um sorriso. — Amei a nova música.

— *Sunshine* é uma música excelente — Jules concorda e dá uma piscadinha para Sam.

Estico o braço e entrelaço os dedos com os de Caleb, esperando confortá-lo e trazê-lo para a conversa. Ele olha para mim rapidamente e aperta minha mão, mas continua a observar e escutar, sem participar do diálogo. Enfim, fico na ponta dos pés e sussurro em seu ouvido:

— Está pronto para ir?

— Estou — responde imediatamente. — Brynna e eu vamos embora — ele anuncia, apertando as mãos dos caras e beijando as garotas na bochecha. — Foi um ótimo show, cara.

— Obrigado. Te vejo em algumas semanas quando voltar para casa de férias. — Leo sorri carinhosamente para mim e me beija na bochecha, fazendo meus dedos se curvarem um pouco. — Dê trabalho a ele — sussurra para mim e dá uma piscadinha quando me afasto.

Pisco de volta e sigo Caleb, minha mão ainda firmemente na dele, saindo para o estacionamento.

— Caleb?

— Vamos só ir para o carro, Bryn — ele responde baixo, mas ouço o vacilo em sua voz. Ele não está bravo.

Está com medo.

E isso quase me faz desmaiar. Caleb é o homem mais forte que conheço, mas estar naquela multidão, preocupado com minha segurança e lidando com seus próprios demônios simplesmente porque eu queria fazer parte do show esclarece como ele se sente sobre mim.

Ele passaria pelo inferno por mim.

E o fez.

Quando chegamos ao carro, ele me coloca para dentro em segurança, depois vai para o lado do motorista e entra, fechando e trancando as portas.

Liga o carro e segura o volante, dirigindo rápida e eficientemente pelo estacionamento. Seus músculos não estão apenas tensos, estão esticados e amontoados debaixo da blusa preta, e cada parte dele está irradiando uma tensão óbvia.

Estico o braço e coloco a mão gentilmente em sua coxa e arfo. Sua coxa está flexionada, e posso sentir o contorno de cada músculo através do jeans azul.

— Você está bem? — murmuro.

Ele olha para mim, seus olhos azuis quentes e severos, e assente.

— Estou.

— Babe, está tudo certo.

Ele tira uma mão do volante e cobre a minha na perna dele, apertando-a e confortando-me.

O que posso fazer para ajudá-lo?

Quando uma ideia se forma em minha mente, me viro no banco e passo os nós dos dedos em sua face e mandíbula.

— Caleb? — pergunto baixinho.

— Humm?

— Fale comigo, fuzileiro.

Ele solta a respiração e se concentra na estrada por um instante e, assim que penso que não vai falar, sussurra:

— Desculpe.

— Pelo quê? — pergunto, surpresa.

— Sei que não foi muito divertido esta noite. Não sou bom no meio de muita gente, Bryn. Fico nervoso.

— Não precisávamos ter vindo, Caleb.

— Você queria estar aqui. Eu queria que você viesse e se divertisse. — Ele passa a mão pelo cabelo e sinto que começa a relaxar aos poucos.

— Obrigada — respondo baixo e me inclino para beijar seu rosto. A ponta dos meus dedos sobe e desce gentilmente por sua coxa, acariciando-a de leve. Dou um beijo em seu ombro e depois em seu bíceps.

— O que está fazendo, Pernas?

— Posso tentar uma coisa que nunca fiz?

Ele me olha e franze um pouco a testa, curioso, e finalmente me dá um meio sorriso.

— Ok.

— Só vá um pouco para trás — peço e tiro meu cinto e o dele.

Seus olhos se arregalam.

— Bryn?

— Vou te chupar no seu carro. — Abro seu zíper, baixo sua cueca e liberto o pau duro e quente. Me ajoelho no banco, seguro no centro e o puxo para minha boca.

— Porra — ele sussurra conforme coloca uma mão atrás da minha cabeça, passando os dedos pelo meu cabelo, enquanto subo e desço nele, chupando e sugando seu pau maravilhoso.

Lambo uma trilha das bolas, para a parte debaixo de uma veia grossa e pulsante, para a cabeça e traço o contorno dela e a fenda com minha língua.

— Amo seu pau — murmuro e me afundo de novo, colocando-o na minha garganta. Eu o seguro ali, pressionando os lábios, e engulo, massageando a cabeça com minha garganta.

— Cacete, Bryn, vou bater a porra do carro — ele rosna, mas não levanto. Chupo mais forte e me movo mais rápido, e seguro o que não vai caber na minha boca com a mão, torcendo e masturbando-o conforme lhe dou o melhor boquete da sua vida.

Ele passa a mão na minha cabeça, desce pelas costas, vai para minha bunda e aperta forte, a ponta dos seus dedos roçando no cós da minha calça skinny, fazendo meu centro pegar fogo. Seguro suas bolas e coloco a língua na parte de baixo do seu pau e brinco com ele, sabendo muito bem que ele está a caminho de gozar na minha boca.

Mal posso esperar.

— Pare, Bryn, eu vou gozar.

Balanço a cabeça e aumento meus esforços e, de repente, consigo sentir a essência salgada dele preencher minha boca, jorrando contra minha garganta, e engulo, tomando todo ele e lambendo-o antes de me afastar, guardá-lo e sorrir presunçosa no banco do passageiro.

— Acho que agora consegui fazer você olhar para mim, não é? — Rio.

Ele está arfando, com a boca aberta, e me olha com uma mistura de indignação e desejo e... *raiva*?

Acabei de chupá-lo inteiro. Por que ele está bravo?

Ele estaciona em casa, e, antes de eu perceber, estamos lá dentro e estou presa contra a porta da frente, com Caleb tirando minhas roupas.

— Caleb...

— Eu te disse, Pernas — ele começa e joga minha blusinha e meu sutiã por cima do ombro, depois segura na minha calça —, você sempre goza primeiro. *Sempre*. Quer fazer esse joguinho? — Ele tira minha calça e a joga para o lado, junto com minha calcinha, e coloca minhas pernas em seus ombros, abrindo-me. — Espero que esteja pronta para o que acabou de começar.

E, antes de conseguir formar um pensamento coerente, ele se estica para segurar um mamilo entre o polegar e o indicador e enterra o rosto na minha vagina, chupando e puxando meus *lábios*, lambendo forte do meu ânus até o clitóris.

— Puta merda! — exclamo e seguro sua cabeça com uma mão, puxando seu cabelo e segurando na maçaneta da porta, rezando para não cair.

— Acha que não te olhei esta noite, querida? — ele murmura entre lambidas demoradas. — Acha que não reparei no quanto sua bunda e suas pernas estão gostosas pra caralho nessa calça com esses saltos "me foda"?

Dou um sorrisinho quando ele enfia um dedo em mim e puxa meu clitóris com os lábios fazendo um *smack* alto.

— Não consigo ver nada *além* de você, Pernas.

Ele pressiona a língua no meu clitóris e mexe o dedo, provocando um orgasmo que adormece minha mente. Meu joelho vacila, mas ele me segura forte, pressionada contra a porta, enquanto grito e rebolo, pressionando-me no rosto de Caleb.

Ele se afasta por apenas um segundo, enfia outro dedo em mim e olha para cima para ver minha expressão quando atinge o lugar certo e me faz gritar com outro orgasmo.

Ele se levanta e me puxa para a superfície mais próxima na sala de estar, o que é uma cadeira, me flexiona no encosto dela e fica de joelhos de novo.

— Caleb, preciso de você dentro de mim — choramingo.

— Vou chegar lá uma hora — ele murmura e morde minha bunda, forte o suficiente para deixar marca.

— Ai!

Ele ri e abaixa as mãos por minhas costas e bunda e me abre bastante.

— Você ama meu pau? — ele pergunta com uma voz rouca.

Assinto vigorosamente.

— Bom, eu amo isto — responde e coloca a língua no meu clitóris e a arrasta lentamente por meus *lábios* e até meu ânus. — Amo cada centímetro disto. Sabe o que é isso?

— Ãh, é minha vagina, Caleb — respondo secamente.

Ele dá um tapa fraco na minha bunda, só o suficiente para chamar minha atenção, e olho de volta para ele, chocada.

— Não, é sua bocetinha, Brynna.

Faço careta, e ele ri, voltando o olhar para meu centro latejante e molhado.

— Sim, é uma palavra suja, querida. Mas esta — ele passa o dedo por meu centro e eu me arrepio —, esta é a bocetinha mais doce que já provei.

Ele enterra o rosto em mim de novo, enfiando a língua e pressionando o polegar na protuberância. E eu me desfaço pela terceira vez, estremecendo e tenho espasmos, me inclinando tanto por cima da cadeira que meus pés saem do chão.

— Caralho! — exclamo. — Caleb!

— Sim, baby. — Ele beija e lambe minhas nádegas, e sobe por minha coluna, dando beijos molhados entre minhas escápulas.

— Quero você dentro de mim — respondo, sem ar. — Por favor.

Ele dá um tapa na minha bunda e, então, rapidamente me vira e me coloca em cima do espaldar da cadeira, abraça minha cintura com um braço, a fim de me equilibrar, e guia seu pau grande e duro para dentro de mim, mas para. Seu rosto está na mesma altura do meu, a milímetros de mim, e, quando fala, posso sentir meu cheiro nele e quase sentir seus lábios se moverem.

— Você vai aprender — ele começa e desliza sua mão livre por meu quadril, entre nós, para que possa pressionar meu clitóris com o polegar — que te fazer gozar é meu *trabalho*, Brynna. — Ele mexe o polegar, para a frente e para trás, por meu clitóris inchado e hipersensível, fazendo-me tensionar em volta do seu pau.

— Por favor — sussurro.

— Por favor o quê? — Ele roça os lábios nos meus.

— Por favor, se mexa, babe. Preciso de você.

— Não até você gozar mais uma vez — ele informa com um rosnado baixo.

Eu o sinto enterrado dentro de mim, suas bolas contra a minha bunda, seu polegar pressionando meu clitóris, e ele se inclina e morde meu pescoço, me fazendo gozar de novo.

*Não consigo mais fazer isso!*

Grito quando meu corpo se balança e tem espasmos. Se não fosse pelo braço dele me segurando, eu teria caído na cadeira.

Finalmente, ele começa a se mexer, devagar, com movimentos calculados, e eu grito de novo com a sensação incrível do seu pau como veludo se arrastando em minha boceta.

Ele me beija profundamente, me querendo, *se apossando de mim*, e então apoia a testa na minha quando começa a ir mais rápido e mais forte, roçando em meu clitóris com seu púbis a cada investida.

— Você é sexy pra caralho, Pernas — sussurra e aperta os olhos fechados quando goza, rangendo e estocando conforme termina dentro de mim.

Eu o abraço e enterro o rosto em seu pescoço, absorvendo os arrepios e tremores do seu corpo conforme seu orgasmo o consome.

Ele está arfando e suado, e se prendendo a mim como se tivesse medo de perder o contato comigo.

Beijo seu ombro e continuo apertando-o, confortando-o e amando-o.

*Diga que o ama!*

Mas, antes que eu possa dizer algo, ele me tira da cadeira, ainda dentro de mim e me carrega para cima.

— Nunca fui carregada por ninguém antes de você — murmuro com um sorriso. — Ninguém nunca foi forte o suficiente.

— Posso te carregar a qualquer hora, querida — ele sussurra ao me colocar na cama e me deitar de costas, subindo em cima de mim com braços trêmulos. — Você é linda.

Passo os dedos em seu rosto e sorrio para ele.

— Obrigada.

— Pelo quê? — ele pergunta, franzindo o cenho.

— Por esta noite. Sei que você se sentiu horrível, mas estava lá porque eu queria estar. Obrigada por isso.

Ele balança a cabeça levemente e me dá um meio sorriso, suas covinhas sexy aparecendo, e sussurra:

— Acho que faria quase tudo por você.

— Você não foi o mesmo desde a academia ontem — sussurro, aproveitando o escuro e o silêncio com ele. — Quer conversar sobre isso?

Ele suspira e se deita ao meu lado, observando nossas mãos se unirem e soltarem e, finalmente, sussurra:

— Estava preocupado com esta noite.

Fico em silêncio, apenas observando seu rosto enquanto ele pensa e relaxa lentamente, os músculos do seu corpo forte finalmente se acalmando.

— Eu estava com medo que uma das duas coisas, ou ambas, acontecesse. Ou eu teria um ataque de pânico no meio do show ou a experiência toda iria acionar pesadelos esta noite, e estou com muito medo de te machucar de novo. — Sua voz não é mais alta que um sussurro.

Subo nele e fico à sua volta, apertando os braços e as pernas nele e enterrando o rosto em seu pescoço.

— Estou bem aqui, Caleb Montgomery, e os pesadelos, não. Além do mais — murmuro e ergo meus quadris, permitindo que ele deslize para dentro de mim de novo. — Você não tem pesadelos quando está comigo, e não terminei de fazer amor com você.

— É mesmo? — ele pergunta com um sorriso discreto e troca nossas posições, colocando-me debaixo dele. Começa a se mover lentamente, apoiado nos cotovelos, encarando-me com seus olhos azuis brilhantes. Ele roça meu nariz com o dele e suspira suavemente conforme faz amor comigo de forma lenta.

— É, sim — confirmo e gemo quando ele mexe os quadris para esfregar a cabeça do pau no meu ponto G. — Também planejo dormir nua esta noite.

— Melhor plano que teve o dia inteiro, querida — ele murmura.

# Capítulo Quinze

O celular de Caleb está tocando. Estou deitada de costas, e ele está me abraçando, prendendo-me e respirando lenta e regularmente no que parece um sono sem sonhos.

*Brynna, 1; Pesadelos, 0.*

— Caleb. — Me aconchego em seu ombro e tento pegar seu celular, mas está muito longe. — Caleb, seu celular.

Ele esfrega o rosto no meu seio e, então, olha para mim com olhos sonolentos.

— Ãh?

— Seu celular está tocando, babe.

Ele se estica para pegá-lo e o coloca na orelha, instantaneamente acordado e alerta.

— Montgomery.

Um homem está falando do outro lado da linha. Caleb se levanta da cama, nu como veio ao mundo, e eu apoio a cabeça na mão para observá-lo andar ao lado da cama.

— Só me diga o que está havendo — ele ordena, mas desliga. — Porra.

— O que houve? — Sento, olhando para o relógio. São seis da manhã.

— Matt está vindo. Precisamos nos vestir.

— O que está acontecendo? — pergunto e saio da cama, só para ser abraçada por Caleb.

— Ele não falou. Estará aqui em breve. — Ele me abraça forte e enterra o rosto no meu cabelo, respirando fundo. — Seu cheiro é maravilhoso.

Dou risada e beijo seu peito antes de me afastar para procurar uma roupa. Assim que coloco uma blusa, alguém bate forte na porta.

Salva Comigo 179

— Isso foi rápido — murmuro com um sorriso.

— Ele já estava a caminho quando ligou. — Caleb coloca os jeans, pega uma camisa e sorri para mim. — Eu já te disse como você é fantástica logo de manhã?

— Ãh, não.

— Bom, você é. — Ele me olha de cima a baixo e, então, me deixa no quarto, encarando a porta vazia.

Eu o escuto atender à porta e deixar Matt entrar, e me apresso para vestir a calça de ioga e amarrar o cabelo no topo da cabeça. Quando desço as escadas, Matt e Caleb estão em pé na sala, Caleb com os braços cruzados à frente do peito enorme e Matt com as mãos na cintura, ambos fazendo careta.

— O que houve, gente? — pergunto. — E por que está com seu traje assustador de policial? — questiono Matt, apontando para sua arma e seu distintivo.

— Estou indo trabalhar — ele responde com um suspiro. — Ouçam, recebi uma ligação de Chicago esta manhã.

Todos os pelos do meu corpo se arrepiam, e automaticamente seguro a mão de Caleb.

— Aparentemente, Will Montgomery ficar noivo durante um show da Nash é uma notícia grande, e foi estampada em todos os jornais matinais.

— E? — Franzo o cenho. — Qual é o problema?

— Não seria nada, exceto por muitas fotos de ontem à noite e um vídeo da família, Brynna. — Ele suspira e tensiona o maxilar, os olhos preocupados e focados em mim conforme as consequências do que ele disse são absorvidas.

— Eu estava nas fotos — sussurro e me sento no sofá atrás de mim.

Caleb xinga baixinho e se senta ao meu lado, coloca o braço em volta de mim e me puxa para seu lado.

— Estava — Matt confirma. — Um dos caras da polícia de Chicago me ligou esta manhã. Não sabemos se outra pessoa percebeu, mas é questão de dias até chegar a uma revista nacional, e estará em todos os jornais da noite hoje.

— Por que ele teve que pedi-la em casamento assim? — Caleb pergunta baixo e beija meu ombro.

— Ele não sabia — sussurro e, pela primeira vez em mais de um ano, me arrependo da decisão de manter o resto da família no escuro. — Ele não sabia porque não deixei vocês contarem.

— Agora temos que contar para eles — Matt murmura.

— Eu sei. — Assinto e endireito as costas. — Hoje.

— Tenho que trabalhar hoje — Matt diz ao verificar a hora e se encolher. — Mas vamos chamar a família aqui esta noite, e conversar com todo mundo, para descobrir o que fazer. Vou fazer mais algumas ligações para ficar de olho na mídia. Meu contato em Chicago vai tentar contatar um dos caras disfarçados para ver o que eles sabem, mas pode demorar alguns dias para ter resposta.

— Será que seus pais podem ficar com as meninas mais uma noite? — Caleb me pergunta. — Prefiro que não estejam aqui enquanto falamos com nossa família.

— Podem. — Assinto. — Tenho certeza de que não será problema. Mas gostaria de ficar com elas hoje. — Engulo em seco e olho para Matt, que assente e sorri, me assegurando.

Caleb pega o celular e começa a digitar uma mensagem.

*Reunião de família, hoje, às 18h. Casa da Brynna. Obrigatório.*

— Ei, obrigada por vir. — Beijo a bochecha de Stacy quando ela e Isaac entram na minha casa. Eles são os últimos a chegar. — Os pais de Luke estão com todas as crianças?

Stacy assente conforme Isaac nos leva para a sala.

Minha casa está cheia.

Os pais de Isaac e Stacy estão sentados à mesa da sala de jantar, enquanto todos os irmãos estão reunidos na sala de estar. Luke e Natalie estão compartilhando uma cadeira enquanto Jules, Nate, Mark e Sam estão no sofá.

Will, Meg, Isaac e Stacy pegam os assentos restantes, e todos os olhos estão em mim, Caleb e Matt.

Por que, de repente, me sinto tão culpada?

— Então, e aí? — Will pergunta. — Onde estão os pais da Bryn e as meninas?

— Meus pais estão com as meninas em casa. É melhor que elas não ouçam isso. — As últimas palavras são ditas em um sussurro, e todos trocam olhares curiosos.

— Você está bem? — Steven Montgomery pergunta, e preciso piscar furiosamente para manter as lágrimas contidas.

Jesus, essa conversa está apenas começando. Pare com a enrolação.

Assinto e olho para Matt e Caleb para que me ajudem.

— Todos vocês sabem — Matt começa e suspira — que Brynna voltou para casa há mais ou menos um ano, meio de repente.

Isaac esfrega as mãos no rosto e xinga baixinho. Ele sabe da história e tem mantido segredo esse tempo todo.

— Você sabia? — Stacy lhe pergunta, sua voz cheia de mágoa.

Ele suspira profundamente e abraça os ombros dela, puxando-a para ele, e beija sua cabeça enquanto tenta sussurrar para ela.

— É hora de todos vocês saberem o motivo — anuncio e dou um sorriso vacilante para Caleb e Matt. — E deveriam ouvir de mim.

Engulo em seco e olho em volta para esse grupo lindo de pessoas que se tornaram minha família e meus melhores amigos.

— No Dia de Ação de Graças, há um ano, eu estava levando as meninas para passar uns dias com o pai delas. Antes de chegarmos, Jeff foi assassinado por membros do cartel de drogas no qual estava trabalhando disfarçado, e eu cheguei na sua casa quando eles estavam saindo.

Há sentimentos misturados de todo mundo na sala. Alguns arfam. Há olhos arregalados. Boca aberta.

As mãos de Nate se fecham em punho.

— Não consegui identificar nenhum deles — continuo e aperto as mãos. — Mas eles não sabem disso. Não posso testemunhar na corte, então não sou qualificada para o programa de proteção à testemunha, mas eles também não sabem disso.

— Ela foi aconselhada a sair da cidade e, contanto que permanecesse quieta e fora da vista e da mente de todos, deveria estar segura — Matt anuncia.

— E estive — asseguro a todos rapidamente. — A polícia em Chicago ficou de olhos e ouvidos atentos e, até onde eu saiba, fui esquecida.

— Então o que está havendo agora? — Luke pergunta com a voz severa.

— Algumas coisas aconteceram nos meses anteriores para erguer bandeiras para nós — Caleb começa, falando pela primeira vez. — Primeiro, Matt recebeu uma ligação da delegacia de um investigador particular, fazendo todo tipo de perguntas curiosas sobre a família.

Matt assente e parte de onde Caleb parou.

— Depois teve um funcionário na empresa de Isaac que parecia...

— Assustador pra caramba — termino por ele. — Fez comentários sobre eu ser ligada a um policial e ficava encontrando motivos para dar em cima de mim. Acabou que ele era apenas um cara assustador com uma queda, mas...

— Mas eu não gostei disso — Caleb complementa. — Então, as meninas viram alguém xeretando a casa, olhando na caixa de correio depois que chegaram de ônibus da escola um dia.

— Por que estão contando isso pra gente agora? — Jules pergunta. — Estamos tentando descobrir o que há com Brynna há meses. Por que só agora?

— Desculpe, gente — começo e fecho os olhos com um suspiro. — Só não queria que todos se preocupassem, e pensei que quanto menos pessoas soubessem menos poderiam ser um alvo, principalmente com o quanto alguns estão famosos agora.

— Mas nosso irmão caçula resolveu ter um lado romântico e propor casamento à sua namorada em público ontem à noite — Matt murmura e esfrega a testa com a mão. — Estava nos jornais desta manhã, e recebi uma ligação de Chicago.

— Eu estava nas fotos — acrescento e todo mundo entende.

— Está em perigo de novo? — Gail pergunta.

— Não sabemos — Caleb responde. — Mas é só uma questão de dias antes de as imagens irem para jornais e revistas de fofoca e, conforme o tempo passa, as chances aumentam de as pessoas erradas virem onde Brynna está, e *com quem* está.

— Porra — Will murmura. — Desculpa, gente.

— Você não sabia — me apresso em dizer. — Isso *não* é culpa sua, Will.

— Queremos que todos saibam para que possam prestar atenção — Matt continua. — Mantenham os olhos abertos para qualquer coisa que pareça esquisita. Alguém já está perguntando por aí sobre a família, e queremos nos certificar de que todos saibam o que está havendo para ter certeza de ligar os alarmes e ficar atentos. Independente de gostar ou não, somos uma família famosa.

De repente, percebemos Gail sussurrando com Steven, que balança a cabeça inflexivelmente.

— Você tem que contar para eles — ela insiste, agora mais alto. — Eles têm o direito de saber. Pode deixá-los mais tranquilos, pelo menos quanto a isso.

— Mãe? — Jules pergunta com a testa franzida. — O que está havendo?

Steven encara sua esposa por muitos segundos, e a tensão está tão densa no cômodo que se poderia cortá-la com uma faca.

— Pai.

A voz de Isaac é calma, mas firme, e Steven olha para ele, e depois para cada um dos seus filhos, um por um. Seu rosto está totalmente sério conforme ele move os olhos pela sala e volta para sua mulher, que assente, assegurando-lhe.

Finalmente, ele se levanta e vai para o lado de Matt.

— Não sei muito bem como dizer isso — murmura, seus olhos focados em sua esposa. Enfim, ela se levanta e se junta a ele, dando-lhe a mão, e inclina a cabeça para beijar o ombro dele.

— Vocês estão me assustando — Jules sussurra com olhos arregalados.

— Logo depois que Caleb nasceu — Gail começa e esfrega a mão no braço de Steven, como se ele estivesse com frio —, seu pai e eu nos separamos.

— O quê? — Matt exclama.

— Deixe-me terminar a história — Gail o repreende. — Passamos por maus bocados, como a maioria dos casamentos. Eu tinha três menininhos em casa, e ele trabalhava mais do que eu gostaria, e resolvemos nos separar. Então ele saiu de casa.

— Você saiu de casa?! — Jules chega para a frente em seu assento, escutando com atenção.

— Saí — Steven confirma. — Os piores três meses da minha vida.

— Ok, isso é chocante, mas o que tem a ver com o que está acontecendo agora? — Matt pergunta.

— O investigador particular estava me procurando — Steven anuncia e olha para Matt. — Enquanto eu estava separado da sua mãe, tive um breve caso com uma mulher enquanto eu estava em uma viagem de negócios. Eu não sabia na época, mas ela ficou grávida.

— Você *só pode* estar brincando comigo — Isaac rosna.

— Não. — Steven balança a cabeça. — Não estou brincando. O homem tem tentado me encontrar desde que a mãe dele faleceu há alguns meses. Ele é a pessoa que contratou o investigador.

A sala fica em um silêncio mortal por muitos segundos enquanto todo mundo processa a história. Olho para o rosto de Caleb, e seu maxilar está tenso, os músculos, flexionados e os olhos, estreitos em seu pai.

— Você tem um filho ilegítimo — Matt esclarece.

— Tenho. — Steven assente com lágrimas nos olhos. — O nome dele é Dominic.

— Puta merda — Nate sussurra e aperta os olhos fechados. — Nós o conhecemos.

— Vocês o *conheceram*? — Isaac exclama, levantando-se em um pulo.

— Sim, no dia em que levamos as meninas ao shopping. — Nate assente. — Ele estava almoçando com seus pais.

— Vocês têm almoçado com ele?

— Não posso acreditar nisso — Caleb murmura.

— Olhem — Steven ergue as mãos, como se se rendesse —, eu estava esperando os exames de DNA ficarem prontos para contar para a família. E se ele fosse algum babaca tentando chegar aos meus filhos famosos?

— Seu pai estava protegendo vocês — Gail diz a todos com uma voz severa.

— Mas o DNA confirma — Caleb anuncia friamente.

— Sim.

Matt xinga, muito e alto, e anda de um lado a outro na sala enquanto Isaac só olha para seu pai. Jules e Will parecem chocados, e Caleb está fazendo careta, com raiva e frustração.

— Tenho algo a dizer — Caleb começa com uma voz firme, mas falsamente calma.

— Vá em frente — Steven diz.

— Você nos ensinou o que é ser um homem. Um parceiro. Um pai. — Caleb inspira fundo, e um músculo em seu maxilar mexe conforme ele range os dentes. — Sinto que tudo que nos ensinou até hoje foi uma mentira.

— Não é uma mentira — Gail interrompe, brava.

— Ele transou por aí escondido de você! Que tipo de homem faz isso?

— Não foi assim! — Gail vai até Caleb e encara seus olhos. — Não estávamos juntos, Caleb. E ele me contou sobre isso quando voltou para casa, implorando para eu aceitá-lo de volta.

— Ele era casado! — Isaac diz. — Não dou a mínima se estavam dando um *tempo*. — Isaac ri sem humor. — Isso não é *Friends*. Ele estava casado com você, independente se morava na mesma casa ou não.

— Fomos ensinados a respeitar as mulheres — Will complementa com uma voz rouca. Ele olha para cima e encara o pai com seu olhar azul. — *Você* nos ensinou a proteger as mulheres que amamos. A cuidar delas. A nunca machucá-las.

Steven suspira e baixa a cabeça, olhando para seus sapatos.

— Foi um erro terrível e algo que me arrependerei todos os dias da minha vida. Sua mãe foi mais clemente do que eu merecia, e sou grato por ela me amar o suficiente para me aceitar de volta e consertar nosso casamento comigo.

— Onde ele está? — Caleb pergunta baixo.

— Ele não mora longe daqui — Gail responde com lágrimas nos olhos.

— Viveu a maior parte da vida na Itália com a família da mãe dele.

— Vocês iam nos contar isso algum dia? — Jules pergunta. As lágrimas estão escorrendo por seu rosto.

— Sim, só não sabíamos como — Steven sussurra.

— Mas não se não tivesse tido um filho — Isaac complementa.

— Se Dom não tivesse nascido, não haveria motivo para contar a vocês — Gail os informa. — O que acontece em nosso casamento é entre seu pai e mim, e mais ninguém.

— Como pode protegê-lo? — Caleb pergunta à mãe, bravo. — Depois do que ele fez com você?

— Querido — Gail pega as mãos de Caleb —, precisa se lembrar de que isso aconteceu há mais de trinta anos. Tivemos mais filhos depois disso, netos. *Trinta anos* de vida. — Ela se vira e nos olha para conforme uma lágrima cai do seu olho, despercebida. — Isso é novo para vocês. Para vocês, aconteceu hoje, mas, para nós, está tão longe no passado que parece que foi há uma eternidade.

— Vocês têm mais alguma informação para nós? — Isaac pergunta a Matt e ajuda sua esposa a se levantar.

— Não. — Matt balança a cabeça.

— Vou embora.

Isaac leva Stacy para fora, e o escutamos ligar o carro e sair.

Jules está chorando de verdade agora, e Nate a coloca em seu colo, esfregando a mão grande em suas costas e sussurrando em seu ouvido, tentando acalmá-la. O rosto de Natalie está pressionado no peito de Luke, onde as lágrimas escorrem em silêncio pelas bochechas dela.

Will se levanta e vai até seu pai, com os olhos cheios de raiva e desprezo, e para muito perto dele.

— Quero bater em você agora. Mas, por respeito à minha mãe, vou dizer isto: nunca esperei ficar decepcionado assim com você. Justo você.

Will balança a cabeça e se vira, saindo rapidamente. Meg enxuga as lágrimas das suas bochechas e o segue.

Caleb não tirou os olhos do pai desde que começou a falar. Ele não se mexeu. Seu rosto está branco, e seu corpo, tenso, e posso sentir a angústia o consumindo.

Lágrimas estão escorrendo por meu rosto, embora eu mal as sinta. Não sei que porra fazer, então faço o que acho certo. Abraço Caleb e o seguro. Ele descruza os braços e os envolve em mim, apertados, puxando-me contra ele. Seu corpo está praticamente zumbindo com a agitação.

— Eu acho... — Matt começa, mas pausa e engole em seco. — Acho que esta reunião acabou. Só fiquem de olhos e ouvidos atentos.

Conforme ele passa por mim e Caleb, dá um tapinha em meu ombro e sai, fechando a porta suavemente.

— Vamos — Steven diz a Gail. — Vamos e deixe-os processar tudo isso. — Ele olha pela sala, para seus amigos sentados chocados à mesa de jantar, seus filhos, os irmãos de Luke. — Amo muito todos vocês. Não consigo expressar o quanto sinto muito por terem descoberto sobre Dom desse jeito.

Ele para diante de Jules, o rosto em total tormento, conforme olha para sua filha.

— Jules — ele sussurra.

Jules pula dos braços de Nate e se joga em seu pai, abraçando-o forte.

— Eu te amo tanto, papai.

— Também te amo muito, minha filhinha.

Jules abraça sua mãe e funga alto quando se afasta, e todos os observamos sair.

— Caralho — Caleb sussurra.

## Capítulo Dezesseis

*Caleb*

— Ele traiu minha mãe! — grito e ando de um lado a outro na sala, ainda bravo pra caralho uma hora depois de todo mundo ter ido embora depois da reunião.

— Caleb... — Brynna começa.

— Não tente defendê-lo.

— Não vou. — Ela balança a cabeça. — Mas, sinceramente, sua mãe está certa. Aconteceu há muito tempo.

— Tudo que ele nos ensinou foi uma porra de uma mentira. — Passo a mão pelo cabelo e olho pela janela da frente para o jardim escuro. O sol se pôs há bastante tempo.

— Não foi, não, Caleb. Já parou para pensar que aquele homem estava ensinando vocês baseado nos próprios erros? Ele não queria que cometessem o mesmo erro que ele.

Expiro e fecho os olhos.

*Droga, faz sentido.*

— Seu pai ama muito sua mãe. É óbvio para qualquer um que os vê.

— Eu tenho um irmão e nem sabia! — exclamo e volto a andar.

— Ele também não sabia. Se Steven soubesse que era pai de uma criança, nunca o teria abandonado, Caleb. Você sabe disso. — Ela me observa andar, sua expressão calma e os olhos observadores, e, de repente, me sinto um idiota.

— Tem razão — murmuro e passo a mão pelo rosto. — Ele não o teria abandonado. Mas é uma merda que tenha deixado minha mãe logo depois que nasci.

— O nome disso é ser humano. Francamente, estou aliviada pelos

Salva Comigo 189

Montgomery não serem tão perfeitos quanto parecem por fora. — Ela ri, e eu faço uma cara de bravo para ela.

— O que quer dizer com isso?

— Ah, vai, Caleb. Seus pais ainda estão casados e felizes, todos vocês são supermodelos lindos, e se dão bem uns com os outros. — Ela conta cada ponto nos dedos. — Tem um irmão que é jogador de futebol profissional, você é um fuzileiro naval...

— Era — interrompo, mas ela continua.

— Todos são bem-sucedidos. É como se nenhum de vocês pudesse errar, e formam essa família perfeita de comercial de margarina. Bom, surpresa, todos são humanos, afinal de contas. — Ela dá de ombros e me observa com cautela quando fico parado e apenas a encarando.

— Matt gosta de sexo excêntrico. Não tem nada perfeito nele — eu a informo, tentando manter a expressão séria.

— Ah, fala a verdade, você também gosta da coisa excêntrica. — Ela gesticula como se não fosse nada importante, mas eu sorrio perversamente para ela.

— Não tão excêntrico, mas não me importaria de te amarrar algum dia, Pernas.

Ela ri e balança a cabeça, depois se levanta e vem até mim.

— Dê um tempo — ela sugere e abraça minha cintura. — Pode descobrir que esse Dominic é um cara legal.

— Ele pode ser um maníaco assassino. Um babaca. Um torcedor do Denver. — Me encolho e arrepio só de pensar nisso, fazendo Bryn rir e, pela primeira vez no dia inteiro, meu corpo relaxa.

— Ele pode ser apenas um cara comum que quer conhecer seu pai biológico — ela rebate com um sorriso. — Pelo que me lembro de quando o encontrei no almoço, ele é bonito.

— Você o viu também? — pergunto, surpreso.

— Rapidamente. Seu pai estava tentando levá-los para fora rápido quando nos viu. Dominic parecia normal. — Ela brinca com um botão da minha camisa, mas, antes que eu possa fazer mais perguntas, há uma batida na porta.

— Esperando alguém? — pergunto a ela com uma sobrancelha erguida.

— Liguei para minha mãe e pedi para trazer as meninas. Estou com saudade delas. — Ela sorri, tímida, e eu a beijo suavemente na testa antes de abrir a porta. Duas menininhas e um cachorro animado entram, com os pais de Brynna atrás.

— Obrigada por trazê-las. — Brynna sorri para seus pais e abraça forte as meninas.

— Sem problema. Elas estavam prontas para voltar para casa, de qualquer forma.

— O vovô diz que fazemos mal para a pressão alta dele — Josie informa à mãe com uma expressão séria.

— Ele diz que vamos causar uma *vagina* nele — Maddie entra na conversa, e tento conter a risada que quer sair de mim.

— Angina — ele a corrige e revira os olhos. — Vocês vão me causar uma angina.

— Foi isso que eu disse — Maddie retruca.

— Vamos indo, querida. — Eloise abraça Brynna e beija minha bochecha ao passar por mim.

— Obrigada de novo, mãe. E não se esqueça de que segunda à noite é nossa noite mensal de sair com a turma, então as meninas vão voltar para vocês.

— Sem problema. — Eloise sorri.

— Acho que não vamos, Bryn — começo, mas encontro um olhar sério.

— Terei um policial, um fuzileiro, um jogador profissional de futebol e um ex-lutador de UFC comigo, Caleb. Vou estar bem cuidada. — Ela coloca as mãos na cintura e olha para mim como se eu fosse louco.

— Bom, quando fala desse jeito... — Dou de ombros e sorrio.

Os pais dela dão risada ao saírem, e as meninas começam a contar sobre a noite na casa dos avós.

Bix vem até mim, e eu me sento no sofá com ele metade em meu colo e metade no sofá. Com todo o treinamento, ele ainda não descobriu que não é um cão de colo. Fico satisfeito em acariciar sua barriga e gentilmente massagear sua orelha ruim, recebendo gemidos de prazer do cachorro enorme, enquanto as meninas falam empolgadas com a mãe.

*Ela é uma mãe tão boa.*

Ela sorri feliz para as meninas e gesticula para se juntarem a ela na namoradeira ao lado de onde estou sentado, colocando uma de cada lado dela, abraçando-as e beijando a cabeça delas.

Queria tê-la visto com elas quando eram bebês. Que visão deve ter sido de observar: ela as acalmando e ninando.

Cuidando delas.

— Meu dente está mole! — Josie conta, empolgada.

— Está? — Brynna pergunta. — Deixe-me ver.

Josie mostra à mãe o dente da frente mole e depois se vira para me mostrar.

— Viu, Caleb?

— Vi. Vou pegar meu alicate para arrancar para você.

— Não! — Josie ri e cobre a boca com a mãozinha.

— Meu dente não está mole. — Maddie faz beicinho.

— Não se preocupe, bebê. — Brynna ri e beija sua bochecha. — Vai ficar logo.

— Podemos assistir a um filme, mamãe? — Josie pergunta, bocejando.

— Acho que é hora de dormir, docinho.

— Quero que Caleb me ponha para dormir — Maddie responde e vira seus olhos castanhos grandes para mim, parecendo esperançosa.

— Vamos. — Estalo os dedos, e Bix pula, feliz em subir para a cama. Pego as duas no colo e as carrego, uma debaixo de cada braço como se fossem sacos de batatas, o que as faz rir como loucas. — Vou jogar vocês na cama!

— Mamãe! Socorro!

— Se virem. — Brynna ri enquanto subo a escada. — Tenho uma cozinha para limpar.

— Vou descer em um instante para ajudar! — grito para ela enquanto jogo as meninas na cama.

Hora de colocá-las para dormir e ter um tempo de calmaria com a mãe sexy delas.

— Bola amarela, caçapa do canto — Will fala e joga, facilmente encaçapando a bola.

O pub está barulhento graças a uma velha *jukebox* no canto tocando *Livin' on a Prayer*, e as meninas estão em uma mesa próxima rindo, a maioria bêbada.

— Sabe — menciono para Nate, que está sentado em um banquinho ao meu lado, vendo Will jogar —, sua esposa é a mais escandalosa ali, e não está bebendo nada além de água.

Nate ri e olha para minha irmã com humor e amor.

— Ela gosta de se divertir com as amigas — ele murmura.

— Todas gostam — Will concorda ao se juntar a nós depois de errar a última tacada.

— Uhul! Uhul! — Meg cantarola, e o grupo inteiro cai na risada assim que uma garçonete chega com pratos de comida para todas.

— Nossas mulheres comem bem — Luke comenta e aponta com o queixo conforme pilhas de pratos com costela, nachos e frango em cestas com fritas são colocados na mesa diante delas.

— Prefiro isso do que Stacy passando fome — Isaac murmura e rodeia a mesa, procurando a melhor jogada.

Concordo em silêncio. Amo ver uma mulher comer.

— Nat fica sexy quando come — Luke murmura, quase para si mesmo, pensando o mesmo que eu.

— Ei, Ás! — Jules grita da mesa, balançando o cardápio de sobremesa. — Eles têm cheesecake de chocolate! Vou pedir duas fatias! — Ela ergue dois dedos e ri, virando-se de volta para as meninas.

— Não, essas garotas não têm medo de comer. — Will ri e dá um tapinha no ombro de Nate, que ri.

— Cadê o Matt? — Isaac verifica seu relógio. — Estamos aqui há quase uma hora.

— Estamos aqui há apenas uma hora e Meg já está bêbada daquele jeito? — Will pergunta, uma expressão horrorizada no rosto, nos fazendo rir.

Só então todos ficamos quietos quando Matt entra com um homem alto e de cabelo escuro. Conforme olhamos, o estranho sorri, escutando atentamente o que Matt está lhe dizendo enquanto o leva para a mesa das meninas.

Não preciso perguntar para saber quem é o estranho. Parece uma versão mais morena do meu pai há trinta anos.

— Ah, não — Isaac rosna, mas Will o faz parar com uma mão no peito.

— Fica de boa, cara — ele murmura. — Isso não é culpa dele nem nossa.

Isaac faz uma careta para Will e de novo para onde as meninas estão sorrindo e rindo de algo que Dom disse. Ele aperta as mãos delas com respeito, mas, quando chega em Jules, para e segura sua mão por um instante, sua expressão séria e atenta. Os olhos de Jules estão grudados nele com indignação e, enfim, ela sai do banquinho, o abraça e sorri. Ele sorri de volta, dá um tapinha em seu ombro e, como se não fosse bizarro, Jules se senta e volta a comer seus nachos. Natalie também lhe dá um abraço e sorri antes que ele e Matt comecem a vir em nossa direção.

Três irmãos.

— Trouxe alguém para vocês conhecerem — Matt começa quando ele e Dom se aproximam. Os olhos azuis de Dom estão cuidadosos e reservados.

Nervosos.

Luke dá um passo à frente e oferece a mão.

— Sou Luke Williams, marido da Natalie. — Ele aponta para sua esposa morena linda e aperta a mão de Dom.

— Dom Salvadore — ele responde.

— Nate. — Meu cunhado se levanta e dá a mão. — Marido da Jules.

— Will, o irmão mais novo. — Will se aproxima de Dom e aperta sua mão, travando seu olhar. — Você gosta de futebol? — ele pergunta, nos fazendo dar um sorrisinho.

— Não sou muito de assistir, admito — Dom responde com um meio sorriso. — Mas soube que você joga.

— Isso mesmo — Will confirma, ainda apertando forte a mão de Dom.

— Não me diga que joga o *futebol europeu* — ele diz, sarcástico.

— Um pouco — Dom confessa, assentindo levemente. — Europeus não usam almofadas para proteção como os americanos covardes fazem.

Todos prendemos a respiração e observamos a reação de Will. Ele olha para Dom, pisca duas vezes e depois cai na gargalhada.

— Vai se foder, cara.

Dom se vira para mim, e eu aperto sua mão, grato por seu aperto ser firme e forte. Minha mãe sempre disse que se pode descobrir muito sobre uma pessoa pelo aperto de mão.

— Sou Caleb.

— É você que é militar?

— Fui, sim.

Ele assente e se inclina para murmurar para mim:

— Obrigado por seu serviço, cara. É uma honra te conhecer.

*Porra.*

Apenas assinto quando Isaac se aproxima, ainda fazendo careta.

— Sou Isaac.

— O mais velho — Dominic responde.

— Isso mesmo — Isaac confirma e aperta a mão de Dom. — Não sei como me sinto sobre você ainda.

— Bom, somos dois, acho. — Dom assente e dá um passo para trás, olhando para todos nós. — Eu não esperava descobrir que Steven Montgomery tinha uma família tão grande. Não fazia ideia do que iria encontrar, para ser sincero.

— Vamos pedir comida e mais cerveja — Luke sugere e gesticula para uma garçonete, cujos olhos se iluminam quando vem anotar nosso pedido.

— O que o fez procurá-lo agora? — pergunto quando ele se senta e pega uma cerveja.

— Minha mãe morreu no último outono — ele começa e dá um gole, depois faz uma careta ao olhar o rótulo. — Ela nunca me contou sobre meu pai biológico.

— Ela se casou? — Matt pergunta.

— Não. — Dom balança a cabeça, e não posso evitar me sentir mal por ele. Crescer sem pai deve ser horrível.

— Depois que faleceu, eu estava mexendo nas coisas dela e encontrei uma carta. — Ele dá de ombros e limpa a garganta. — Ela explicava quem ele era e o que conseguia se lembrar, no caso de eu querer tentar encontrá-lo.

— Steven disse que você cresceu na Itália — Nate fala.

— A maior parte, sim. — Ele assente e se mexe na cadeira. — A família da minha mãe ainda estava lá e, quando eu tinha uns cinco anos, ela se mudou comigo para ter a família por perto. Viemos para os Estados Unidos quando eu tinha quinze anos. Voltei no verão, e estudei por um tempo. Meus avós morreram há alguns anos, e eu herdei a propriedade deles lá.

— Você vai com frequência? — Will pergunta. — Estou querendo muito levar Meg pra lá. Só não tivemos tempo ainda.

— Não tanto quanto gostaria porque tenho uma empresa aqui, mas você e Meg são bem-vindos para usar a casa lá quando quiserem. — Ele dá de ombros como se fosse a coisa mais natural do mundo oferecer sua casa italiana para seu irmão recentemente encontrado para usar quando ele quiser.

Talvez Bryn tenha razão. Ele é só um cara normal.

— Você é casado? — Isaac pergunta e cruza os braços.

— Não. — Dom balança a cabeça e sorri com pesar. — Sou ocupado demais para isso. Mas conheci sua adorável esposa.

— O que você faz? — Nate pergunta calmamente.

— Tenho duas vinícolas. Uma aqui em Washington e outra na Itália, embora um primo meu cuide da que é na Itália a maior parte do tempo.

Conforme ele continua a contar sobre os vinhos que faz aqui em Washington, vejo que as meninas estão rindo histericamente e, de repente, Jules grita para nós:

— Ei! Brynna consegue chupar a porra do osso todo!

# Capítulo Dezessete

*Brynna*

— Caleb! Sabia que Brynna consegue chupar a porra do osso inteiro? — Jules grita na direção dos meninos, recebendo risadas das outras meninas.

— Claro que ele sabe. — Natalie ri e aponta para mim quando pega outra mão cheia de fritas. — Alôôô! Ela provavelmente o chupa o tempo todo.

— Ah, é! — Jules exclama e ri pra caramba.

— Hum, olá! — Abro os braços e encaro as meninas, minha mente um pouco nebulosa do álcool. — Estou bem aqui.

— Cara, você o chupa muito? — Stacy me pergunta e suga uma costela.

Pisco para ela e olho para Meg, Jules e Nat, mas todas estão me encarando, esperando minha resposta.

— Claro — respondo, dando de ombros.

Aff, se não pode vencê-las, junte-se a elas.

— Eu sabia! — Nat grita e ergue seu punho.

— Eca! — Jules exclama e ri. — Então não quero saber.

— Acho que encontrei alguém novo que eu chuparia — Stacy murmura e mexe a sobrancelha, com os olhos focados em Dom.

— Então, né? — exclamo e dou um gole no meu Sex on the Beach antes de pegar outra costela, mais para o prazer de Jules. — Jules, tenho que te contar, seu novo irmão é gostoso pra caralho.

— É a genética Montgomery — Meg concorda e enfia nachos na boca. — Eles são, tipo, super-humanos ou algo assim.

Todas nos viramos e o encaramos, analisando a beleza. Enquanto os

Salva Comigo    197

irmãos Montgomery são pálidos, com tons variados de loiro no cabelo, Dom é moreno com cabelo escuro, mas seus olhos combinam com os deles. São perfeitamente azuis e, quando ele sorri, tem uma covinha na bochecha esquerda.

— Fico pensando se ele tem covinhas acima da bunda — Nat observa.

— Oh, isso é sexy! — Meg concorda. — Will tem.

— Sabe... — Stacy se inclina com um sorriso compreensivo. — Se ele cresceu na Itália, fala italiano.

— Será que ele ensinaria italiano para o Will? — Meg pensa. — Só as palavras safadas.

— Ok, realmente precisamos conhecer mais caras gostosos que não são da minha família. — Jules faz beicinho e bebe sua água. — Quero falar sobre partes do corpo nu e língua sexy estrangeira.

— É só fingir — Stacy sugere com um aceno bêbado.

Trabalho para limpar toda a carne da costela, me certificando de que não sobre nada antes de jogar na cestinha.

— Sério — Nat murmura enquanto me olha —, isso é impressionante.

— Aposto que vocês deixam sobrar um monte de carne no osso. — Dou risada e bebo meu drinque.

— Cansei — Meg anuncia e joga seu guardanapo na mesa. — Vamos pegar nossas bebidas e ir sentar com os meninos. Quero escutar o que estão falando para o Dom.

Todas concordamos e nos juntamos a eles, com os drinques na mão.

— Brynna tem umas habilidades orais insanas, cara — Jules informa Caleb quando nos aproximamos, e quero simplesmente morrer.

— Jules! — Olho para ela.

— O quê?

— Ela nem está bêbada. — Stacy dá um sorrisinho e se apoia em seu marido. — Mas eu também tenho habilidades orais, não tenho?

— Tem sim, amor. — Isaac sorri para ela.

— Chega disso. Vamos assustar o Dom. — Meg sorri para o italiano lindo. — Desculpe pelo comportamento adolescente delas.

— Tudo bem. — Ele ri e balança a cabeça. — Frequentei a universidade. Sei como as garotas se comportam quando estão juntas.

— Então... — começo e bebo meu drinque. Delicioso. — Você é italiano.

Ele assente e sorri para mim, exibindo aquela covinha muito parecida com a de Caleb, e minha calcinha acaba de ficar inundada.

— O que significa que você *fala* italiano, é óbvio.

Ele assente de novo e ri, seu sorriso se ampliando.

Caleb coloca os braços em volta de mim e me puxa para perto dele. Eu deveria me sentir culpada por claramente flertar com seu meio-irmão bem na frente dele, não me sinto.

Acho bem engraçado.

— Acho que sei aonde ela quer chegar — Meg começa. — É que é meio que excitante você falar italiano.

— Ah, por favor. — Will revira os olhos e faz cara de bravo para Meg.

— É verdade! — ela insiste.

— *Avete un bellissima fidanzata, fratello* — Dom murmura. Seus olhos estão claros e travessos enquanto fala.

— Jesus amado, o que você disse? — Stacy pergunta.

— Eu disse — Dom ri — que você tem uma noiva muito bonita, irmão.

Stacy suspira, sonhadora, e eu dou risada. Os meninos reviram os olhos de novo, e Nate ri.

— Cara, pare de flertar com as meninas. Seus irmãos vão te matar — Nate avisa com uma risada.

— Não estou flertando. — Dom ergue as mãos e ri. — Embora ache engraçado que mulheres gostem de língua estrangeira.

— É, o que tem isso? — Isaac pergunta.

— Você não acha que uma mulher falando outra língua que você não entende é sexy? — questiono Isaac com um sorriso.

— Nunca pensei nisso — ele responde, dando de ombros.

— Mentiroso — respondo.

Ele me olha, então vou até ele e ofereço a mão para ele pegar. Ele o faz, e olho para Stacy, que assente e sorri, e me apoio nele e digo:

— *Vous êtes un sacré menteur. Vous savez que c'est sexy et je pourrais dire vous manger de la nourriture pour chien pour le petit déjeuner et il serait toujours le son chaud.*

Isaac engole em seco e depois dá de ombros, como se não o afetasse em nada.

— Ok, isso foi excitante pra caralho. O que você disse? — Luke pergunta com um sorriso.

— Disse a ele o quanto ele é gostoso em francês. — Sorrio e volto para Caleb, cujos olhos estão derretidos, e ele está me olhando como se quisesse me jogar no chão e me foder aqui mesmo no pub.

— Mentirosa — Dom fala baixinho. — Eu falo francês.

Jogo a cabeça para trás, dou risada e uma piscadinha para ele.

— Bom, eles não falam, então vamos deixar assim.

— Acho que é hora de ir — Caleb rosna e pega minha mão. — Divirtam-se, gente. Dom, foi mais legal te conhecer do que pensei que seria.

Dom assente e dá uma piscadinha para mim quando passamos por ele. Caleb me puxa pelo pub e, de repente, escuto nosso grupo cair na risada.

— Ei! — Isaac grita. — Eu não como comida de cachorro no café da manhã!

Dou risada e tento acompanhar Caleb enquanto ele me puxa pelo estacionamento até o carro.

— Vá devagar!

— Você fez aquilo de propósito — ele sussurra e me pressiona em seu carro, inclinando-se em mim, seus braços me prendendo dos dois lados. Ele baixa a cabeça e passa os lábios nos meus gentilmente, mal encostando.

— Fiz o quê?

— Me provocou flertando com meus irmãos e falando francês. Não sabia que podia fazer isso, falando nisso.

— Tive francês na escola e passei um verão em Paris depois que me formei — sussurro quando ele desliza os lábios pelo meu maxilar até o pescoço. Subo as mãos por seus braços, seus ombros e seu cabelo. — Caleb?

— Hummm...

— Por favor, me leve para casa agora.

Com apenas quinze segundos de beijos e a sensação das suas mãos em mim no ar da noite fria, estou pronta para montar nele. Minha pele está pegando fogo, meus mamilos, duros e minha boceta já está inchada e molhada de desejo.

Ele me guia para dentro do carro e me leva por alguns minutos pela rua até minha casa. Poderíamos ter andado a distância curta até nosso pub preferido, o Celtic Swell, mas Caleb disse que não era seguro.

Agora estou feliz por estar bem perto de casa.

Ele me leva para o quarto, onde rapidamente tira nossas roupas e gentilmente me coloca na cama.

Nunca foi tão gentil, e está me deixando um pouco confusa.

Ele me coloca de costas e se envolve em mim, me beijando alternando entre rápido e forte, devagar e suave. Cada vez que me acostumo, ele muda.

Enfim, ele diminui o ritmo e apoia a testa no meu pescoço, respirando pesado.

— Você me surpreende, Bryn. É *maravilhosa* pra caralho.

Franzo o cenho e me afasto para ver seu rosto. Ele segura minhas faces e passa o polegar na minha pele.

— Você é muito engraçada, carinhosa e esperta. — Engole em seco e me beija de novo, ainda suavemente. — Poderia fazer o próprio diabo se apaixonar por você — sussurra.

— Sabia que também tenho habilidades orais insanas? — Sorrio.

Ele ri um pouco e roça os lábios nos meus de novo, mordendo o canto da minha boca e provocando arrepios no meu corpo. Inclino a pélvis, silenciosamente convidando-o a entrar em mim, mas ele se afasta.

— Caleb — gemo e raspo os dentes em seu maxilar com a barba por fazer.

— Sim, baby — ele sussurra, beijando o topo do meu ombro.

— Quero muito que me foda agora.

Ele se afasta e me encara, tirando as mechas de cabelo do meu rosto.

— Não posso te foder esta noite, baby. — Ele balança a cabeça e aperta os olhos fechados, depois os abre e me prende em seu olhar azul brilhante mais uma vez. — Preciso fazer amor com você hoje.

Antes de eu poder responder, ele abaixa a cabeça e me beija de novo. Subo a mão por seu braço nu e franzo o cenho quando sinto arranhões em sua pele macia.

— Caleb, o que aconteceu com seu braço?

— Trabalho — ele murmura e continua beijando minha garganta.

— Esses arranhões são fundos.

— Nada de mais. — Ele envolve meu mamilo com os lábios e chupa suavemente, fazendo minhas costas arquearem.

— Não gosto de te ver machucado — sussurro. — Nunca.

— Estou bem, Pernas. — Ele empurra sua mão grande pelo meu quadril e desce por minha coxa até a panturrilha, e sobe de novo, encaixando meu joelho em seu quadril e me abrindo para ele. Seu pau duro roça no meu clitóris, e estou prestes a me desfazer.

— Ah, Caleb, isso é muito bom.

Ele sorri contra meu seio e repete o movimento do outro lado, chupando e puxando meu mamilo com os lábios. Ele mexe o quadril, apenas o suficiente para fazer fricção entre a cabeça do seu pau e o meu clitóris, e gemo seu nome.

— Vou fazer isso durar, querida — ele sussurra.

— Preciso de você, Caleb.

— Estou bem aqui — responde baixinho.

Meu corpo está pegando fogo por esse homem. Não consigo parar de me mexer debaixo dele, nem impedir minhas mãos de passear por cada centímetro maravilhoso da sua pele macia.

Finalmente, ele escorrega apenas a pontinha do pau para dentro de mim e para, volta o rosto para perto do meu, me beijando profunda e apaixonadamente, deslizando a língua na minha, segurando meu rosto com as mãos enormes.

Ele está venerando meu corpo, e é a coisa mais maravilhosa que já senti na vida.

Devagar, ele desliza o resto do pau na minha vagina e, então, xinga baixinho ao se acomodar ali, dentro de mim.

— Muito maravilhosa — sussurra.

O quarto está em silêncio, a casa paralisada, conforme ele faz amor carinhoso comigo. Nossa respiração está dura, mas quase nem emitimos nenhum som conforme ele se mexe em cima de mim e eu ergo e abaixo o quadril para encontrar o seu, saboreando a sensação dele dentro de mim.

É como se ele estivesse em casa.

— Te amo muito — sussurro em seu ombro quando seu púbis pressiona meu clitóris, provocando um orgasmo em mim, gentil como uma onda do mar calmo, mas não menos vacilante do que os mares agitados com um furacão conforme me segue e encontra seu próprio clímax.

Ele estremece em cima de mim, sem fazer barulho ao cair ao meu lado e me puxar para seus braços.

Se escutou minha declaração de segundos antes, não diz nada. Simplesmente me puxa para ele, passa os dedos por meu cabelo e beija minha testa antes de cair em um sono profundo.

Após muitos minutos, me liberto do seu abraço a fim de ir ao banheiro e me limpar, colocar uma roupa e me organizar mentalmente.

Será que ele não me ouviu?

É possível.

Quando volto ao quarto, ele está virado de lado, de frente para o meu lado da cama. Subo atrás dele e deito na mesma posição, a muitos centímetros dele, observando-o enquanto respira adormecido. A luz da lua cria uma sombra nas costas dele, iluminando sua tatuagem.

Não consigo resistir e traço as letras e os números com a ponta do dedo. Ele é muito mais do que está escrito nessas quatro linhas.

Ele é tudo que eu sempre quis.

## Capítulo Dezoito

*Caleb*

Eu a evitei o dia todo. A porra do dia inteiro. E não é fácil fazer isso quando a pessoa que você está evitando é aquela com quem está morando e que está fazendo de tudo para proteger.

Não é fácil.

Mas, para minha sanidade, é necessário.

Eu a escutei ontem à noite quando ela sussurrou que me amava enquanto eu estava enterrado nela e não conseguia saber onde eu terminava e ela começava. Brynna não precisava dizer as palavras em voz alta, eu podia *senti-la*, e falar que isso me deixou aterrorizado é apelido.

Então fiz a única coisa que sabia: ignorei.

Porque, de alguma forma, ao longo do caminho, eu também me apaixonei por ela, e agora sou muito covarde para admitir.

Saio de baixo da pia da cozinha, jogo a chave-inglesa na minha caixa de ferramentas e limpo as mãos em um pano. Consegui malhar duas vezes, consertar uma tábua solta do deque, além do aquecimento da banheira das meninas e consertar um vazamento na pia, tudo desde que voltamos para casa do trabalho e da escola esta tarde.

Até optei por pular o jantar com Brynna e as meninas, insistindo ter comido muito no almoço no trabalho.

Estou morrendo de fome.

Franzo a testa quando Bix passeia em volta da ilha da cozinha, farejando qualquer migalha que possa ter caído enquanto Brynna fazia o jantar, e vem até mim para um carinho na orelha.

— Oi, garoto — sussurro e beijo seu focinho enquanto o esfrego. — Como está se sentindo?

Bix coloca a cabeça no meu queixo e se senta ao meu lado no chão, curtindo a atenção.

— Você é muito falso — resmungo, rindo. — Recebe mais atenção daquelas duas garotinhas do que já recebeu em toda a sua vida.

Ele sorri para mim e geme enquanto acaricio a área sensível em volta da sua orelha ferida.

— Isso ainda te incomoda, garoto? — pergunto com um sussurro e massageio gentilmente a área sensível.

— O que há com ele?

Olho para cima, surpreso por ver Maddie parada na cozinha e não a ter escutado se aproximar. Ela está com uma camisola comprida. Seu cabelo escuro ainda está molhado do banho, mas foi penteado e deixado solto. Ela está descalça e segurando sua boneca junto ao peito.

Está fresca e limpa e é a coisa mais fofa que já vi.

— Nada, docinho — respondo com um sorriso. — Às vezes, a orelha dele simplesmente dói.

— Ah. — Ela franze o cenho e me observa fazer carinho na cara de Bix. — Pobre Bix.

— Ele está bem — asseguro a ela. — O que você está fazendo?

— Quero que leia uma história e nos coloque para dormir, então mamãe disse que eu deveria vir te chamar.

Ela me observa com olhos sonolentos.

— Vamos levar Bix para cima e ler uma história? — pergunto a ela com um sorriso.

— Sim, por favor — ela responde feliz.

Me levanto do chão e gesticulo para Bix nos seguir para cima. Brynna está acabando de sair do quarto das meninas quando nos aproximamos, e ela abraça forte Maddie e sorri para ela.

— Boa noite, minha bebê — Brynna cantarola para a filha.

— Boa noite, mamãe — Maddie responde e pula na cama. Bix se aconchega feliz na cama dele entre as duas, mas não me engana.

Ele vai subir em uma das camas assim que eu apagar a luz e sair.

— Você e eu precisamos conversar — Brynna murmura para mim antes de se virar e descer as escadas.

É, nós vamos, Pernas.

— Venha aqui com a gente, jujuba, e vamos ler uma história.

Josie sobe na cama de Maddie, e as duas menininhas se aconchegam juntas.

— Quero Ferdinando — Josie me informa.

— Então será Ferdinando. — Sorrio e encontro o livro na prateleira antes de me sentar na beirada da cama para ler.

Bix suspira quando começo a história sobre um touro que está satisfeito em apenas ficar sentado e cheirar flores debaixo da sua árvore preferida. As meninas se acomodam e olham as imagens enquanto leio, fazendo uma voz diferente para cada personagem. Elas bocejam, e seus olhos ficam pesados.

Quando chego ao fim, ambas estão com os olhos fechados e respirando profundamente, adormecidas. Em vez de acordar Josie e fazê-la ir para a própria cama, carrego-a com cuidado para sua cama, cobrindo-a.

Antes de me afastar, ela aperta os braços em meu pescoço e sussurra:

— Te amo, papai.

Meu coração para enquanto ela se afasta, vira de lado e suspira ao voltar a dormir.

Uma gota de suor se forma na minha testa, e sugo e solto o ar dos meus pulmões com dificuldade.

Preciso sair daqui.

Deixo o quarto das meninas, apago a luz e atravesso rapidamente o corredor para o quarto de Brynna. Vou ao banheiro e abro a torneira, bruscamente jogando água fria no rosto, repetidamente, sem me importar em molhar todo o chão, a pia e a minha camisa.

Paro e apoio as mãos na pia, encarando meu reflexo molhado, arfando e tentando inspirar ar para meus pulmões.

*Rat tat tat tat tat!*

— *Vão, vão, vão! Recuem!* — *grito para meus homens no selvagem Afeganistão.* —

*Deem o fora daqui!*

— Marshall foi atingido! — Lewis grita para mim a dezoito metros de distância, atirando com uma precisão tranquila nos talibãs que nos emboscaram.

— Porra!

— Vou subir a montanha para tentar pedir ajuda — Bates, o quarto integrante da nossa equipe, me informa.

— Não, vamos ficar juntos. — Balanço a cabeça e miro meu rifle, derrubando outro inimigo.

— Precisamos de ajuda, cara — Lewis grita.

— Você vai ser atingido — grito para Bates conforme andamos por entre as árvores. — Há pelo menos cinquenta deles!

— Precisamos de ajuda — Bates repete e me olha no olho. — Eu vou subir.

Antes que eu consiga responder, ele se esquiva e sobe correndo a montanha para chegar a um ponto alto para a unidade de comunicação funcionar, e Lewis e eu abrimos fogo, dando cobertura a ele.

— Três horas! — Lewis grita, e me viro para a direita, atirando e derrubando mais três talibãs.

Meus olhos procuram Bates e o encontram, ainda subindo a montanha.

De repente, ouço Lewis grunhir e, quando olho em sua direção, ele cai em um joelho, mas continua atirando.

— Foi atingido?

— Afirmativo, senhor — ele grita e continua a atirar.

— É ruim?

Ele não responde. Olhando para cima, Bates chega ao topo e está ligando a unidade de comunicação quando, de repente, uma bala o acerta no ombro direito, jogando-o para trás. Ele faz careta, mas continua, colocando o comunicador na boca, chamando ajuda. Outra bala acerta a mão que segura o fone, mas ele pega com a outra mão e continua falando.

— Lewis! Bates está chamando ajuda! — eu grito.

Lewis está de barriga para baixo agora, ainda atirando e derrubando homens.

Meu próprio rifle continua a atirar também e, por um instante, acho que podemos sobreviver, só tem um homem caído.

Até um maldito sniper acertar um tiro na testa de Lewis, matando-o instantaneamente.

— Filho da puta — rosno e continuo a atirar, certo de que nós quatro iremos morrer aqui nesta montanha, mas não vamos sair sem lutar.

— A ajuda está vindo! — Bates grita para mim, logo antes de outra bala o acertar no ombro esquerdo e ele cair no chão.

— Aguente firme! — ordeno, meu coração batendo desesperado. — Abaixe, Bates!

— Copiado, senhor — ele responde e me observa com olhos vidrados enquanto continuo a derrubar os inimigos à nossa volta.

Um raio de luz vem diretamente na nossa direção e cai a metros dali, me derrubando.

O que vou fazer?


Balanço a cabeça, voltando ao aqui e agora, e jogo mais água no rosto com as mãos trêmulas.

Eu quis Brynna desde a primeira vez que coloquei os olhos nela. Ela é linda pra cacete. Quem não iria querer fodê-la?

Mas, caramba, ela é mais do que isso. Por que pensei que conseguiria dormir com ela e não me apaixonar?

Por que não consegui manter as mãos longe dela?

Encaro o homem zoado e vazio no espelho, já sabendo a resposta.

Porque Brynna Vincent é para mim. Nunca haverá outra mulher que consiga me fazer sentir seguro, que me faça feliz.

Que me faça sentir amado.

E suas filhas são os dois holofotes que simplesmente não consigo resistir nesse inferno escuro que chamo de vida.

E Deus sabe que não as mereço.

Nenhuma delas.

Só de pensar em Josie e Maddie me chamando de papai me preenche com tanto orgulho e medo que não sei o que fazer.

As coisas saíram muito do controle. Precisamos parar de brincar de casinha. Se não por minha sanidade, pelo bem das meninas, porque isso só pode resultar em corações partidos.

Não consegui proteger meus homens. O que, em nome de Cristo, me fez um dia pensar que poderia proteger essas mulheres preciosas?

Saio do banheiro e entro no quarto, socando as teclas do meu celular ao me movimentar. Tiro uma mala do armário e jogo roupas e itens de higiene nela, fecho o zíper e desço as escadas correndo, me preparando para enfrentar a melhor coisa que já aconteceu comigo.

Porque nunca serei a melhor coisa para ela.

— O que está fazendo? — ela pergunta com uma careta, levantando-se do sofá ao me ver.

— Mandei mensagem para Matt vir ficar com você e as meninas. Está na hora de eu ir, Bryn. — *Meu Deus, não me olhe assim.*

Ela pisca e seus olhos ficam tristes, mas ela cruza os braços e ergue o queixo.

— Por quê?

Dou de ombros e visto minha jaqueta.

— Está na hora. Acho que vou aceitar aquele emprego que me ofereceram em San Diego. Você ficará bem com Matt. — Cada palavra é uma faca enfiada no meu coração.

— Então, eu falo que te amo, minhas filhas se apaixonam por você, e tudo que consegue fazer é *fugir*? — Sua voz é baixa e cheia de raiva.

Traição.

— Ouça — começo e passo os dedos na boca, sem conseguir olhá-la nos olhos. — Não posso fazer nada se você confundiu o fato de eu te foder com algo mais do que isso.

Ela arfa, e viro de costas, com o peito pesado, me odiando.

*Como posso fazer isso com ela?*

— Achei que ia me divertir um pouco enquanto estava aqui, mas...

— Mas o quê? — ela rosna entre os dentes cerrados.

— Mas eu não te amo. — Não consigo virar e olhar no rosto dela. *Deus, eu te amo tanto que não consigo aguentar.*

Eu a escuto respirar com dificuldade atrás de mim e rezo para ela não chorar.

Não implorar.

Mas é de Brynna que estamos falando, e ela não implora por nada.

— Vou te dizer agora mesmo, Caleb Montgomery: se for embora, não vai ser bem-vindo de volta. — Sua voz vacila na última palavra, e é um chute no meu estômago.

Assinto, rígido.

— Já mandei mensagem para o Matt.

— É para eu transar com ele também, já que vai ficar no seu lugar? — Sua voz está cheia de veneno e raiva, e ela faz exatamente o que pretende.

Esfaqueia diretamente no meu coração.

*Eu vou matá-lo se ele colocar a mão em você.*

Tensiono a mandíbula, cerro os punhos e me viro para olhá-la nos olhos. Faço meu melhor para manter a expressão impassível, mas sei que estou falhando terrivelmente.

Eu nunca cederia à pressão se estivesse sendo interrogado pelo inimigo, mas isso está acabando comigo, e preciso sair daqui.

— Transe com quem você quiser.

Ela fica boquiaberta e com os olhos arregalados, cheios de lágrimas, mas se recupera e estreita os olhos para mim de novo.

— Você é um puta de um covarde — rosna.

— Eu te disse que cansei e vou embora, Brynna. O que você quer? — Aumento a voz pela primeira vez.

— Quero ser a primeira opção de alguém, porra! — ela grita. — Quero alguém que *queira* estar comigo. Que me escolha! — Seus olhos estão arregalados e irritados conforme ela bate o pé e olha para mim. — Pensei que você fosse esse homem.

— Pensou errado.

*Você é, sim, minha opção, Pernas.*

Ela se vira assim que ouço Bix pular da cama das meninas e começar a latir. Um latido a cada três segundos.

— Estou muito...

— Pare. — Ergo uma mão, fazendo-a parar de falar e escuto. A casa está em silêncio, exceto pelo latido calculado de Bix.

— Por que ele está...

— Eu disse para parar de falar — interrompo, e ela cobre a boca com as mãos, me observando com olhos arregalados.

De repente, algo quebra a janela de trás, próximo à porta de correr de vidro, e eu entro em ação. Puxo a pistola do cós e coloco-a nas mãos de Brynna.

— Pegue isso e suba para ficar com as meninas. — Minha voz está baixa e firme. — Leve todos, incluindo Bix, para o banheiro e tranque a porta. Não abra a menos que eu diga. Me escutou?

Ela balança a cabeça, com os olhos arregalados de medo, e simplesmente me encara.

— Vá!

— Eu te amo — ela sussurra e sobe correndo.

## Brynna

*Levar as meninas. Levar as meninas. Levar as meninas.*

Repito para mim mesma, várias vezes, enquanto subo as escadas de dois em dois degraus e corro para o quarto delas. Bix está em alerta ao pé das camas, arrepiado, dentes à mostra. Ele choraminga quando me vê.

— Mamãe! — Maddie chora e se lança em mim assim que escuto a voz firme de Caleb lá embaixo, xingando e grunhindo.

Tem alguém na porra da minha casa!

Rapidamente pego as meninas e puxo o edredom da cama ao correr para o banheiro. Bix se junta a nós, e eu fecho e tranco a porta.

— O que está acontecendo? — Josie chora.

— Tem um homem mau lá embaixo — digo o mais calma que consigo. Pode haver mais de um!

Jogo a coberta na banheira e coloco as meninas dentro, depois me junto a elas. Bix fica a alguns metros da porta, rosnando, de guarda.

Amo pra caralho esse cachorro.

Pego meu celular no bolso e ligo para Matt.

— Sim — ele atende.

— Matt, precisamos de você — começo, e Maddie solta um grito alto e assustador pra caramba.

— O que houve? — ele pergunta.

— Alguém entrou aqui. Caleb está lá embaixo sozinho. Estamos no banheiro de cima.

— Chegarei em trinta segundos.

Ele desliga e eu ligo para a polícia, informo-os da situação e coloco o celular de lado na banheira, ainda conectado ao operador, enquanto aguardamos.

As meninas se encolhem nas minhas laterais, e eu seguro a pistola de Caleb, apontada para a porta. Espero, arfo e tremo de medo.

Ah, Deus, o que será que está acontecendo lá embaixo?

Mais vidros quebram, e escuto os móveis sendo derrubados.

Consigo ouvir vozes abafadas e mais grunhidos de dor, e rezo com tudo que há em mim para que Caleb esteja inteiro e a salvo.

Após muitos segundos sem nenhum barulho, há dois tiros, depois um terceiro, e então o silêncio.

Lágrimas escorrem pelo meu rosto. Enxugo-as nas mangas da minha camisa e mantenho a arma apontada para a porta. Bix ainda está rosnando e latindo, mas, de repente, para e inclina a cabeça para o lado, como se estivesse escutando com atenção.

— Bryn? — Caleb chama do outro lado da porta.

— Caleb! — Maddie grita quando levanto e me estico para destrancar a porta e deixar Caleb entrar.

— Onde ele está? — pergunto entre soluços.

Caleb simplesmente balança a cabeça e nos puxa para seus braços, apertando-nos forte.

Eu me afasto, e as meninas se agarram nele, chorando, com medo, e eu quero fazer o mesmo, mas as palavras que ele me disse instantes antes do nosso mundo desmoronar ainda estão entre nós.

Ele vai nos deixar.

Não sou eu quem ele quer.

Quando as meninas ficam calmas, ele sussurra para elas abraçarem Bix, e elas o fazem. Ele me puxa, enterra o rosto no meu pescoço e me abraça forte, mas eu não o abraço.

Fico parada e espero que ele termine.

— Brynna — ele sussurra.

— Cadê vocês? — Matt grita freneticamente.

— Estamos aqui! — grito de volta.

Matt entra correndo, outros policiais o seguindo, espalhando-se pela casa para se certificar de que não há mais ameaça.

— Você foi atingido — ele diz para Caleb, seus olhos duros. Olho para baixo e vejo sangue escorrendo pelo braço de Caleb.

— Ah, meu Deus, não vi isso!

— É só um arranhão. — Caleb balança a cabeça, seus olhos ainda em mim, cheios de preocupação e medo, mas o ignoro e me lanço em Matt, abraçando-o forte.

— Você está bem, querida? — ele me pergunta.

Assinto e me viro para Caleb.

— Você precisa ir ao hospital.

— Não, estou bem. — Ele balança a cabeça e dá um tapinha nas costas de Josie, que se lançou na cintura dele, pendurando-se.

— A ambulância está a caminho — Matt nos informa assim que as sirenes tocam na esquina. — Eles podem cuidar de você.

Finalmente descemos depois de o legista chegar e remover o corpo. As meninas e Bix ficam juntos no sofá enquanto Caleb é cuidado por um paramédico, e dou minha declaração para Matt e seu parceiro, distraída pela bagunça que nos rodeia. Móveis quebrados e vidros espalhados pelo tapete. Até a namoradeira está de costas no chão. Sangue se acumulou no piso de madeira da sala de jantar.

O processo é demorado e exaustivo e, conforme nossa adrenalina baixa da invasão, tudo o que as meninas e eu conseguimos fazer é manter os olhos abertos.

— Não podemos ficar aqui até a janela ser consertada e este lugar ser limpo — murmuro para Matt.

— Posso levar vocês para um hotel — ele responde com um sorriso.

— Elas podem ficar na minha casa — Caleb responde ao se juntar a nós.

— Vamos para o hotel — murmuro, sem encontrar o olhar de Caleb.

— Acho que... — Caleb começa, mas o corto.

— Não quero ficar na sua casa, Caleb. Vamos para um hotel.

Seus olhos azuis endurecem, mas eu desvio o olhar e engulo em seco conforme Matt nos observa atentamente.

— Vou levá-las — Caleb fala baixinho.

— Eu...

— Eu vou levá-las — ele repete, sua voz firme e sem deixar espaço para discussão.

Me viro sem responder e beijo as meninas.

— Já volto, ok? Só vou lá em cima fazer nossa mala. Vocês fiquem aqui com Bix, Matt e Caleb.

Elas assentem sonolentas quando me viro para Matt.

— Certifique-se de que o hotel aceite cachorros. Ele vai aonde nós formos a partir de agora.

Matt sorri e assente.

— Boa menina.

Assim que nossa mala está pronta, Caleb nos coloca no carro dele. Matt se ofereceu para ficar para trás, supervisionar a limpeza e se certificar de que o vidro seja consertado.

— Bryn... — Caleb começa, mas eu suspiro e o interrompo.

— Você já disse tudo que precisava dizer, Caleb. Ficaremos bem.

Embora eu não saiba se ficaremos bem. Não sei se estamos fora de perigo. Quem era aquele cara que invadiu e tentou nos machucar?

O processo de check-in é enevoado, e sinto que meus pés estão andando sozinhos conforme Caleb nos leva ao nosso quarto. Ele está carregando as meninas, e eu estou puxando nossa mala. Bix está ao meu lado, mesmo sem coleira.

Acho que esqueci a coleira.

O quarto tem uma cama gigante king size, mas eu que pedi. Quero minhas filhas comigo esta noite.

Caleb coloca as crianças na cama enorme e gesticula para Bix se juntar a elas. Tiro meu pijama da mala e vou para o banheiro me trocar.

— Não precisa fazer isso por mim — ele sussurra.

— Você nunca mais vai me ver nua — respondo, percebendo a forma como seu maxilar tensiona e seus olhos endurecem com minhas palavras. Posso ouvir a tristeza na minha voz, e não tenho energia para tentar ser corajosa.

Ele vai nos deixar.

Quando volto ao quarto, me junto às meninas na cama. Josie começou a chorar de novo e está se encolhendo em Caleb.

— Onde está o homem mau agora? — ela chora baixinho.

— Ele foi embora, docinho — Caleb murmura. — Não pode te machucar.

*Mas ele machucou você.*

Olho para seu braço e sufoco desesperadamente a vontade de ir até ele e beijar sua ferida, ficar com ele e me certificar de que está bem.

Ele não me quer.

Finalmente, o choro de Josie se acalma e Caleb a deita de novo na cama. Ele fica estendido de lado, do outro lado das meninas, observando-as dormir. Bix está aconchegado aos pés delas, e eu estou deitada do lado oposto de Caleb, também de lado, mas observando-o.

Memorizando cada traço do seu corpo, cada mecha de cabelo.

Finalmente, ele coloca o cabelo delas para trás e se inclina para dar um beijo suave na testa de cada uma. Ele ergue o olhar para mim, e tristeza e arrependimento pairam em seus olhos azuis.

Ele se estica por cima das meninas e segura meu rosto, enxuga uma lágrima com o polegar e analisa cada centímetro. Ele suspira profundamente e me solta, rola para longe das meninas e se levanta, apaga a luz e vai até a porta.

Quando ele a abre, olha de volta para mim e sussurra:

— Sinto muito, Pernas. — Ele sai e fecha a porta em silêncio.

Por muitos segundos, fico olhando, sem ver nada, a porta, depois me afasto das minhas filhas e enterro o rosto no travesseiro, deixando as lágrimas e a tristeza saírem de mim em soluços violentos.

Caleb se foi.

# Capítulo Dezenove

*Três meses depois*

## Caleb

— O de sempre?

Assinto para a bartender ruiva e mantenho a cabeça baixa, olhando o balcão do bar arranhado diante de mim.

— Seu contrato acabou? — ela pergunta ao pegar um copo e uma garrafa de Jack Daniel's.

— Como sabe? — Engulo o líquido âmbar e empurro o copo para a frente em um pedido silencioso por mais.

— Trabalho neste bar há mais de quinze anos. — Ela me serve outra dose. — Conheço quem vai e volta desta base. E posso dizer só de olhar para você que não está mais na ativa.

Olho-a e dou um gole no uísque, sem confirmar ou negar sua suposição.

— Então por que está aqui e não em casa lutando por sua mulher? — ela questiona com um sorriso solidário.

Vá se foder e me deixe beber.

— Você não sabe nada sobre isso — rosno e bebo o drinque.

— Sei o bastante. — Ela pega um pano branco e enxuga o balcão, claramente sem querer me deixar em paz. — Sei que veio aqui três noites por semana como um relógio nos últimos três meses. Bebe uísque até sair cambaleando e volta para de onde quer que tenha vindo. Está bebendo para esquecer alguma coisa, e aposto que é uma mulher.

— Talvez seja um homem. — Dou um sorrisinho.

— Não, já te vi olhando a bunda de umas fuzileiras, mas, se elas te

Salva Comigo  219

abordam, você rosna e as assusta.

— Não tem nada errado em olhar. — Fico amuado. Só quero ficar bêbado a ponto de entorpecer a dor no meu peito e esquecer o olhar de Brynna quando saí do seu quarto de hotel há três meses.

— Não — ela concorda e balança a cabeça, pensando. — Mas você parece culpado pra caramba depois que faz isso.

— O que você quer? — pergunto e empurro meu copo vazio para encher de novo.

— Só pensei em conversar com você, só isso — ela responde com um sorriso. — Você não me assusta com esse olhar, por sinal. Sou casada com um fuzileiro há dez anos, e o olhar dele também não me assusta.

— Parabéns — murmuro e bebo meu uísque.

— Ah, não foi fácil como uma caminhada no parque, acredite. O tolo, na verdade, me deixou por um tempo. Falou que não me merecia. — Ela dá de ombros e ri enquanto eu ergo a cabeça e a encaro com olhos semicerrados.

— O que disse?

— Ele disse que não me merecia — repete e me observa por alguns segundos. — Ah, aí está. — Ela balança a cabeça de novo e revira os olhos. — Então, quando eles ensinam vocês a levantar um pinheiro e prender a respiração por quarenta e cinco minutos...

— Quatro minutos — eu a corrijo com um rosnado.

— Também ensinam vocês a serem teimosos?

— Eles nos ensinam a ignorar bartenders xeretas pra caralho — respondo e coloco um pretzel na boca.

— Ok, não fale, então, idiota, e me escute.

— Por que está conversando comigo? — pergunto, incrédulo.

— Porque você vai arruinar a porra da sua vida, e é muito gostoso pra isso, então cale a boca e me escute. — Ela cruza os braços e me encara e, por um minuto, posso jurar que estou conversando com minha mãe.

— Certo. — Suspiro e mantenho os olhos no bar.

— Ele não voltou para mim até eu descobrir que estava grávida — ela começa e suspira. — Mas perdi o bebê.

— Sinto muito — sussurro.

— Tive mais três — ela responde e ouço o sorriso em sua voz, e não posso evitar de odiá-la um pouco. Ela é uma mulher legal, apesar de bem intrometida, mas não dou a mínima para os filhos dela.

— Mas vou te falar o que falei para ele, e então vou dar atenção aos outros clientes.

— Ah, que bom — respondo, sarcástico.

— Aquele sonho *americano* pelo que todos vocês lutam tanto lá fora? A liberdade que vocês morreriam para proteger? É de vocês também, sabe.

Ergo a cabeça e a encaro enquanto ela continua.

— Você tem o direito de ser feliz. Mais do que a maioria de nós. — Ela engole em seco e coloca uma mão no meu braço. — Você *tem o direito* de tê-la, Comandante.

— Como sabia? — pergunto, mas ela me corta.

— Você tem cara de Comandante. Ou tenente.

— Comandante — sussurro.

Ela assente e olha para o balcão.

— Antes de ir para casa e se apossar dela antes que alguém o faça, você precisa de ajuda para o TEPT e endireitar sua cabeça.

— Quem é você? Uma porra de uma psiquiatra? — zombo.

— Não. — Ela balança a cabeça e sorri um pouco. — Mas conheço um bom. — Ela tira um cartão do seu bolso de trás e o desliza pelo balcão para mim, depois dá uma piscadinha e se afasta para servir outros clientes.

Que porra ela sabe, de qualquer forma?

De repente, não quero mais uísque e não suporto o cheiro mofado de álcool do bar, então jogo umas notas no balcão e vou embora, passo pela multidão começando a se acumular e saio. Esse estabelecimento em particular não é longe do apartamento que a Marinha me disponibiliza durante meu contrato. Estou treinando fuzileiros perto de San Diego há quase três meses, e a bartender bonita estava certa.

O contrato acabou.

Tenho um convite em aberto do centro de treinamento de mercenários que abandonei perto de Seattle, mas morar em Seattle significa morar perto de Brynna e das meninas, e não sei se conseguiria sobreviver a isso.

*Olhe como está sobrevivendo bem aqui, babaca.*

Entro no meu apartamento e me jogo no sofá, olhando para o teto e escutando o ar-condicionado ligar. Estamos apenas em maio, mas já está quente na Califórnia, mesmo tarde da noite.

Imagino como será que está o tempo em Seattle.

Pego meu iPhone no bolso e abro o app de previsão do tempo. Já está em Seattle.

Ensolarado e uns quinze graus.

Tempo legal. Minhas meninas iriam gostar de ir ao parque nesse tempo.

*Minhas meninas.*

Deus, sou muito confuso. Escolhi ir embora, sabendo que elas me amavam.

*Eu escolhi.*

Porque ficar iria apenas machucá-las.

— *Você tem o direito de tê-la.*

Esfrego as mãos no rosto com um suspiro longo e aperto os olhos fechados. Sinto falta delas. Pensei que melhoraria com o tempo, mas a verdade é que só piora. Cada dia tem seu próprio tipo especial de tortura, e eu daria tudo para estar com elas.

Todas elas.

Estraguei tudo.

Olho para o celular e vou no número dela, encarando sua foto, meu polegar passando pelo número, e debato sobre ligar.

Preciso ouvir a voz dela.

Mais que isso, preciso senti-la. Abraçá-la e sentir seu cheiro.

Preciso tanto disso que até dói.

Em vez de apertar o botão para ligar, deito no sofá e olho para seu rosto lindo, seus grandes olhos castanhos, seu cabelo escuro, e me lembro de como é senti-la perto de mim enquanto durmo.

Como é seguro dormir perto dela, onde os pesadelos ficam afastados, e rezo para que seja suficiente para mantê-los fora da minha mente porque não fiquei bêbado o suficiente para me entorpecer esta noite.

O álcool é a única coisa que entorpece meu cérebro de pensamentos sobre Brynna e os pesadelos.

*Onde elas estão?*

— Brynna! — *grito e corro pela casa, subo as escadas e desço de novo, indo de quarto em quarto, tentando encontrá-las.*

*Elas estão gritando e chorando por mim.*

— Papai! — *Maddie chora histericamente.*

— Caleb, nos ajude! — *Brynna grita.*

*Bix está latindo freneticamente, não seu latido de alerta, mas seu latido de ataque completo.*

*Vidro quebra.*

*Tiros.*

— Papai!

*Não consigo encontrá-las!*

*Subo correndo de novo, mas, quando chego lá, de alguma forma, estou na cozinha. Preciso ir lá em cima. É de onde vem o choro.*

— Estou indo! — *grito e corro para as escadas de novo, mas, quando tento subir, estou me movendo superdevagar, sem conseguir ir rápido o bastante a fim de chegar às escadas.*

— Papai!

*Agora o choro delas está vindo da cozinha, mas não consigo me virar para voltar para lá.*

*Porra!*

*De repente, tudo está em silêncio. Até Bix parou de latir, e consigo ouvir os soluços baixos vindos de algum lugar, embora não consiga saber de onde. Só sei que não consigo ir rápido o suficiente para chegar até elas.*

— Papai! — *Josie choraminga.*

Acordo assustado, tentando respirar, suor correndo pelo meu rosto.

*Filhodaputa.*

Pulo do sofá e corro pelo apartamento, procurando desesperado, antes de perceber que era um sonho e que as meninas não estão aqui.

— *Aquele sonho americano pelo que todos vocês lutam tanto lá fora? A liberdade que vocês morreriam para proteger? É de vocês também, sabe.*

Verdade, elas são minhas.

*Elas são minhas.*

Tiro do bolso o cartão que a bartender me deu e ligo para o número.

Está na hora de consertar essa merda e ir para casa.

— Como estão os pesadelos desde que está se consultando comigo? — o Dr. Reese pergunta calmamente.

— Só tive um — respondo e me inclino para a frente na cadeira, apoiando os cotovelos nos joelhos.

— Isso é um avanço.

Assinto e suspiro.

— Ainda não fico bem em multidões.

— Esteve em uma multidão recentemente? — ele questiona com uma sobrancelha erguida.

— Fui ao mercado no sábado. Estava lotado. — Dou de ombros.

— E o que aconteceu?

— Eu saí.

— As multidões podem sempre te incomodar, Caleb. Transtorno de Estresse Pós-Traumático nunca realmente desaparece. Você só aprende a lidar e viver com ele.

— TEPT é outro termo para covarde, Doutor. Não vamos amaciar.

Seus olhos se estreitam em mim por um instante antes de ele franzir o cenho e se recostar na cadeira.

— Está dizendo que se algum dos seus colegas de equipe...

— Irmãos — eu o corrijo.

— Algum dos seus irmãos tivesse sobrevivido naquele dia na montanha e estivesse passando pelo que você está passando atualmente, você o chamaria de covardes? — Ele inclina a cabeça, me observando com atenção.

— Eles não sobreviveram porque eu não consegui mantê-los seguros!

— Caleb, eram vocês quatro contra mais de cinquenta homens com armamentos pesados. Como você acha que todos poderiam ter sobrevivido a isso?

— Era uma missão fodida — murmuro e passo a mão na boca.

— Concordo. — Ele assente. — Mas não foi a falha da sua inteligência que matou seus homens, Caleb. O inimigo os matou. Você sabe disso.

— Eu sei. — É a primeira vez que admito isso. — Mas por que eu sobrevivi? Eu sou o amaldiçoado, Doutor.

— Não parece que está vivendo uma vida amaldiçoada, Caleb. Você tem uma ótima família, uma mulher que te ama, uma boa carreira.

— E quando vai acontecer outra coisa?

— Por que tem que acontecer? — Ele se inclina para a frente na cadeira e me trava com o olhar. — Você fez seu trabalho, Caleb. Salvou Brynna e as filhas de um invasor. Fez o que estava lá para fazer. Você as manteve em segurança.

Olho para ele conforme cenas daquela noite passam por minha mente. Falando para Bryn que estava indo embora. A janela quebrando. Lutando com aquele filho da puta que queria machucá-las. Mirando a pistola na cabeça dele e puxando o gatilho.

— Eu morreria para mantê-las seguras — sussurro. — Mas fui muito horrível com ela. As coisas que eu disse, falei para ela que não a amo. Foi a única forma que consegui pensar para afastá-la.

— Não acha que ela vai entender quando explicar? Pelo que me disse, ela parece uma mulher sensata. E você está enfrentando seus demônios para mantê-las na sua vida. Está progredindo.

— Bom, o primeiro passo é admitir que há um problema, certo? — pergunto, sarcástico.

Ele dá um sorrisinho e balança a cabeça.

— Falou com os membros da família dos homens que perdeu naquele dia?

Fico sério e pisco lentamente para ele.

— Não desde o funeral deles.

— Talvez devesse falar.

— Ligar e falar com as esposas de Bates e Marshall e a mãe de Lewis, só para ouvi-las dizer que deveria ter sido eu e desligarem na minha cara? — pergunto, desacreditado.

Ele balança a cabeça.

— Não. Ligue para elas. Essa é minha última lição para você, e então vou te mandar para casa. Vai precisar continuar se consultando com alguém por um tempo, mas ficará bem, Caleb.

*Casa.*

Me levanto e encaro o médico, incerto sobre essa última tarefa. Falar e lembrar da missão eram difíceis o suficiente.

Conversar com os membros da família?

*Porra.*

— Você vai ficar bem — ele repete.

Assinto, saio do seu consultório e ando bruscamente até o carro, bato a porta e pego o celular. Se é isso que preciso fazer para ir para casa, que seja.

Tensiono o maxilar e ligo para o primeiro número.

A volta para Seattle foi demorada demais. Outra semana se passou desde que fiz as ligações. Uma semana para embalar minhas coisas, ir a mais algumas sessões com o médico e cair na estrada.

Jesus, e se ela não me quiser de volta?

Paro em frente à sua casa, saio do carro, deixando a porta aberta, e corro para a porta da frente, batendo com o punho fechado.

Ninguém atende.

A casa está tranquila.

Corro para os fundos e vejo com satisfação que a janela de trás foi trocada. Meus aparelhos sumiram.

Vou precisar substituí-los.

Bato na porta de correr de vidro, mas ninguém atende e não há nenhuma movimentação lá dentro. Nem Bix vem correndo para ver quem está batendo.

Por favor, que ela esteja nos pais dela.

Entro no carro e corro para a casa dos pais de Bryn, mas encontro outra casa quieta e sem movimentação.

Cadê todo mundo?

É domingo de manhã, pelo amor de Deus.

Com o cenho franzido, vou para o norte de Seattle para a casa dos meus pais. Não falo com eles, ou com ninguém, há quase dois meses. Preciso esclarecer tudo e me desculpar.

Com todo mundo.

Assim que estaciono na casa e saio do carro, Matt para atrás de mim com meu pai e Isaac.

Antes de conseguir falar, Matt sai do carro, seus olhos irritados, dentes à mostra, me segura pelo colarinho e me joga contra meu carro.

— Seu fodido do caralho! — ele grita, e me dá um soco no maxilar.

— Que porra é essa? — Mudo nossas posições, prendendo Matt no carro. — O que está havendo com você?

Em vez de responder, ele se mexe de novo, socando meu olho, e eu recuo, caindo sentado.

Ele é um otário forte.

Antes que Matt possa continuar me espancando, Isaac e meu pai seguram seus braços e o contêm.

— Eu disse para parar! — meu pai grita.

— Jesus Cristo, cara! — Isaac grita.

— É culpa dele! — Matt aponta para mim e cospe para o lado. Cai sangue no concreto do soco que consegui dar.

— O que é minha culpa? — pergunto e passo a palma da mão no olho. Cristo, está doendo. — Eu nem estava aqui!

— Exatamente! — Matt se solta de Isaac e do meu pai e fica na minha frente de novo, mas não me toca. Seu nariz está a centímetros do meu, seus olhos arregalados e escuros de raiva, sua mandíbula tensa. — Você não estava aqui. Eu te disse antes de você ir embora que ela ainda não estava segura. Não sabíamos o bastante para tirar sua segurança.

— O que está dizendo? — pergunto quando meu coração acelera.

— Elas se machucaram, filho — meu pai murmura detrás de Matt.

— O quê? — Meus olhos encontram os de Isaac e do meu pai e enxergam a tristeza e o medo. — O quê? — pergunto a Matt.

— Alguém cortou o fio do freio — Isaac me informa. — Ela e as meninas sofreram um acidente bem feio ontem à noite.

Viro de costas para eles, meus pés se movendo sem qualquer direção. Coloco as mãos no cabelo e encaro meus irmãos e meu pai.

— *O quê?*

— As meninas não estão tão machucadas. A maior parte são apenas ferimentos, embora Maddie tenha precisado levar pontos na mão — Isaac diz.

— Brynna? — pergunto.

— Ela está inconsciente — meu pai responde baixo. — Concussão. Ombro deslocado. Estão de olho no ferimento da cabeça dela para se certificar de que não há nada internamente.

— Ah, meu Deus.

— Tinha uma câmera de segurança no estacionamento do shopping em que ela estacionou, então sabemos quem foi, e já o prendemos — Matt murmura, ainda me encarando. — Mas você não estava aqui, Caleb.

— Por que ela estava sozinha? — pergunto.

— Você não estava aqui!

— E daí? — grito de volta. — Você está aqui! Todos vocês estão! Ela está tão segura com vocês quanto estava comigo!

— Ela não permitia — meu pai interrompe com um suspiro. — Disse que poderia cuidar de si mesma e das meninas, que estava fazendo isso há anos e que não nos deixaria fazê-la mudar para nossa casa ou ficar com ela.

Estou andando de um lado para outro na calçada, sem acreditar no que ouço.

— Só podem estar brincando comigo.

— Você fez besteira, cara — Isaac diz. — Ela está acabada. As meninas choram muito.

Soco direto, bem no meu estômago.

— Fui embora porque pensei que era a coisa certa a fazer.

— Você foi embora — Matt diz — porque é um maldito covarde.

— Onde elas estão?

Nenhum deles me responde, e fico despedaçado por não confiarem em mim. Por acharem que vou machucar Brynna e as crianças.

— Onde elas estão? — repito. — Pai, eu as amo. É por isso que estou aqui.

Meu pai suspira e esfrega os olhos com as mãos.

— Estão no Harborview.

Sem responder, entro no carro e saio da casa dos meus pais.

Minhas meninas estão machucadas!

Voo para o Harborview, sem prestar atenção no limite de velocidade ou nas leis de trânsito. Encontro uma vaga e corro para dentro.

— Brynna Vincent — vocifero para a mulher atrás da mesa da recepção. — Preciso encontrá-la.

— Um instante — ela murmura e digita no teclado. — Parece que ela está no quarto andar, quarto 409.

Passo pelo elevador e subo as escadas, três degraus por vez, até chegar ao quarto andar. Quando apareço na sala de espera, escuto:

— Caleb!

Paro na hora com o som daquela vozinha.

— Ei, docinho. — Caio de joelhos quando Maddie se joga em meus braços, chorando e se encolhendo em mim. — Ei, você está bem?

— Levei pontos. — Ela faz beicinho e se inclina para trás a fim de me mostrar sua mãozinha enrolada em gaze.

Beijo-a gentilmente e lhe dou um sorriso.

— Cadê a Josie?

— Caleb!

Josie pula nas minhas costas, me abraçando no pescoço.

— Tive que ir fazer xixi!

Eu a puxo para a minha frente e abraço as duas, sentindo seu cheiro. Josie está com um olho preto, e o lábio de Maddie está cortado.

Vou matar quem colocou as mãos nos freios de Brynna.

— Tem certeza de que vocês duas estão bem? — pergunto com a voz rouca.

Elas assentem, e Josie se aconchega em mim.

— Aonde você foi? — ela sussurra.

— Tive um trabalho — respondo e aperto os olhos fechados. — Agora estou em casa.

— Brynna não vai ficar feliz em te ver.

Olho para cima e vejo Luke, Nat, Meg, Nate e os pais de Brynna me observando. Até Leo e Sam estão aqui, junto com Dominic.

Claro que a família inteira está aqui.

— Preciso vê-la — respondo e beijo a cabeça das meninas suavemente. — Fiquem aqui, ok?

— Ela está dormindo — Maddie me informa com lágrimas. — Eu também quero ver a mamãe, mas ela continua dormindo.

— Vai conseguir vê-la logo, docinho.

— Jules e Will estão com ela agora — Sam fala para mim com um sorriso solidário. — Bem-vindo de volta.

Eu aceno e corro para o quarto de Bryn e me aproximo assim que Jules e Will estão saindo.

— Ah, meu Deus — Jules murmura com olhos arregalados. — Quem te ligou?

— Ninguém. — Faço careta. *Por que ninguém me ligou?*

— Ela não é sua mulher — Will rebate e cruza os braços, bloqueando minha entrada no quarto. — E você não vai entrar lá.

— Vou, sim. — Meu olhar vacila entre meu irmão e minha irmã. — Eu a amo. Mais do que qualquer coisa. Sei que fodi tudo, mas tenho que consertar. Tenho que vê-la para saber que ela está bem.

— Ela está bem — Jules me assegura. — Mas também acho que não deveria entrar, Caleb. Ela não quer te ver.

— Pelos poucos minutos em que estava lúcida, insistiu que não te ligássemos — Will me conta e, pela primeira vez, parece que a solidariedade passa por seu rosto.

— Então, é o seguinte. — Cruzo os braços, imitando a posição do meu irmão. — Eu vou entrar. Vocês dois podem se mover ou eu posso mover vocês. Vocês que sabem.

Jules revira os olhos.

— Certo, teimoso — ela murmura e vai para a sala de espera.

Will não se mexe.

— E? — pergunto a ele.

— Você já a machucou bastante.

Olho para ele durante o que parecem minutos. Finalmente, suspiro e baixo a cabeça.

— Eu sei.

— Ela merece ser tratada com respeito.

— Eu sei. — Assinto e ando em círculos.

— Ela merece ser amada incondicionalmente.

— Ouça, eu sei que não sou bom o suficiente...

— Não foi isso que eu disse, idiota — Will me interrompe. — Você é exatamente o que ela precisa, mas ela precisa que você a ame e ame as filhas dela. Que fique, Caleb. Então, se vai ser covarde e fugir de novo, preciso saber agora para te colocar para fora daqui.

— Nunca vou deixá-la de novo. Te prometo. — Suspiro de novo e coloco as mãos na cintura. — Estou indo ao psiquiatra. Falando sobre os meus problemas. Estou aqui para ter minha mulher de volta, Will.

Ele me observa com cuidado e, então, um sorriso lento se espalha por seu rosto.

— Estarei na sala de espera. — Ele dá um tapa no meu ombro e para ao meu lado. — E vou te avisar logo: ela não ficará feliz em te ver quando acordar. Você tem muita coisa para consertar.

Assinto e abro a porta, entro e sinto meu estômago cair para meus joelhos.

Há monitores bipando e fios indo para baixo da sua camisola de hospital. Seu rosto está pálido e arranhado. Seu cabelo, grudado com sangue seco.

Seu braço esquerdo está em uma tipoia e em seu dedo indicador há um clip com uma luz vermelha nele que parece monitorar seu oxigênio.

Ela parece pequena e frágil, e isso me arrasa.

Sento na cadeira ao lado da cama, me inclino e seguro sua mão ilesa, trago-a para meus lábios e beijo os nós dos dedos. Sua pele é macia, e consigo sentir o cheiro de lavanda e baunilha do seu sabonete líquido.

Pressiono a mão dela na minha bochecha e olho para seu rosto.

— Ei, Pernas. — Pigarreio e olho para o monitor cardíaco, hipnotizado pelo *bip bip bip* da máquina. — Sinto muito, baby.

Ela não se mexe. Beijo a palma da sua mão e apoio a cabeça em sua barriga e, pela primeira vez em muito tempo, deixo as lágrimas caírem.

*Por favor, baby, me perdoe.*

# Capítulo Vinte

## Brynna

Tudo dói.

Tudo.

Estou lutando contra o sono. Quero acordar e ver minhas filhas. Meus olhos estão muito pesados, mas pisco, abrindo-os, e depois os fecho de novo por causa da luz do quarto.

Parece superclaro, embora eu saiba que provavelmente não está. Minha cabeça está me matando.

Meu ombro está pegando fogo.

Tento mexer a cabeça, mas só dói, e sinto que gemo em protesto.

— Bryn?

Meus olhos se abrem de novo com a som da voz dele, e o encaro indignada.

— Estou sonhando? — pergunto, minha voz irreconhecível.

Ele balança a cabeça e beija minha mão, depois se inclina e beija minha testa, me fazendo gemer de novo.

— Minha cabeça está doendo — sussurro.

— Eu sei, baby. Vou chamar a enfermeira.

Quando olho para ele de novo, franzo o cenho pela preocupação em seus olhos. O que há de errado?

— E as crianças? — sussurro.

— Estão bem. Seus pais as levaram para casa há pouco tempo, mas elas virão te ver amanhã.

Minha boca está seca, e agora o quarto está começando a girar. Choramingo.

Salva Comigo 233

— Srta. Vincent, está acordada. — Uma enfermeira entra e verifica os monitores.

— Dói — murmuro baixo.

— Vou te dar mais remédio. Você vai dormir por um tempo.

Ela aperta alguns botões, e minhas veias ficam quentes, e o sono me envolve de novo.

— Eu te amo. — Escuto Caleb sussurrar, mas não consigo mexer a boca quando o sono me chama.

Alguém está segurando minha mão. Provavelmente é Stacy ou minha mãe. Queria não precisar tomar tanto remédio que me faz dormir demais.

Minha cabeça parou de latejar para apenas doer. Meu ombro ainda está gritando.

— Tive um sonho — sussurro, mantendo os olhos fechados. É muito melhor quando os mantenho fechados.

Mamãe ou Stacy gentilmente tira meu cabelo da testa.

— Sonhei que ele estava aqui — sussurro e sinto uma lágrima cair. — Por que continuo sonhando com ele? Quando isso vai parar?

— Sinto muito, baby.

Abro os olhos e arfo ao ver Caleb sentado ao meu lado, apoiando os cotovelos na cama. Grito de dor com o movimento brusco, e ele xinga.

— Não se mexa, Bryn.

— O que está fazendo aqui? — *E por que acabei de dizer aquilo na sua frente?*

— Você se machucou — ele responde, como se isso explicasse tudo.

— Não é para você estar aqui. — Minha voz está grossa, e a dor na minha cabeça voltou a latejar.

— Brynna, não sabia que você tinha se machucado até eu chegar aqui. Estava voltando para casa por você, baby.

Franzo o cenho e o encaro.

— Quem disse que eu te queria?

Ele aperta os olhos fechados e beija minha mão, mas eu a tiro.

— Não te quero aqui, Caleb.

— Ouça, Brynna.

— Cale a boca — murmuro e fecho os olhos, virando a cabeça para o outro lado, envergonhada, magoada e despreparada ou sem vontade de confiar nele. — Vá embora.

— Por favor — ele sussurra.

— Vá embora! — grito e me encolho quando puxo o ombro com a movimentação e me acabo em lágrimas. — Apenas vá.

— Não quero te deixar aqui.

— Dê o fora daqui!

— O senhor precisa sair — a enfermeira insiste quando entra no quarto. — Ela está com muita dor para estar tão brava assim.

— Deixe-me só ficar sentado com você — ele implora, sua voz rouca com dor, mas tudo que consigo fazer é chorar e balançar a cabeça.

— Vá — sussurro entre lágrimas.

— Por favor, Sr. Montgomery. Sua família ainda está na sala de espera.

— Eu quero minha mãe — choro.

— Vou falar para ela entrar, querida. — Ele se levanta e beija minha testa. — Sinto muito, baby.

— Vá — sussurro de novo.

Ele sai do quarto. Fico ali deitada e choro em silêncio, tentando não mexer muito meu corpo, mas não consigo parar de derramar lágrimas. Enfim, depois de longos minutos, minha mãe entra e corre para meu lado.

— Sinto muito, minha menina. — Ela beija meu rosto e gentilmente acaricia minha mão. — Ele te ama, querida.

— Eu não o quero — sussurro.

— Suas lágrimas dizem algo diferente.

— Ele me deixou, mamãe.

— Eu sei. Ele só é idiota, Brynna.

Viro a cabeça com cuidado e olho para minha mãe através dos olhos inchados.

— Não posso deixá-lo magoar as meninas de novo — sussurro.

— Eu sei. Não se preocupe com isso agora. Descanse e fique forte para poder ir para casa e cuidar das suas filhas.

— Elas estão bem mesmo?

— Estão. Nada que o tempo não vá curar. — Ela me dá um sorriso reconfortante. — Seu pai acabou de levá-las para casa para dormir.

— Que bom. — Suspiro. — Estou com sede.

— Vou pegar água para você — a enfermeira responde e sai apressada do quarto.

— Eles o encontraram?

— Sim. Ele foi preso e, pelo que Matt disse, estão procurando os outros em Chicago. — Ela aperta minha mão e me acabo em lágrimas mais uma vez. — Você está a salvo, minha querida.

O pesadelo acabou.

— Não vejo nenhum motivo para não poder ir para casa esta manhã — o médico diz na manhã seguinte quando examina meus olhos com uma luz brilhante. — Vai só precisar ir com calma com esse ombro por uma semana. Vai doer. Tome seus remédios para dor.

— Tenho filhas pequenas — eu o lembro. — Não posso ficar dopada.

— Vai precisar de ajuda com elas — ele responde severamente. — E posso te dar remédios que não te deixem dopada. Se os tomar na hora certa, deve ficar sem dor. Mas, se desmaiar, ficar tonta ou sentir algo estranho, volte para o hospital imediatamente.

— Ok — concordo. — Pode pedir para minha mãe entrar? — peço à enfermeira.

— Ah, ela foi embora ontem à noite.

Franzo o cenho e olho em volta, procurando meu celular.

— Acho que vou ligar para ela.

— Com certeza você é uma mulher de sorte — ela comenta ao me ajudar a me vestir.

— O que quer dizer?

— Aquele homem bonito que você expulsou daqui mandou a família para casa e acampou ao lado da sua porta a noite inteira. — Ela sorri para mim, e eu apenas a encaro.

— Ele fez *o quê*?

— Insistiu que não te deixaria, então fiquei com pena lá pela meia-noite e dei uma cadeira para ele. Ficou acordado a noite toda.

— Ele ainda está aí? — pergunto, já sabendo a resposta.

— Estou bem aqui — Caleb responde baixinho atrás de mim. A enfermeira já tinha terminado de me vestir, e eu fecho os olhos, sem estar pronta para já encará-lo.

— Pode, por favor, ligar para minha mãe e pedir que ela venha me buscar e me levar para casa? — peço-lhe baixinho.

— Não — ele responde. — Eu vou te levar para casa.

— Caleb...

— Tenho algumas coisas para dizer, Brynna. Não estou tentando te irritar. Você precisa de uma carona, e eu preciso conversar, então pronto.

Me viro para encará-lo e preciso inspirar quando o vejo. Seu cabelo loiro-escuro está uma bagunça por passar os dedos repetidamente. Ele está usando uma camiseta preta e jeans desbotados.

Seus olhos estão com olheiras, e seu queixo, com a barba por fazer.

Ele está horrível.

*Ele é maravilhoso.*

Dou de ombros como se não me importasse mesmo assim e olho em volta.

— Fique à vontade.

— O que está procurando, querida? — a enfermeira pergunta.

— Minha bolsa e... minhas coisas.

— Não tem nada com você.

— Ah. — Franzo o cenho e olho para minhas mãos vazias. Que esquisito.

— Posso levá-la para casa agora?

— Pode, você já pode ir — ela responde com um sorriso. — Lembre-se, tome seus remédios na hora certa e vá com calma.

— Obrigada — murmuro e sigo Caleb para fora do quarto, onde há uma cadeira de rodas me esperando. Ele me ajuda a sentar e me empurra lentamente para o elevador e para o carro dele.

Caleb gentilmente pega minha mão machucada e me ajuda a passar da cadeira para o carro, fazendo careta quando me encolho. Depois de me acomodar, fecha a porta e se junta a mim no carro.

— Você está bem?

— Estou com dor — admito. — Cansada.

— Brynna, sinto muito. Por tudo.

Me recosto no banco e fecho os olhos.

— Podemos conversar quando chegarmos na minha casa? — pergunto. — Quero poder te enxergar quando responder minhas perguntas.

— Claro — ele responde e estica o braço para colocar a mão na minha coxa, mas eu a tiro. — Consigo consertar isso, Bryn? — ele questiona com um sussurro.

— Não sei.

Vamos em silêncio até a casa e, quando estaciona, ele se movimenta de novo para me ajudar a sair do carro e entrar.

— Sofá ou cama?

— Sofá. Não tenho energia para subir as escadas.

— Vou te levar no colo.

— Sofá — repito, ignorando sua cara. Eu me sento na ponta do sofá e ajusto as almofadas até estar o mais confortável que consigo.

Até precisar reajustar tudo de novo em uns quatro minutos.

— Sente-se no divã — ordeno a ele. Quero vê-lo bem quando conversarmos. Preciso ver seu rosto. Seus olhos.

Ele obedece e se inclina para a frente, cotovelos nos joelhos, e observa meu rosto.

— Detesto que tenha se machucado — murmura.

— Não estou curtindo — respondo secamente.

— Quero matá-lo — ele rosna, e posso ver que está falando sério.

— Sei que ele está na cadeia — respondo e o observo por um instante. — Aonde você foi?

— Você não sabe? — ele pergunta, surpreso.

— Não. Não deixei ninguém falar de você perto de mim.

Ele se encolhe.

— Estava em San Diego com um contrato de treinamento com a Marinha.

— SEALs — adivinho.

— Isso. — Ele assente. — O contrato acabou agora. Vou voltar para o meu antigo emprego.

— Você magoou minhas filhas — solto, incapaz de segurar mais. — Me magoou também, mas o mais importante é tê-las magoado, e elas não mereciam isso.

— Eu sei. — Ele suspira. — Sinto muito por ter dito as coisas que disse. Não era verdade, eu juro. Só não sabia como fazer você me esquecer. Fiquei com medo, Bryn.

— Por quê? — pergunto. — O que há com nós três que é tão assustador para um fuzileiro naval, Caleb?

— Não sabia como lidar com o jeito que me sentia sobre você — começa e engole em seco. — Que me *sinto*.

— Que é como?

— Amo tanto você que até dói — ele responde, seus olhos travados nos meus.

Não vou chorar!

— Então acha que pode voltar aqui e declarar seu amor por mim e isso vai fazer tudo melhorar?

Ele xinga baixinho e balança a cabeça.

— Estou aqui para me desculpar, primeiro e principalmente. Tive uma longa conversa com as meninas ontem à noite antes de você me expulsar do seu quarto e do seu pai levá-las para casa.

— Teve? — pergunto, surpresa e preocupada por ele dado esperança para elas de novo.

— Me desculpei com elas, abracei-as e consertamos algumas coisas.

— O que, exatamente, consertou com duas meninas de seis anos? — Rio.

— Vou chegar nesse ponto — ele responde com um sorriso, mostrando as covinhas, e quero tocá-las.

Aquelas malditas covinhas me pegam toda vez.

Tento me mexer no sofá a fim de encontrar uma posição confortável e choramingo quando bato o ombro.

— Ei, calma. — Ele me ajuda a rearranjar as almofadas às minhas costas. — Calma, baby.

— Não me chame de baby — sussurro.

— Por que não? — ele sussurra de volta.

— Dói — admito e fecho os olhos. — Ter você aqui dói mais do que esses machucados, Caleb.

— Sinto muito — ele repete, e estou simplesmente cansada de ouvir isso.

— Sabe de uma coisa? Acho que quero subir para o meu quarto. — Me levanto, me encolhendo, mas orgulhosa de mim mesma por não choramingar.

Ele fica ao meu lado, pronto para envolver os braços em mim, mas eu me afasto.

— Deixe-me te ajudar, caramba!

— Posso fazer isso sozinha. Minhas pernas não estão machucadas.

Sem falar mais nada, ando lentamente para a escadaria e subo os degraus, um por vez, agarrando o corrimão para me equilibrar.

Deitar na cama e chegar a uma posição confortável é um inferno. Não me incomodo em tentar trocar de roupa ou entrar debaixo das cobertas.

Só quero dormir.

Quero dormir nos braços de Caleb, mas isso não vai acontecer.

As lágrimas escorrem por meu rosto conforme apoio a cabeça na cabeceira e rezo para um sono sem sonhos.

Acordo assustada, arfando por ar. Ainda está claro lá fora e, olhando o relógio, vejo que dormi por apenas uma hora.

Mas o sonho estava me perseguindo de novo, aquele em que não consigo encontrar minhas filhas nem Caleb, e o pânico me consome.

Será que sonhei com ele?

Ele está mesmo aqui?

Preciso vê-lo. Me esforço para sair da cama, xingando meu ombro que dói, e lentamente desço as escadas para a sala.

Ali está ele.

Caleb está sentado no sofá, com os cotovelos nos joelhos e a cabeça nas mãos. Parece derrotado e acabado e, apesar da minha decisão de mandá-lo para o inferno, não consigo evitar ir até ele.

Passo os dedos em seu cabelo macio, e ele se levanta rapidamente, seus olhos arregalados conforme olha para o meu rosto.

— Bryn?

— Pensei que tivesse sonhado com você. — Minha voz vacila quando meus olhos se enchem de lágrimas. — Precisava te ver.

— Ah, baby — ele murmura, me pega gentilmente nos braços e nos abaixa sem dificuldade no sofá, puxando-me para perto dele, beijando minha testa e face. — Sinto muito, baby.

— Eu sei. Pode parar de falar isso. Mas preciso que converse comigo. — Inclino a cabeça para trás para poder olhar em seus olhos. — Os últimos três meses foram horríveis para mim e as meninas, Caleb. Elas sentiram sua falta. Ficavam perguntando se tinham feito algo errado para você ir embora.

Seus olhos se enchem de lágrimas, mas continuo falando.

— Te amamos muito, e você simplesmente nos abandonou. Depois de tudo que passamos juntos.

— Eu sei — ele sussurra, sua voz rouca. — Eu estava bem fodido, Bryn. Você viu os pesadelos. Não aguentava nem pensar em te machucar de novo, e me convenci de que não era bom o bastante para vocês.

— Sobre o que são os pesadelos? — Observo seu rosto ficar pálido. — Pode me contar.

— É confidencial — ele responde, mas seguro seu rosto e o faço olhar para mim.

— Para quem eu vou contar, Caleb?

Ele suspira e apoia a testa na minha.

— Eu estava em uma missão no Afeganistão há uns sete meses com mais três homens. Era apenas uma missão de reconhecimento...

Ergo os olhos para ele como se dissesse "na minha língua, por favor".

— Era só para irmos colher informação — ele continua. — Sabíamos que haveria talibãs armados na área, mas não sabíamos se eram dez ou cem. Nossa inteligência não era a melhor.

Franzo o cenho e observo seu rosto conforme fica tenso ao continuar a história.

— Acabou que havia quase cinquenta deles, e estavam nos aguardando.

— Como sabiam que vocês estariam lá?

— Boa pergunta — ele responde. — Vou te poupar dos detalhes, mas perdi os três homens da minha equipe naquele dia.

Arfo e passo a mão no rosto dele, confortando-o.

— Oh, sinto muito. Como você conseguiu sair?

Ele engoliu em seco e lambeu os lábios.

— Fiquei inconsciente, e pensaram que eu estivesse morto. Assim que começaram a retirada, nossas Forças Especiais chegaram para ajudar. Foi tarde demais para os outros caras da minha equipe, mas me tiraram de lá.

Olho para ele, processando tudo que está me contando, e não consigo parar de tocar nele, em seu cabelo e rosto.

Quase o perdi antes mesmo de tê-lo.

— Foi essa a última missão?

— Foi — ele confirma. — Eu ia me realistar, mas resolvi não o fazer. Vivi muitos anos assim.

— Caleb, há pessoas com quem pode conversar sobre os pesadelos.

— Já estou fazendo isso — ele responde, seu olhar sombrio. — Comecei a ir a um psiquiatra em San Diego, e vou continuar indo a um aqui. Estou resolvendo minhas coisas, Brynna. Até liguei para a família dos meus amigos de equipe, a pedido do meu psiquiatra. — Ele pisca, como se estivesse surpreso.

— Como foi?

— Não como eu esperava.

— O que esperava?

— Pensei que iriam dizer que era minha culpa. Gritar comigo. Inferno, eu teria gritado. — Ele balança a cabeça e limpa a garganta. — Mas todos disseram que sabiam que não era minha culpa, e que queriam apenas que eu fosse feliz e ficasse em paz.

— Parecem ser boas pessoas — sussurro.

Ele assente e desliza os nós dos dedos no meu rosto, observando meus lábios enquanto os lambo.

— Sinto muito por ter fugido, Pernas. — Ele expira e apoia o resto da testa na minha. — Eu estava com tanto medo.

— Por quê?

— Porque estava com medo de um dia te decepcionar. Pensei que você e as meninas merecessem alguém que não tinha passado pelo inferno e voltado, e com uma bagagem.

— Oh, Caleb — murmuro e passo a ponta dos dedos em seu rosto. —

Somos *nós* que não merecemos *você*.

Ele balança a cabeça, mas cubro seus lábios com os dedos antes de ele poder interromper.

— Tenho muito orgulho de você. Desde o minuto em que te conheci, tenho orgulho de você. Não são muitas pessoas que conseguem fazer o que você fez, Caleb. Sinto por ter seus demônios, por ter perdido seus homens naquela missão, mas isso não te faz menos homem, assim como a bagagem do meu primeiro casamento não me faz menos mulher.

Suspiro enquanto ele sobe e desce a mão nas minhas costas, acalmando-nos.

— Você precisa saber que somos um pacote, Caleb. Minhas filhas e eu somos um time e, se você quer fazer parte da minha vida, tem que entrar para o time, não só eu.

Ele franze o cenho e me encara como se eu tivesse ficado louca.

— Brynna, não precisa me lembrar disso. Nunca te dei motivo para achar que não quero suas filhas. — Ele beija minha testa antes de sorrir um pouco. — Elas me perguntaram se eu ia voltar para a casa que moro. Eu disse que dependeria de você.

— Elas te amam, sabe — murmuro. — Ficaram devastadas depois que você foi embora. Maddie chorou por dias. Nem Bix conseguia consolá-la. Nós o adotamos permanentemente, por sinal.

Ele roça meu nariz com o dele e se afasta antes de me beijar, me olhando de perto.

— Amo vocês três com todo o meu coração, Brynna. Suas filhas podem não ter meu sangue, mas ninguém nunca vai amá-las mais. Deixe-me dar a todas vocês meu nome. Case comigo.

Engulo em seco, e meu queixo cai em choque. Meus malditos olhos estão vazando de novo, mas não consigo me mexer para enxugar as lágrimas.

— Quero adotá-las — ele continua. — Ver você no hospital fez tudo ficar claro para mim. Só de pensar em perder você é como uma faca enfiando na minha alma. Quero mais filhos com você. Quero te dar tudo que você sempre quis.

Continuo chorando em silêncio e olho para seu rosto lindo. Seus olhos azuis estão molhados e cheios de emoção, e eu sei, sem dúvida, que ele nasceu para mim e minhas filhas.

Ele é nosso, e nós somos dele.

— Vocês são minha felicidade, Pernas. Case comigo.

Sorrio um pouco e seguro seu rosto.

— Ficaríamos honradas em casar com você, Caleb Montgomery.

Ele sorri amplamente e se inclina para me beijar. Gentil. Carinhoso. Amoroso.

— Te amo muito — ele sussurra contra meus lábios, provocando arrepios em mim.

— Também te amo, teimoso — sussurro de volta e o beijo, passando os lábios sobre os dele, saboreando a sensação da sua barba por fazer no meu rosto.

— Continue me beijando assim — ele murmura e beija uma trilha do meu maxilar até o pescoço — e vou esquecer que você esteve em um acidente e teve uma concussão.

— Senti falta de te beijar.

Ele se afasta e segura meu rosto com carinho, olhando para mim com desejo.

— Também senti falta. Fiquei com saudade de você.

— Obrigada por voltar para casa.

— Vai se casar comigo. — Ele sorri, orgulhoso.

— Vamos. — Assinto e sorrio de volta. — Quando?

— Assim que possível. Não tem necessidade de esperar. — Ele dá de ombros e franze o cenho. — Qual é o tamanho do casamento que você quer?

— Adoraria se fosse só para nossa família — confesso com um sorriso tímido. — Algo pequeno e íntimo com as pessoas mais próximas parece perfeito para mim.

— Então, podemos fazer isso amanhã.

— Bem, eu gostaria de comprar um vestido, e as meninas vão querer vestidos bonitos também — eu o lembro.

— Duas semanas?

— Acho melhor ligar para Alecia, então, a organizadora extraordinária de festas Montgomery, e começar a fazer planos.

— Amanhã — ele concorda. — Por enquanto, só quero te abraçar.

— Bom plano.

# Capítulo
## Vinte e Um

— Mamãe! Olhe como estou bonita!

Me viro do espelho onde minha mãe está fechando meu vestido a fim de admirar minhas filhas em seus vestidinhos marfim com faixas e rosas cor-de-rosa no cabelo escuro, ambas sorrindo orgulhosas.

— Vocês duas estão lindas. — Beijo-as na bochecha. — Caleb vai ficar muito animado quando as vir.

— Ele está usando um terno — Josie me informa, rindo. — E fica muito grande nele.

— O homem tem os ombros mais largos que já vi — mamãe concorda com uma risada.

— Acho que estão prontos — Stacy anuncia ao entrar na sala de estar de Steven e Gail, que foi transformada no espaço da noiva para o evento de hoje. — Oh, querida, você está muito linda. — Os olhos dela se enchem de lágrimas, e balanço a cabeça furiosamente.

— Não! Não, não, não! Sem lágrimas hoje. Minha maquiagem está pronta, e vou ficar toda vermelha e idiota se chorar e, se você começar, também vou chorar. — Puxo minha doce prima para um abraço forte e luto contra as lágrimas.

— Sabe, isso significa que somos mesmo irmãs agora. Quem diria que acabaríamos nos casando com irmãos? — Ela ri quando se afasta e sorri feliz. — Estou muito feliz por vocês dois.

— Obrigada.

— Vamos! — meu pai chama ao entrar na sala. — Eles não vão esperar para sempre.

— Ah, por favor. — Mamãe acena para ele sair, revirando os olhos. — Ela é a noiva. Vão esperar o quanto ela quiser. Aonde eles iriam?

— Estou pronta — asseguro-lhes ao virar para dar mais uma olhada

Salva Comigo   247

no espelho. O vestido que escolhi é simples e marfim. Não tem alça e é justo, mas tem pregas até meus pés, que estão com Louboutins cor-de-rosa de cetim, um presente de Natalie e Jules.

Aquelas meninas e os sapatos...

Meu cabelo está preso em um coque na base do pescoço, e resolvi não usar véu.

Quero vê-lo claro como o dia quando ficar diante da nossa família e entregar a mim e minhas filhas a ele.

— Ok, te vejo lá fora. — Mamãe beija minha bochecha e sorri amplamente antes de sair.

— Aqui vamos nós.

Stacy nos leva para a porta de trás, e me demoro para olhar o jardim lindo em que estou prestes a me casar. O jardim de Steven Montgomery sempre é adorável, principalmente na primavera. O aroma fresco de lilás preenche o ar. O clima de Seattle foi misericordioso comigo hoje, e o sol apareceu com uma leve brisa, ficando perfeito.

Alecia se superou, como sempre. Ela conseguiu contratar meu restaurante preferido, e eles estão preparados para agir debaixo da cobertura no pátio. O sistema de som de Steven se tornou sem fio para tocar lá fora, e *At Last*, de Etta James, acabou de começar a tocar.

A família está sentada em cadeiras brancas de dobrar no meio do jardim em um semicírculo, e todo mundo está aqui. Leo Nash até voltou da sua turnê ontem tarde da noite para conseguir estar presente.

— Ok, meninas, me sigam. — Stacy dá uma piscadinha para mim e segura seu buquê de rosas cor-de-rosa à frente enquanto sai para o jardim, e as meninas a seguem, lado a lado, também segurando pequenos buquês, além de cestas de pétalas.

Quando Caleb as vê, sua expressão se desmancha em um sorriso enorme, e ele dá uma piscadinha para as meninas quando elas saem para o lado.

— Pronta, minha bebê? — Papai sorri para mim.

— Com certeza. Vamos.

Saímos quando todo mundo se levanta e sorri para nós, mas só tenho olhos para meu homem lindo. Seus lindos olhos azuis estão carinhosos e felizes enquanto me observam me aproximar.

— Nervosa? — papai sussurra para mim.

— Nem um pouco — sussurro de volta.

— Podem se sentar — o juiz de paz, Brian Parker, anuncia.

— Beena! — Olivia anuncia do colo de Luke, nos fazendo rir.

— Sim, Brynna está bonita — Luke murmura.

— Quem entrega Brynna a Caleb? — o Sr. Parker pergunta.

— A mãe dela e eu — papai responde, beija meu rosto e une minha mão à de Caleb antes de ir se sentar.

Dou meu buquê para Stacy e fico em pé de frente para Caleb. Ele dá uma piscadinha para mim, me fazendo rir.

— Estamos aqui reunidos para celebrar a união de Caleb e Brynna no matrimônio, mas também estamos aqui para celebrar a união de uma família.

Engulo em seco ao olhar nos olhos de Caleb.

— Os votos sagrados prestes a serem trocados não são apenas entre Brynna e Caleb, porque vocês não serão apenas um novo casal, serão uma nova família. Então, Madeline e Joseline, podem, por favor, se juntar a nós para os ritos familiares especiais deste casamento?

Caleb e eu damos um passo para trás quando Josie e Maddie se aproximam, ficando entre nós. Caleb pega dois colares do bolso do paletó. São correntes de platina com pingentes de coração com a data de hoje inscrita na parte de trás.

Enquanto ele pendura o primeiro colar no pescoço de Maddie, sua voz forte preenche o ar com os votos que escreveu para cada uma delas.

— Eu te amo, Maddie, e vou me dedicar a encher sua vida de felicidade e conquistas, incentivando sua criatividade, encorajando sua independência e me certificando de que sempre saiba que é um presente para este mundo.
— Ele beija a testa dela, e ela sorri para ele, feliz, antes de admirar seu novo bonito colar.

Meus olhos se enchem de lágrimas quando ele se vira para Josie.

— Eu te amo, Josie, e vou me dedicar a encher sua vida de felicidade e conquistas, garantindo que você atinja todo o seu potencial e que, ao querer o céu, permaneça com os pés no chão com o amor da nossa família e do nosso lar.

Há muitas fungadas vindo da nossa família enquanto Caleb beija a testa de Josie e se volta para mim.

— Meninas — o Sr. Parker começa —, por favor, fiquem ao meu lado enquanto casamos mamãe e Caleb. Queremos que fiquem na primeira fileira.

Maddie puxa a bainha do seu terno, e o Sr. Parker olha para ela com um sorriso.

— Sim, docinho?

— O nome dele é papai agora — ela sussurra alto para todo mundo ouvir, nos fazendo rir.

— Claro. — O Sr. Parker ri. — Me desculpe. Caleb e Brynna, por favor, unam as mãos e fiquem de frente um para o outro. Josie, está com a aliança do seu papai?

Josie dá pulinhos e abre a mão para Caleb poder pegar minha aliança. Perco o ar quando a vejo. Escolhemos nossas alianças juntos, mas, ao ver o anel — com dois arcos que se entrelaçam, significando nossas meninas, unindo-se no centro com um lindo diamante de princesa —, fico sem fôlego.

— Caleb, por favor, coloque a aliança no dedo de Brynna e repita depois de mim.

Caleb olha nos meus olhos e repete os votos. Seus olhos estão molhados, e é o suficiente para fazer uma lágrima escorrer pelo meu rosto.

— Eu prometo ficar ao seu lado para sempre. Prometo te amar, te honrar e escutar quando você me contar seus pensamentos, suas esperanças, seus medos e seus sonhos. Prometo te amar profunda e verdadeiramente, porque é seu coração que me move, sua cabeça que me desafia, seu humor que me agrada e suas mãos que desejo segurar até o fim dos meus dias.

Ele leva minha mão aos seus lábios e beija gentilmente o nós dos meus dedos, logo acima da aliança.

— Maddie, está com a aliança para sua mãe?

Maddie sorri e abre a mão, revelando a aliança de Caleb, um arco simples grosso de platina que tem meu nome gravado dentro.

— Brynna, por favor, coloque esta aliança no dedo de Caleb e repita depois de mim.

Segurando a mão de Caleb, repito meus votos para ele, da mesma forma que ele acabou de fazer.

Quando dou um passo para trás, o Sr. Parker finaliza nossa curta cerimônia.

— Que todos os seus dias sejam cheios de alegria e felicidade. É uma honra e um grande prazer. Pelo poder concedido a mim pelo estado de Washington, eu os declaro marido e mulher. Pode beijar sua linda noiva.

Caleb dá um passo à frente, segura meu rosto, coloca o outro braço na minha cintura e me puxa para ele.

— Eu te amo, Sra. Montgomery.

Ele desliza os lábios sobre os meus e me beija suavemente, afundando-se em mim lentamente e mordendo todo o meu lábio, sem se importar que nossos amigos e familiares estejam olhando.

Enfim, o Sr. Parker pigarreia alto, e Caleb ri ao se afastar e beijar minha testa.

— É um prazer ser o primeiro a apresentar Caleb, Brynna, Maddie e Josie Montgomery!

— Eba! — Josie exclama, e nossa família se levanta, aplaudindo.

Jules e Natalie estão enxugando as lágrimas. Leo está sussurrando no ouvido de Sam e, depois, dá um beijo doce em seu pescoço, fazendo-a sorrir suavemente.

— Vamos comer! — Will anuncia antes de me dar um grande abraço e me girar. — Estava na hora — ele murmura com uma piscadinha.

Antes que perceba, estou sendo passada de irmão para irmão, sendo abraçada e beijada.

— Parabéns, querida — Luke murmura e beija meu rosto.

— Obrigada — respondo com um sorriso.

Isso é mais atenção masculina que já tive em toda a minha vida.

Dominic me abraça. Nos três meses em que Caleb esteve fora, Dom deu duro para conhecer nós todos, e foi uma adição bem-vinda à família.

— Você merece ser feliz — ele sussurra.

— Ei, arranje sua própria mulher — Caleb rosna e me tira dos braços de Dom com um olhar zombeteiro.

— Foi você que deixou sua nova esposa sozinha por minutos depois de se casar com ela — Dom o provoca, e não consigo evitar dar um sorrisinho.

— Vou te bater. Casado ou não — Caleb ameaça, mas Dom joga a cabeça para trás e dá muita risada.

— É. Você me assusta, irmão. — Ele dá um tapinha no braço de Caleb e sorri carinhosamente. — Parabéns. Ah, eu trouxe isso. — Ele ergue uma garrafa de vinho e sorri. — Para vocês.

— Ah, muito obrigada! — Aceito a garrafa pesada e admiro o rótulo bonito. — É seu?

— Claro. — Ele dá um sorrisinho.

— Alecia — chamo a organizadora de eventos quando ela passa. — Dominic trouxe isto. Gostaria de usar para o brinde, por favor.

A loira bonita pega a garrafa de mim, e seus olhos se arregalam quando ela lê o rótulo. Seu olhar castanho encontra o de Dom.

— Essa é uma garrafa rara de vinho. Tem bom gosto. — Ela sorri para mim e sai em direção à casa. — Vou cuidar disso.

— Eu a amo. — Suspiro ao observá-la se afastar. Eu nunca conseguiria organizar esse casamento sem ela.

De repente, *When the Stars Go Blue* começa a tocar, e Caleb beija minha mão e olha pelo jardim.

— Bom, Maddie e Josie Montgomery, acho que é hora de dançarmos.

As meninas dão risada quando Caleb as pega no colo, uma em cada braço, e as leva para o gramado, onde ele se balança, falando e rindo com nossas filhas.

— Nunca o vi tão feliz — Jules murmura quando ela e Natalie se juntam a mim, uma de cada lado.

Sorrio e continuo a observar as três pessoas mais importantes do meu mundo.

— Ele vai ser um pai maravilhoso — Natalie concorda.

De repente, percebo que elas duas estão fungando, e olho para ambas, rindo.

— Você duas são muito sentimentais!

— Não posso evitar! — Jules chora e enxuga a bochecha. — São esses malditos hormônios.

— Detesto estar grávida — Natalie resmunga, mas sorri quando passa a mão na barriga redonda. — Ele está me deixando toda emotiva.

— É menino?

Natalie sorri e assente, feliz.

— Descobrimos ontem.

— Ah, meu Deus, isso é tão empolgante! — Dou um grande abraço nela.

— Também preciso de um abraço! — Jules exclama e nos abraça.

— O que está acontecendo aí?

Nos separamos e vemos Nate, Luke, Will, Matt e Dom nos olhando confusos.

— Estamos felizes. — Dou de ombros.

— Por que as meninas sempre choram quando estão felizes? — Mark pergunta ao se aproximar com um prato cheio.

— Cara, você pegou comida? — Will pergunta e sai correndo para a casa.

— Não vamos vê-lo por um tempo. — Meg dá um sorrisinho e me entrega uma taça de champagne. — Já viu seu bolo?

— Sim, é tão lindo!

— A dona do *Doces Suculentos* do centro que fez? — Sam pergunta, com os olhos azuis empolgados. — Porque, se foi, talvez eu coma inteiro.

Leo ri para ela e balança a cabeça.

— Comemos cupcakes de lá esta manhã.

— Não me julgue — ela responde, fazendo careta. — Aquela mulher é muito talentosa. Fazer bolo é uma obra de arte, sabe.

— Qual é seu sabor favorito? — pergunto a ela e olho para onde Caleb ainda está rindo e dançando com as meninas. Agora Bix está latindo e pulando ao redor deles com sua gravata-borboleta preta, participando.

Aquele cachorro nunca está longe das meninas.

— De chocolate — Sam responde automaticamente.

— Escolhi uma camada de chocolate e a outra de limão.

— Isso! — Leo soca o ar e dá um *high-five* com Sam. — Limão é nosso outro favorito.

— Vocês são doidos. — Jules balança a cabeça para eles e, depois, parece refletir. — Espere. Tem chocolate? Não se pode esconder chocolate de uma grávida!

— Está ali. — Aponto para a mesa no pátio onde nosso bolo de dois andares lindo está colocado, e a boleira, Nicole Dolan, está arrumando-o. — Já conhecem Nic?

— Não, traga essa gênia para cá — Sam responde.

Aceno para Nic, e ela sorri e se junta a nós no gramado. É uma morena pequena com o cabelo em um bob curto assimétrico. Seus olhos são verdes.

— Parabéns, amiga! — Ela fica na ponta dos pés e me abraça forte. — Cadê seu marido?

— Bem aqui — Caleb murmura e sorri para nós quando nos afastamos. — O bolo está lindo, obrigado.

— O prazer é meu. — Nic sorri.

— Você faz o melhor bolo do mundo inteiro — Sam transborda, mas o olhar de Nic foca em Matt. Ela está pálida e dá um passo para trás.

— Puta merda — ela sussurra.

— Vocês se conhecem? — Caleb pergunta.

Nic se recupera, balançando a cabeça e forçando um sorriso falso.

— Estou muito feliz por terem gostado do bolo. Está pronto. Parabéns de novo. — Ela se vira para sair, mas Matt a faz parar.

— Pare — ele comanda, sua voz falsamente suave. Todos observam impressionados quando Nic para de falar e une as mãos à frente, observando Matt com cautela.

Olho para os homens, e todas as sobrancelhas estão erguidas conforme observam a conversa.

Matt avança, gentilmente pega Nic pelo cotovelo e a afasta de nós alguns metros. Ele se inclina e sussurra algo em seu ouvido. Ela ruboriza, mas seus olhos brilham de raiva quando ela tira o braço da sua mão. Não fala nada ao se virar de costas para ele e sair brava.

— Vou bater na bunda dela — ele sussurra bravo e marcha atrás de Nic.

— Acho que eles se conhecem — Will observa ao encher a boca de comida.

— Sabe alguma coisa sobre isso? — Isaac pergunta a Caleb, que balança a cabeça, perplexo.

— Não faço ideia.

— Sei que é difícil para vocês acreditarem, mas não sabem tudo que há para saber sobre os outros — Meg os lembra com um sorriso presunçoso.

Os irmãos franzem o cenho para Meg ao mesmo tempo que Nate dá um sorrisinho.

— Não sei por que está rindo. — Will dá uma cotovelada em Nate. — Sabemos que seu pau...

— Papai, dance com a gente de novo! — Josie interrompe ao pular em Caleb.

— Já vou, docinho. — Caleb sorri para ela enquanto ela sai pulando e, então, faz careta para Will. — Cara, olha a boca.

— É a verdade. — Will dá de ombros.

Dom faz careta para todos nós.

— O que estou perdendo?

— Nada — Nate se apressa a lhe assegurar e olha para Jules. — Você vai ganhar uns tapas depois.

— Não brinque comigo agora, Ás — Jules ronrona.

Dou risada ao apoiar a cabeça no braço de Caleb e olho com amor as pessoas à minha volta.

— Amo esta família.

— Eu te amo — Caleb sussurra no meu ouvido e beija minha têmpora. — Sra. Montgomery.

# Epílogo

## Caleb

Sirvo um pouco de chantilly no café de Brynna e o levo para o pátio. Ela está descansando em uma das muitas cadeiras almofadadas no espaço enorme do lado de fora da casa do meu meio-irmão, Dominic, na Toscana.

Esse é o último dia da nossa lua de mel, e estou determinado a fazê-la relaxar enquanto faço amor com ela, no mínimo, umas cem vezes antes de voltar à vida real amanhã.

Embora, admito, esteja empolgado para ver as meninas. Duas semanas longe delas foi demais.

— Obrigada, babe — ela murmura e bebe seu café enquanto eu me sento na cadeira ao seu lado.

É bem cedo. Há fileiras infinitas de videiras até onde o olho alcança, cobrindo de verde e marrom as colinas que estão acabando de acordar sob a luz suave do sol da manhã.

— É lindo aqui — murmuro.

— Hummm — ela concorda e se concentra em seu celular.

— Foi legal a família ter contribuído e fretado o avião para virmos até aqui. Eu não fazia ideia, quando Dom disse que tinha uma casa na Itália, de que era essa mansão enorme com alguns milhares de acres de videiras.

— Hummm — ela concorda de novo, sem tirar os olhos do celular.

— O que está fazendo? — pergunto, rindo.

Ela coloca o celular no colo, põe o cabelo atrás da orelha e bebe um gole de café, depois olha para mim.

— Estou atrasada.

— Estamos de férias, Pernas. Não estamos atrasados para nada.

— Não. — Ela balança a cabeça, ri e me lança um olhar focado com aqueles grandes olhos castanhos. — Eu estou *atrasada*.

Encaro-a por bastante tempo e, então, entendo.

*Ela está atrasada!*

— Quer dizer...

— Acho que sim. — Ela dá um sorrisinho e assente. — Parei a pílula há um mês, e aqui estamos. — Ela balança a cabeça e dá de ombros. — Que louco.

— Precisamos fazer um exame! — Pulo da cadeira e apalpo meu corpo. — Cadê minha carteira?

— No seu bolso — ela responde secamente.

— Já volto! — Saio correndo da casa e dirijo uma curta distância até o vilarejo mais próximo. Depois de encontrar uma farmácia e comprar um teste de gravidez de cada tipo que eles têm, corro de volta para minha possível esposa grávida.

— Que rápido — ela murmura com um sorriso. Ainda está sentada na cadeira, bebendo seu café.

— Será que você pode tomar café?

— Não vamos enlouquecer — ela responde. — Eu preciso de café.

— Comprei um de cada — anuncio e abro a sacola, espalhando pequenas caixas azuis e brancas.

— Ãh, Caleb, só precisamos de um.

— E se não conseguirmos decifrar? — Pego um para analisar. — Todas as instruções estão em italiano.

Ela ri histericamente e, então, se levanta, enxugando os olhos.

— Não é engraçado.

— É, sim. Testes de gravidez são praticamente universais, Caleb. Você faz xixi nele e uma linha aparece ou não. — Ela esfrega meu braço carinhosamente e beija meu ombro antes de pegar a caixa dos meus dedos. — Já volto.

— Vou com você. — Começo a segui-la, mas ela se vira rapidamente e me faz parar.

— Ah, não vem, não. Não vai me assistir fazer xixi neste pauzinho.

Faço careta para ela e cruzo os braços.

— Eu te ajudei a tomar banho, se vestir e várias outras coisas quando estava machucada. Posso te ver fazer xixi.

— Absolutamente não. — Ela balança a cabeça, mas se inclina e beija meu queixo. — Mas obrigada por me ajudar quando eu estava machucada.

Ela se vira e corre para o banheiro, e parece uma eternidade até ela sair, com o pauzinho branco na mão.

— E?

— Demora uns três minutos, babe. — Ela se senta na cadeira e olha para as videiras. — Tem certeza sobre todas essa coisa de ter outro bebê?

Me abaixo e a pego no colo, me sento em sua cadeira e a acomodo no meu colo.

— Eu quero mais filhos — sussurro e beijo seu rosto.

— Ok — ela sussurra de volta e sorri, tímida.

Deus, ela consegue me destruir com apenas um olhar. Enfrentei sem náuseas horrores que ninguém deveria ver, mas essa mulher e suas duas filhas me fazem ficar de joelhos.

— Eu te amo, Pernas.

— Também te amo, fuzileiro. — Ela sorri e me beija, coloca os braços em volta do meu pescoço e vira o corpo até estar deitada no meu colo.

— Espere. Veja o pauzinho — interrompo antes de ambos estarmos nus e suados e o pauzinho ser uma lembrança distante.

Ela olha para baixo.

— Ainda não está pronto.

— Vá fazer xixi em outro — eu a instruo. — Esse está demorando muito.

— Não tenho mais xixi! — Ela ri. — Vá *você* fazer xixi em um! Dizem que *estamos* grávidos, então deve dar certo.

— Engraçadinha — murmuro e puxo seu rosto para o meu a fim de beijá-la. Deus, ela é muito maravilhosa.

Finalmente, ela se afasta e me dá um sorriso preguiçoso.

— Olhe de novo — sussurro e apoio a cabeça na dela.

— Deu positivo, babe.

Meu coração para quando olho no fundo dos seus olhos cor de chocolate.

Vamos ter um filho.

— Sério?

Ela assente conforme lágrimas se acumulam em seus olhos.

— Ah, baby. — Suspiro e a seguro para mim, nos embalando e me segurando nela. — Obrigado.

— Você é um pai muito bom — ela murmura.

Sorrio e ergo seu queixo para poder ver seu rosto.

— Fico tão honrado em ser seu marido, meu amor. De ser o pai das nossas filhas. Quando saí da Marinha, pensei que estava perdendo tudo que importava para mim, mas agora sei que isso estava me levando até você. Eu não mudaria nada. Te amo.

Ela sorri e puxa meu rosto para o dela, pressiona seu corpo mais perto do meu e roça meu nariz.

— Também te amo.

*Fim*

*Conheça a Série*
# With me in Seattle

**Livro 1: Fica Comigo**

**Livro 1.5: Um Natal Comigo
(somente em ebook - gratuito)**

**Livro 2: Luta Comigo**

**Livro 3: Joga Comigo**

**Livro 4: Canta Comigo**

Entre em nosso site e viaje no nosso mundo literário.
Lá você vai encontrar todos os nossos
títulos, autores, lançamentos e novidades.
Acesse www.editoracharme.com.br

Você pode adquirir os nossos livros na loja virtual:
loja.editoracharme.com.br

Além do site, você pode nos encontrar em nossas redes sociais.

 https://www.facebook.com/editoracharme

 https://twitter.com/editoracharme

 http://instagram.com/editoracharme